DORIS
KNECHT

EINE VOLLSTÄNDIGE LISTE ALLER DINGE, DIE ICH VERGESSEN HABE

Roman

Hanser Berlin

3. Auflage 2023

ISBN 978-3-446-27803-5

Umschlag: Anzinger und Rasp, München
Motiv: © Wanda Comrie
Satz: Sandra Hacke, Dachau
Druck und Bindung: CPI books GmbH, Leck
Printed in Germany

FSC
www.fsc.org
MIX
Papier | Fördert
gute Waldnutzung
FSC® C083411

»*Ich* ist nur ein brauchbares Wort für jemanden, den es nicht wirklich gibt. Lügen werden über meine Lippen fließen, aber vielleicht hat sich ein bisschen Wahrheit daruntergemischt; es liegt an Ihnen, diese Wahrheit ausfindig zu machen und zu entscheiden, ob irgendetwas daran bewahrenswert ist.«

Virginia Woolf, *Ein Zimmer für sich allein*

DER HUND

Der Hund hat schon wieder ins Auto gekotzt. Er hielt durch, bis ich auf den Parkplatz bei der Hundewiese einbog, dann brach es aus ihm heraus. Seit eineinhalb Jahren geht das so. Es wird nicht besser, egal, was ich tue. Ich ziehe das Parkticket aus dem Automaten und warte, dass sich die Schranke hebt. Hinter mir steht der Hund auf der Sitzbank, mit gebeugtem Rücken, und übergibt sich zuckend auf die alte Decke, die ich auf den Ledersitzen ausgebreitet habe. Der Hund setzt sich wieder hin, als er fertig gewürgt hat. Ich weiß, dass er mich vorwurfsvoll ansieht. Nein, traurig eher, weil ich ihm das antue, erneut. Ich will den Hund trösten und merke, dass ich schon die ganze Zeit mit ihm rede, in diesem Singsang, den ich mir angewöhnt habe, bald nachdem der Hund bei uns eingezogen war.

Eine Freundin hatte mich gewarnt: Du wirst dich Dinge sagen hören, die du vorher nie gesagt hast, und du wirst den Tonfall hassen, in dem du sie sagst. Ich hatte gesagt, jaja, sicher. Jetzt denke ich jeden Tag an ihre Worte, obwohl ich es nicht will. Die Erinnerung an ihren Satz hat sich in mir festgefressen, ein Organismus mit sehr leichtem Schlaf, der beim leisesten Trigger erwacht. Dummes Bewusstsein, macht, was es will. Wenn ich mich dringend an etwas erinnern möchte, lässt es mich im Stich. Aber so einen Blödsinn hat es immer parat. Noch etwas ist hochgekommen, seitdem der Hund da ist: das Bild einer Person von früher, die einen Hund hatte, der so ähnlich wie mein Hund aussah. Der Hund hieß Lucky. Ich habe lange nicht an die Person gedacht. Der Hund brachte alles zurück, auch die merkwürdigen Gefühle, die an der Person hängen. Hansi. Das war der Name.

Ich fahre über den Parkplatz. Das Radio spielt Muddy Waters, von einer Playlist auf meinem Handy. Ich fahre langsam. Ich will möglichst nah an der Hundewiese parken, damit ich den Hund gleich ohne Leine laufen lassen kann, als Belohnung für die Qualen des Autofahrens. Die Hundetrainerin meint, der Hund werde den Zusammenhang irgendwann kapieren und dann mit freudiger Erwartung ins Auto springen. Bisher kapiert es der Hund nicht, so viel kann ich im Rückspiegel erkennen. Es ist Herbst, trüb und kalt. Die Luft besteht aus grauer Feuchtigkeit. Der Parkplatz ist fast leer, bis auf ein paar Leute mit Hunden und eine Läuferin in neonfarbener Jacke, die bei geöffneter Autotür ihre Schuhe wechselt.

Auf der einen Seite grenzt der Parkplatz an eine Allee kahler Bäume, an der anderen verläuft hinter einer Buschreihe eine mehrspurige Straße. An einem altmodischen Kiosk an der Ecke stehen ein paar Leute mit Bierflaschen herum, wie immer. Ich sehe schon von weitem, dass der alte Schäferhund an seiner Kette im Dreck zwischen dem Kiosk und der hypermodernen Edelstahl-Toiletten-Anlage liegt. Der Schäfer tut mir leid. Jedes Mal liegt er dort. Jedes Mal denke ich, jemand müsste da was unternehmen, das ist doch Tierquälerei. So viele Menschen sehen das, so viele Hundebesitzer, keiner tut was. Ich tue natürlich auch nichts, ich bin neu im Hundehalter-Department, ich misch mich nicht ein. Ich misch mich überhaupt nicht mehr ein, nirgends.

Eine schüttere Reihe von Autos parkt neben der WC-Anlage. Hinter einem Mercedes sitzt ein älterer Mann auf einem Campingsessel unter dem Dach des geöffneten Kofferraumdeckels. Er isst mit Messer und Gabel aus dem Kofferraum seines Autos. Der Mercedes wirkt neu. Auch der Mann sieht gepflegt aus. Er trägt einen grauen Anzug, aus dem ein weißer Hemdkragen blitzt, eine weiße Serviette liegt auf seinen Oberschenkeln. Der Mann ist groß und schlank. Im ersten Moment halte ich ihn für den Philosophen Rudolf Burger, dann fällt mir ein, dass Burger kürzlich verstorben ist. Er war ein hochgewachsener, zeitlebens gutaussehender Mann, der mit Leidenschaft unpopuläre Theorien vertrat und viel und elegant rauchte. Ich kannte ihn nur aus der Zeitung, aus dem Fernsehen, von Verlagsfesten in den Neunzigerjahren. Wir haben uns nie persönlich kennengelernt. Ich glaube nicht, dass er Frauen wie mich wahrgenommen hat oder die Texte, die ich damals schrieb.

Ich parke mein Auto und lasse den Hund raus. Der Hund schüttelt sich ordentlich und zieht dann enthusiastisch Richtung Hundewiese. Es ist kalt. Ich habe nur einen Handschuh. Der Handschuh, der in meiner linken Manteltasche stecken sollte, ist nicht da. Vielleicht liegt er im Auto, vielleicht habe ich ihn auf dem Parkplatz verloren. Oder ich habe ihn schon früher verloren. Der Verlust ärgert mich, es ist ein neues Paar Lederhandschuhe, das ich gekauft habe, weil das alte verschwunden ist. Ich spaziere mit dem Hund unter den Gerippen von Bäumen hindurch. Es scheint unwahrscheinlich, dass je wieder Leben aus diesem toten Gehölz schießen wird. Der Hund jagt mit anderen Hunden durch das Unterholz. Er wirkt glücklich. Kennen Hunde Glück?

Als wir zurückkommen, gehen wir an dem eleganten Mann vorbei, der immer noch vor seinem Kofferraum sitzt. Aus der Nähe sieht er überhaupt nicht wie Rudolf Burger aus, mehr wie Josef Bierbichler, aber wie der Josef Bierbichler von vor fünfzehn, zwanzig Jahren. Sein Anzug wirkt auch aus der Nähe edel. Das Hemd ist sauber. Der Mann gabelt konzentriert eine Sardine aus einer Dose, die zwischen kleinen Plastikcontainern ohne Deckel auf einem Geschirrtuch steht. Ich erkenne nicht den Inhalt der Container. Erdäpfelsalat vielleicht, oder kalte Lasagne. Vielleicht hat seine Frau ihm das eingepackt. Oder vielleicht ist seine Frau gestorben, und seine Tochter bringt ihm einmal die Woche Vorgekochtes in Plastikdosen mit. Er erträgt es nicht, allein zuhause an dem Tisch zu essen, den früher seine Frau gedeckt hat. Der Mann sieht nicht aus wie einer, der es gewohnt ist, für sich selber zu kochen. Ich erkenne mein Vorurteil, noch während ich den Gedanken denke. Ist aber vielleicht gar kein Vorurteil, sondern Lebenserfahrung. Warum isst jemand auf einem Parkplatz am Rande des kahlen, kalten Praters allein aus dem Kofferraum eines Mercedes, als gäbe es dafür nicht tausend schönere Orte, ich verstehe es nicht. Er könnte zum Beispiel im Bett vor dem Fernseher essen, mit einem Tablett auf der Bettdecke, so wie ich, wenn die Kinder nicht da sind.

Die Kinder werden bald nicht mehr da sein, also nicht in der Wohnung. Sie sind bald fertig mit der Schule, sie sind erwachsen, sie werden ausziehen. Mila spricht schon seit ein paar Monaten davon, Luzi wirkt noch zögerlich. Die Wohnung ohne die Kinder ist zu groß für mich und viel zu teuer. Ich muss entweder jemanden finden, der mit einzieht, oder ich werde umziehen müssen. Ich hasse Veränderungen, aber irgendwas muss geschehen.

WIKINGERINNEN

Ich habe beschlossen, über mein Leben zu schreiben, mein Aufwachsen und mein Fortgehen, und schon ist es ein Krampf. Meine Mutter bekam sofort ihre Sorgenaugen, als ich es erwähnte. Ihre Augenlider werden dann grau, ich weiß nicht, wie sie das macht. Dann fing sie davon an, dass die Erinnerung ein Biest sei. Sie wisse, dass ich mich mitunter falsch erinnere an Ereignisse aus meiner Kindheit, dass ich Dinge krasser in Erinnerung hätte, als sie in Wirklichkeit waren. Ich sei keineswegs ständig benachteiligt worden. Habe ich das behauptet? Wann habe ich das behauptet? Sie sah mir nicht in die Augen. Offenbar erinnerte sie sich an etwas, vielleicht an einen Konflikt über unterschiedliche Auffassungen über eine bestimmte Sache. Ich überlegte, was das sein könnte, kam aber auf nichts. Zwei meiner Schwestern saßen mit am Tisch, als sie das sagte. Ich blickte fragend zu ihnen hinüber, aber sie wiegten nur ihre Köpfe, im Einklang, eine Choreografie der kalkulierten Unentschiedenheit. Sie sahen mir auch nicht in die Augen. Was habe ich erwartet, sie waren schon immer so.

Auch meine Tochter Luzi sagt, ich darf nicht über sie schreiben. Sie will in meinen Texten nicht vorkommen. Sie sagt, dass sie mir das schon seit Jahren sage, aber immer würde ich ihren Wunsch ignorieren. Ich solle das jetzt endlich kapieren. Ich bin mir sicher, dass sie mir vor ein paar Monaten ihr Okay gab, in diesem Buch vorzukommen, aber sie streitet das sehr überzeugend ab.

»Ich habe dir doch erzählt, dass ich über mein Leben schreiben möchte«, sage ich, »und darüber, wie es war, von zuhause wegzugehen. Dass ich es vergleichen will damit, wie ihr auszieht, Mila und du. Also, falls ihr jemals auszieht. Wie völlig anders das jetzt ist, für alle.«

Luzi schaut mich ungerührt an und sagt, sie könne sich nicht erinnern. Ihre Schwester Mila lehnt in der Tür und lauscht unserem Gespräch. Als ich zu ihr hinübersehe, dreht sie sich um und geht in die Küche. Wie meine Schwestern. Auch Mila will nicht hineingezogen werden, auch sie will sich nicht erinnern.

Ich sage: »Gut, okay, dann hat die Hauptfigur halt ein anderes Kind.«

»Eins, das ganz zufällig genau so ist wie ich«, sagt Luzi. Sie wirkt verärgert.

»Nein, ich mache ihr einen Sohn«, sage ich, »einen, der ganz anders ist als du.«

»Wie heißt der Sohn«, fragt Luzi.

»Hmm, warte, Max«, sage ich.

»Gefällt mir nicht«, sagt Luzi.

»Na ja, sorry«, sage ich, »aber dich gibts gar nicht mehr.«

Ich wollte ohnehin nie Mädchen. Ich weiß nicht genau, warum. Nein, es ist falsch, dass ich keine Mädchen wollte, ich konnte mir, bevor ich Kinder hatte, einfach nicht vorstellen, die Mutter eines Mädchens zu sein, eines Wesens in Tutu und rosa Schühchen. Vielleicht, weil ich mit vier jüngeren Schwestern aufgewachsen bin und mit ihnen Beziehungen pflege, die sich, grob vereinfacht, vom erzwungen Idyllischen über das komplett Traumatische erst spät ins einigermaßen Harmonische wandelten. Meine Mutter besteht darauf, dass wir uns alle gut verstehen, also verstehen wir uns alle gut. Wir hinterfragen das nicht.

In meiner Familie hat man keine Wahl, das Wollen wird einem diktiert. Am besten man akzeptiert es einfach, sonst hat man nur Scherereien. Das funktioniert gut, vielleicht auch, weil ich keine Komplizinnen fände in einem Streit, alle andern sind zu zweit, meine Eltern, meine Schwesternpaare, nur ich bin allein. Es funktioniert eigentlich immer besser, jedenfalls auf längere Sicht, obwohl wir so viele sind und so komplett unterschiedlich. Möglicherweise weil wir jetzt alle schon älter sind und zu erschöpft für echten Streit. Vor allem ich, denn letztlich habe ich ja ohnehin keine Chance.

Bei einem Streit sind immer mindestens zwei gegen mich, nicht selten vier, das habe ich im Laufe meines Aufwachsens gelernt.

Vielleicht wünschte ich mir Söhne, weil meine Eltern sich so sehnlichst einen Sohn gewünscht hatten, dass es schon fast beleidigend war. Sie bekamen mich, dann wollten sie noch ein Kind und bekamen Zwillingstöchter, dann dachten sie wohl, probieren wirs nochmal, vielleicht wirds ja ein Bub. Sie bekamen erneut Zwillingstöchter, und danach trauten sie sich wahrscheinlich nicht mehr. Sie streiten die Sache mit dem Wunschsohn ab, und wenn sie es mal nicht abstreiten, entschuldigen sie es damit, dass das logisch sei, bei so vielen Mädchen. Drei meiner Schwestern haben Namen, die sich ganz zufällig problemlos zu Jungennamen umbauen lassen: Alexandra, Paula, Franziska. Zum Missfallen meiner Mutter, die bis heute darauf besteht, dass man Vornamen nicht abkürzt, nannte mein Vater sie Bienchen, Pauli und Franzi. Meinen Namen hat er nie verniedlicht. Ich weiß bis heute nicht, wie ich das finden soll. Er hat auch alle meine Schwestern mit viel Ehrgeiz in verschiedene Hochleistungssportarten hineingezwungen, nur mich nicht. Sabine und Lexi sind Rennradfahrerinnen, die noch vor kurzem erfolgreich an Rennen teilnahmen, Pauli spielte Turnierfußball, Franzi Tennis. Alle haben in ihren Häusern eigene Schaukästen für ihre Pokale und Medaillen.

Ich habe nur Bücherregale. Du warst einfach nicht sportlich, sagt meine Mutter. Ich frage mich, woran man das erkannt hat. Meine Mutter war eine ambitionierte Turnerin, die es, wie sie gern erzählt, vor allem deshalb nicht in die Profiliga schaffte, weil ihre Familie sich ein professionelles Training nicht leisten konnte. Sie schiebt es auf ihre Herkunft, dass sie keine erfolgreiche Sportlerin geworden ist, und vielleicht stimmt das, aber vielleicht liegt es doch daran, dass sie in ihrem Turnverein meinen Vater kennengelernt hat und dass ihr dann andere Dinge wichtiger waren als das Training.

Sie ist immer noch sportlich genug, um täglich mit meinem Vater Tischtennis zu spielen. Du wolltest keinen Sport machen, es war deine Entscheidung, sagt meine Mutter. Ich kann mich daran nicht erinnern. Alle in meiner Familie sind sportlich, außer mir.

Ich bin die Älteste, äußerlich ähnle ich meinem Vater. Ich habe einmal gelesen, das sei von der Evolution so eingerichtet worden. Die ersten Nachkommen gleichen den Erzeugern, damit die das Weibchen nicht verstoßen. Oder damit sie sich leichter tun beim Identifizieren mit dem Nachwuchs. Ich habe die Begründung vergessen, und ich weiß nicht, ob es stimmt. Bei uns stimmte es. Meine Schwestern sind alle groß und schlank und blond wie meine Mutter. Sie glichen ihr von Geburt an. Ich glaube, das spielt eine Rolle bei der Mutter-Kind-Bindung. Ich aber habe die Augen meines Vaters und seiner Mutter, ihre Nase, ihre helle Haut, die sich in der Sonne sofort rötet, Haare, an deren Farbe man sich nicht erinnert. Auf den Fotos in den Familienalben sieht man mich oft im Hintergrund, manchmal unscharf oder nur zur Hälfte, manchmal gar nicht. Es war keine Absicht, es ist einfach so passiert: Die Zwillinge in ihren süßen Zwillingskleidern und mit den dicken blonden Zöpfen präsentieren ihre Osternester, zwei rosa, zwei rot, und in der Ecke, das

Stück weißer Teddyplüsch, das ist mein linker Arm. Man machte ja auch nicht so viele Fotos damals. Man hatte einen Fotoapparat, legte einen Film ein und ging sparsam um mit den zwölf oder vierundzwanzig Bildern, die man damit machen konnte. Man wartete auf einen guten Moment, auf einen Augenblick, den man verewigen wollte, der repräsentativ war für diesen Lebensabschnitt, für diesen Sommer, für das Glück, an das man sich selbst erinnern und das man anderen zeigen wollte. Man sagte *cheese* und drückte ab. Man wusste nicht genau, was man bekommen würde, wenn man die Bilder später im Fotogeschäft abholte. Manchmal war eine Person, von der man glaubte, man hätte sie auf dem Bild, halb abgeschnitten, manchmal unscharf, und manchmal war sie verschwunden, und relativ oft war ich diese Person, so wie auf den Fotos mit meinen Schwestern mit den spektakulären blonden Zöpfen und den blauen Augen.

Meine Mutter entstammt einem Clan von großgewachsenen, lauten und sehr blonden Menschen. Die Männer sind durchwegs kräftig. Im Alter neigen sie zur Fettleibigkeit, die roten Backen ihrer Jugend werden fleischig und bekommen rote Adern. Die Frauen bleiben schlank und werden mit den Jahren hager, nur zwei der Schwestern meiner Mutter, die Zwillingstanten, tragen auf hohen, dünnen Beinen ausladende Bäuche unter Brüsten herum, die niemals zu wachsen aufzuhören scheinen. Alle sind gesellig und sitzen ständig zusammen herum und brüllen einander an. Niemand meint es böse, sie können einfach nicht anders kommunizieren. Mein Vater behauptet, er habe die Genealogie der Familie meiner Mutter studiert, sie trügen einen Genrest irgendwelcher Wikinger-Vorfahren in sich, die sich damals wohl auf Schiffen zusammenrotteten und gegen das Meer und den Wind anschrien. Ich weiß nicht, ob es stimmt. Vielleicht hat sich mein Vater das ausgedacht, aber wenn man sie mal zusammen erlebt hat, klingt es logisch.

Wie mein Vater bin auch ich gerne für mich, allein in einem Zimmer, mit meinem MacBook, meinem Fernseher und einem Stapel Bücher. Wenn ich schreibe, dann meist mit Bluessongs in den Kopfhörern, die ich nicht mehr wahrnehme, weil ich sie schon so oft gehört habe. Die Songs sind vertraute Rückzugsräume, in denen nie jemand ein Möbel verrückt, weil sie nie ein anderer betritt. Während der Rest meiner Herkunftsfamilie ständig aufeinanderklebt. Keiner schafft es, auch nur fünf Minuten allein zu sein. Wenn ich zuhause auf Besuch bin, habe ich mitunter das Gefühl, meine Schwestern seien gar nie ausgezogen, hätten nicht längst eigene Familien und eigene große, blonde Kinder, allesamt Söhne, Lexi und Sabine je zwei, Paula und Franziska drei, im Gegensatz zu meinen Eltern konnten sie offenbar nur Jungs und blieben auch als Erwachsene sportlich und konkurrenzorientiert. Meine Schwestern behaupten, sie säßen nur meinetwegen bei meiner Mutter herum, nur wenn ich auf Besuch sei. Ich weiß, dass das nicht stimmt, sie stellen ja die Fotos von ihren Prosecco-Nachmittagen in die Familiengruppe. Sie sind immer dort, sie umkreisen meine Mutter und einander wie ein blondes Planetensystem.

Ich war meine ganze Kindheit und Jugend lang unsichtbar neben diesen Schwestern. Ich bin es noch, wenn sie sich in meiner Nähe aufhalten. Es ist, als würden sie alles Licht aufsaugen, alle Blicke richten sich automatisch auf sie, dass sie älter werden, ändert daran nichts. Unlängst war Franzi zu Besuch bei mir, wir stiegen aus der U-Bahn, gingen den Bahnsteig lang, streiften irrtümlich einen Kerl und entschuldigten uns. Ich sah, wie er sich nochmal umdrehte und Franzi anstrahlte. Es hätte mir eigentlich gar nicht mehr auffallen sollen, aber ich bemerkte es, mit einer gewissen Verwunderung: Aha, sieh an, immer noch. Wenn meine Schwestern neben mir stehen, bemerkt man mich nicht. Ich verschwimme mit dem Hintergrund. Das ist vermutlich der Grund, warum ich so schnell wie möglich von zuhause weg bin und seither darauf achte, dass zwischen uns eine gesunde Distanz liegt.

Ich musste mein Zuhause verlassen und fast siebenhundert Kilometer weit wegziehen, um sichtbar zu werden und festzustellen, dass ich eine ganz normale, durchschnittlich attraktive Frau bin, nicht auffällig schön, nicht hässlich. Ich vergesse das sofort, sobald eine meiner Schwestern in der Nähe ist, oder, wahrscheinlicher, alle vier auf einmal.

SOLITUDE

Seit Monaten gehe ich meinen Freundinnen damit auf die Nerven, dass ich mir meine Wohnung bald nicht mehr leisten kann. Wenn erst Mila und dann Max ausziehen, muss ich auch ausziehen, oder ich muss jemanden finden, der einzieht und die halbe Miete zahlt. Die Miete kann ich mir nur mit den Alimenten des Vaters der Kinder leisten, die Alimente zahlen genau zwei Drittel der Miete, wenn die wegfallen, geht sich die Wohnung nicht mehr aus.

Ich zog aus meinem Elternhaus in eine WG, dann zu Lars, dann mit Lars in eine andere WG, und dann zum Vater der Zwillinge. Zwischendurch wohnte ich ein paar Monate in einer WG in Zürich, und dann kamen die Zwillinge. Allein lebte ich nie, außer wenn ich für ein paar Tage aufs Land fahre, manchmal auch ein paar Wochen, seit die Kinder ohne mich zurechtkommen. Dort bin ich tagelang nur mit dem Hund und merke es gar nicht. Ich kann ungestört denken, muss mit niemandem reden, keine festen Mahlzeiten einnehmen. Freunde und Freundinnen kommen zu Besuch, bleiben ein paar Tage, gehen wieder. Es ist eine Lebensform, die mir liegt und behagt.

Im Netz las ich unlängst einen Text der amerikanischen Autorin Sarah Broom, in dem sie schreibt: »I love solitude.« Solitude. Mitunter mangelt es der deutschen Sprache an Worten, an solchen, die einen menschlichen Zustand, einen Lebensstil korrekt auszudrücken vermögen. Solitude: Kein deutsches Wort entspricht dem, was Solitude meint und spürbar macht. Einsamkeit ist negativ konnotiert, sie ist nicht selbst gewählt, sie stößt einem zu. Niemand entscheidet sich für Einsamkeit, sie ist eine unangenehme Empfindung als Folge einer zufälligen oder absichtlichen Vereinzelung. Einsame Menschen erregen Mitleid, sie haben niemanden, sie trennten sich von Freundin, Gatten, Geliebter, Ehefrau, Lover, oder sie wurden abserviert, sie haben ihren Partner, ihre Partnerin überlebt, sie finden niemand Neuen. Sie sind aus ihrem Freundeskreis gefallen, sie haben keine Familie oder sind ihrer Familie entfremdet. Sie sind aus der Gesellschaft ausgestoßen worden, sie wurden vergessen. Niemand liebt seine Einsamkeit. Einsamkeit ist Schmerz. Einsamkeit ist Leiden.

Solitude ist kein Schicksal, wie die Einsamkeit, sie ist eine Entscheidung. Ein Lifestyle, der dich nicht vereinzelt, nicht im Jahrhundert der sozialen Medien. Eine Lebensform, die Rückzug erlaubt an einen Ort, an dem keine andere Person deinen Platz beansprucht, Rechte hat, Stille zerredet, Abläufe stört, Bedürfnisse und Ansprüche artikuliert. Gewohnheiten etabliert, die nicht deine sind. Die Auseinandersetzung mit anderen Menschen ist profitabel, doch sie erschöpft mich auch, sie laugt mich aus, macht mich unruhig, genervt, aggressiv.

Aber ich kann mir meine Solitude in dieser Wohnung nicht leisten. Ich jammere meine Freundinnen an, dass ich einen Mitbewohner oder eine Mitbewohnerin für meine Wohnung brauche, ich werde mein Schlafzimmer räumen und vermieten müssen. Ich könnte ins Wohnzimmer übersiedeln, den größten, hellsten Raum der Wohnung, in dem ich dann arbeiten und schlafen würde. Die Vorstellung behagt mir nicht, ich will nicht auf mein Bett schauen, wenn ich arbeite, andererseits arbeite ich oft im Bett, insofern hätte dieses Arrangement auch Vorteile. Das Bett darf auf alle Fälle nicht so bettartig aussehen wie das Bett jetzt, das außerdem viel zu groß ist für mich, seit langem. Ich habe mir im Internet Betten angesehen, die wie Sofas aussehen. Ich habe mich über Paravents informiert und über Glasziegelwände. Meine Freundinnen machen mit mir Pläne, wie das alles funktionieren könnte, wie viel ich verlangen könnte, für mein Schlafzimmer mit Südbalkon, einem eigenen Badezimmer mit Toilette und Küchenmitbenutzung. Und in dieser Lage! Sechshundert Minimum.

Ich zeige meinen Freundinnen Wohnungsanzeigen aus dem Internet, über die ich gestolpert bin, weil ich nebenbei ein bisschen den Immobilienmarkt scanne. Auf der Suche nach sechzig bis achtzig Quadratmetern mit Balkon in der Gegend des Brunnenmarktes stoße ich auf die unverschämtesten Angebote. Eine finstere Zwölf-Quadratmeter-Höhle mit Familienanschluss, möbliert mit schmalem Bett, billigem Schrank und Schreibtisch, in einer abgewohnten Wohnung zur Untermiete. Das Bad teilt man sich mit der Familie, die dafür vierhundert Euro im Monat möchte, warm immerhin. Da könnte ich doch mindestens sechshundert verlangen, vielleicht sogar siebenhundert?

Meine Freunde geben mir Tipps, Leute zu finden, die jeweils für ein paar Monate oder auch länger das Zimmer mieten könnten. In Wirklichkeit weiß ich längst: Das wird nicht funktionieren. Die Vorstellung, dass ich mit dem Hund vom Land zurückkomme, und ein Fremder sitzt in meiner Küche, ist mir unerträglich. Selbst wenn ich weiß, dass der Fremde ein Freund werden kann, dass ich die Chance bekommen könnte auf eine unvermutet bereichernde Erfahrung: Ich möchte diese Chance nicht. Ich habe lange und gern in Wohngemeinschaften gewohnt, aber ich bin nicht bereit, zu diesem Zustand zurückzukehren. Vielleicht später. Jetzt würde ich lieber allein leben.

Ich kann mir gut vorstellen, in eine Wohnung heimzukommen, in der nichts ist, niemand. Nicht einmal meine Kinder, nicht Max und nicht Mila, die ich, wenn ich die Wohnungstür aufsperre, schon hinter ihrer offenen Zimmertür auf ihrem Sofa lümmeln sehe, mit dem Smartphone in der Hand. Max hat sein Zimmer weiter hinten, seine Tür ist immer geschlossen, und um eventuell eintretende Eindringlinge abzuschirmen, hat er ein Bücherregal vor die Koje gerückt, wo er nun in einem hässlichen Gaming-Stuhl mit seiner Konsole vor zwei Bildschirmen sitzt, mit Kopfhörern auf den Ohren, über die er wohl mit anderen Spielern verbunden ist. Ich weiß es nicht genau. Ich habe irgendwann aufgehört, mich in der Spielewelt meines Sohnes zurechtfinden zu wollen oder auch nur Interesse zu heucheln an dem, was er da macht. Ich habe nicht das Gefühl, dass ihm das schadet. Er scheint seine sozialen Kontakte online zu pflegen, so ähnlich wie ich.

Mila ist an Max' Games genauso wenig interessiert wie ich, sie scheint derzeit vor allem TikTok-Videos zu schauen, die ich auch nicht wirklich verstehe. Manchmal zeigt sie mir eins, das sie besonders lustig findet, aber bevor ich das Lustige daran begreife, ist es auch schon wieder vorbei, und dann macht sich Mila über mein falsches Lachen lustig und darüber, dass ich zu alt sei für TikTok.

Ich rufe Mila einen Gruß zu, ich tue so, als würde ich mich freuen, sie und später Max zu sehen, wie es sich für eine heimkehrende Mutter gehört, und ich freue mich ja wirklich. Aber ich merke auch, wie gut ich mir vorstellen kann, an einen neutralen Ort heimzukommen, meinen Ort, an dem niemand ist, wo ich mit keinem reden muss, wo nicht die Kleidung anderer herumliegt, wo sich keine klebrigen Teller in der Spüle stapeln, wo keine Haare im Waschbecken kleben. Ich würde gerne an einen Ort heimkommen, der so ist, wie ich ihn verlassen habe, aufgeräumt und still. Ich glaube, ich würde gern alleine leben. In dieser Wohnung wird das nicht gehen, so viel ist sicher, dafür reicht das Geld nicht.

Meine Freundinnen kennen meinen Wohnungssermon schon. Er handelt davon, dass man fünfunddreißig Jahre gearbeitet hat, erfolgreich war und sich trotzdem den Ort, an dem man so lange gewohnt hat, nicht mehr leisten kann. Dass man nicht weiß, wo man leben wird, in einem Jahr.

Der Gesang meiner Schwestern: Eigentuuum! Eigentuuum! Hättest du beizeiten in Eigentum investiert! So wie wir! Wärst du klüger gewesen und nicht so eigensinnig! Dann hättest du dieses traurige Problem jetzt nicht. Denn es ist traurig, auf eine lächerlich gewöhnliche Art, auf eine Art, die nach Einschränkung riecht und ein bisschen nach Altersarmut, alles Dinge, die nichts mit dir zu tun hatten, als du jung warst. Die nur andere betrafen, Ungeschicktere, Unklügere, Faulere. Wahrscheinlich denkt niemand, dass es einen selbst treffen könnte. Bis man mit der Niederlage konfrontiert ist, mit dem Ergebnis der eigenen Erfolglosigkeit, falscher Lebensplanung, letztlich: dem fundamentalen Scheitern in einer Gesellschaft, die nur ständige Maximierung als Erfolg akzeptiert, nicht das Reduzieren, nicht ein Leben im Kleinen, Überschaubaren. Ich jammere mich bei meinen Freundinnen aus, in der idiotischen Hoffnung, dass sie mir helfen. Bei mir ein Zimmer mieten, das sie nicht benutzen. Mir jemanden schicken, der das Zimmer mietet und es nicht benutzt. Dass sie mir Sicherheit geben.

Mein Problem ist lächerlich. Es ist nur eine behagliche Wohnung, die ich gegen eine andere, vermutlich ebenso behagliche Wohnung eintauschen muss. Aber an keinem anderen Ort habe ich länger gewohnt als hier. Hier wurden die Zwillinge groß, hier waren sie Babys, Klein- und Schulkinder, hier wurden sie zu Teenagern, hier sind sie, in ihren Zimmern, und werden erwachsen. Hier war ich ihre Mutter, waren wir eine Familie. Ich will diesen Ort nicht aufgeben, und ich will nicht, dass ihn Mila und Max für immer verlassen müssen. Ich will nicht, dass sie ihre Kinderzimmer leer räumen und dann kein Zimmer mehr bei mir haben, keine Zuflucht, in die sie noch einmal aus dem Erwachsenenleben flüchten könnten, falls es doch nicht so funktioniert, wie sie es sich vorgestellt haben. Oder falls ihr Alltag unleistbar wird, durch noch eine globale Krise oder, realistischer, mehrere gleichzeitig. Eine Rückkehrmöglichkeit zu haben, ist in Zeiten wie diesen ein Luxus, natürlich, aber ich hatte sie damals, als ich auszog, zumindest theoretisch. Ich nutzte sie nicht, aber die Möglichkeit stand zur Verfügung, hätte zumindest zur Verfügung gestanden, falls ich gescheitert wäre in meinem Versuch, erwachsen zu werden, ganz allein erwachsen zu sein, in einer großen, fremden Stadt, ohne die Hilfe und Unterstützung meiner Familie. Zu scheitern jedoch, aufzugeben, kam für mich nicht in Frage, mein sturer Stolz schützte mich, und die Entfernung, die ich zwischen mein Elternhaus und meinen neuen, selbstgewählten Lebensmittelpunkt gelegt hatte. Und vielleicht war es ja genau das, was meine Kindheit beendete. Möglicherweise tut man den Kindern etwas Gutes, wenn man ihnen eine Rückkehr ins Kindersein, in den Mutterschoß so schwer wie möglich macht, vielleicht werden sie nur so erwachsen.

EINE LISTE VON DINGEN, DIE ICH VERLOREN HABE

Mit Johnny auf dem Land. Johnny ist ein Freund, den ich schon sehr lange kenne. Wir gehen mit dem Hund im Wald spazieren. Die Sonne scheint durchs Grün, der Hund zieht eine lange, neonfarbene Leine hinter sich her, die ihn daran hindern soll, unvermittelt wegzulaufen und Hasen oder Rehen nachzujagen. Ich will ein Foto von Johnny und dem Hund machen, finde das Handy nicht, vermute, ich habe es im Haus liegen gelassen. Auf dem Rückweg treffen wir auf zwei Wanderer. Sie bleiben stehen und sprechen mich mit meinem Namen an, zwei völlig Fremde. Ich bin ganz verwirrt, bis sie mir mein Handy überreichen. Es lag auf dem Weg, hinten, in der Hülle, steckte meine Versicherungskarte mit meinem Passbild und meinem Namen.

Johnny fragt, ob ich öfter etwas verliere. Ich sage, nein, selten, eigentlich nie. Als wir zurück nach Wien fahren wollen, nachdem wir aufgeräumt und gepackt haben, suche ich nach dem Autoschlüssel und finde ihn nicht. Ich gehe zum Auto. Der Schlüssel steckt im Schloss, offenbar schon seit zwei Tagen. Es ist eine sehr sichere Gegend, jeder hier kennt mein Auto. Wir verstauen den Hund auf dem Rücksitz und steigen ein. Ich drehe mich zu Johnny und sage: Dass ich nie etwas verliere, war übrigens gelogen. Johnny lacht, das war ihm schon klar.

Ich schreibe mir Dinge auf die Hand, um sie mir zu merken: Straßennamen, Hausnummern, die Nummer der Straßenbahn, die mich an einen bestimmten Ort bringt, den Pin-Code meiner Visa-Karte.

Eine unvollständige Liste der Dinge, die ich in meinem Leben verloren habe, tbc:

- Eine Wandergitarre
- Eine Fleecejacke, dunkelgrau
- Eine Mütze beim Hundetraining, schwarz
- Meinen Blog, mit viertausend darin gespeicherten Texten
- Einen Lederhandschuh beim Spazierengehen, pink, wiedergefunden eine Woche später, an der Stelle, an der er aus meiner Jackentasche gerutscht war.
- Meinen Reisepass, auf dem Weg nach Kreta. Ich bemerkte es am Flughafen, am Gate. Mein Blut kochte, meine Ohren rauschten. Es war mir so peinlich. Ich suchte den Gang zur Sicherheitskontrolle ab. Glücklicherweise hatte ich den Pass, vor lauter Angst, ich könnte ihn auf der Reise verlieren, vorher kopiert und die Kopie in die Innentasche meines Handgepäcks gesteckt, es reichte, um nach Kreta zu kommen und wieder nach Hause. Zurück in Wien, rief ich beim Fundbüro des Flughafens an, aber der Pass war nicht abgegeben worden. Ich wollte ihn gerade als gestohlen melden, als ich ihn in meinem Kopierer fand.
- Den Hund, im Wald, trotz der langen Leine
- Zwei sehr gute Punschkrapfen vom Ehrenberger, mit rosa Zuckerguss, auf dem Weg nach Hause, wo ich mich darauf freute, einen zu essen, und dann waren sie nicht da. Ich sah im Kofferraum nach, da waren sie auch nicht. Wahrscheinlich waren sie mir beim Verstauen der Einkäufe aus der Tasche gefallen, und ich hatte sie dann mit dem Auto überfahren.
- Ein Balkan-Trachtentuch, das mir die Designerin Susanne Bisovsky einmal geschenkt hat. Eigentlich waren es zwei

kleine Tücher, die ich zusammengenäht und viele Winter hindurch um meinen Hals gewickelt hatte. Ich verlor das Tuch auf einer Lesereise durch Deutschland und die Schweiz, irgendwo im Zug. Ersatzweise fand ich einen Mann, den ich dann auch wieder verlor, oder besser, irgendwann absichtlich liegen ließ. Es tat mir leid um das Tuch, und es tat mir auch leid um den Mann. Er war klug und sensibel, aber in einer elementaren Sache gerieten wir in Streit und fanden nicht mehr heraus. Ich vermisse das Tuch und sehe es mir manchmal an, im Internet, auf Pressefotos, auf denen ich es trug. Dem Mann begegne ich manchmal auf Facebook; er reist viel.

- Zwei kleine gelbe Taschenmesser mit dem Aufdruck einer Wochenzeitung, die ich von einer Schweizer Freundin bekam, die dort arbeitet. Ich verlor eins, bat sie bei Gelegenheit um ein neues, weil ich es so mochte, fand danach das erste wieder und verlor dann irgendwie beide. Vielleicht habe ich sie gar nicht verloren, sondern nur so gut weggeräumt, dass ich sie nicht mehr finde, und irgendwann werden sie an völlig logischer Stelle wieder erscheinen. (Update: das geschah.)
- Die Cats-2000-Sonnenbrille von Ray-Ban, fünf Mal, glaube ich. Genauso oft habe ich sie wieder gekauft, einmal von Yvonne, der ich sie gemeinsam mit Theres zum Geburtstag geschenkt hatte, weil Yvonne bei einem Urlaub in Kroatien meine so gern getragen hatte. Vermutlich, weil sie ihre irgendwo verlegt hatte. Wir wohnten zusammen in einem kleinen alten Haus gegenüber vom Strand. Das Haus hatte schiefe Böden, kleine Zimmer mit Blick aufs Meer, einen nicht funktionierenden Herd und eine von Blumen und Wein überwachsene Terrasse, von der es nur ein paar Schritte bis zum Wasser waren. Eine kleine Prome-

nade, die Dorfstraße, führte zwischen dem Steinstrand und der Terrasse hindurch, abends saßen wir da, die Füße auf einem Mäuerchen, tranken Wein und lästerten über die Leute, die vorbeigingen, tagsüber saß ich an einem der Tische im Schatten und arbeitete an einem Buch. Ich schrieb eine Todesszene für die Hauptfigur, einen untreuen Mann, ich ließ ihn mit seinem Fahrrad unter einen Geländewagen schlittern, von dem er samt seinem schicken Rad zermalmt wurde. Ich mochte die Szene, verwendete sie dann aber nicht, sondern ließ den Mann leben. Bis heute bin ich nicht sicher, ob das eine gute Idee war.
Yvonne trug in diesem Urlaub ständig meine Sonnenbrille, was ich gar nicht so gern sah, weil Yvonne noch öfter Dinge verliert als ich, aber ich fand auch, sie stand ihr gut. Aber die Brille, die wir ihr schenkten, war ihr dann doch zu groß. Sie hat ein viel kleineres Gesicht als ich. Als ich bemerkte, dass sie die Ray-Ban nie trug, fragte ich sie, ob ich sie ihr abkaufen könne. Ich verlor die Brille ein paar Wochen später, sagte es Yvonne aber nie, sondern kaufte mir auf eBay genau die gleiche noch einmal. Bis heute tue ich so, als sei das ihre.

– Meine Lesebrille nach einer Lesung in einem Bioladen in Eferding. Auf dem Foto, das mit den Bioladenbesitzern gemacht wurde, habe ich sie noch auf der Nase, eine Stunde später im Zug war sie weg. Ich vermeldete den Verlust im Bioladen, beim Veranstalter und auf Facebook, und ich war überzeugt, dass sie irgendjemand entdecken würde. Sie tauchte nicht wieder auf, wahrscheinlich verlor ich sie auf dem Parkplatz, beim Einsteigen in das Auto der Frau, die mich zum Bahnhof brachte, und die Brille wurde mittlerweile Tausende Male überfahren und in winzige Brösel zermahlen, die sich mit dem Schotter des

Parkplatzes vermischt haben, und irgendwann wird der Meeresspiegel so weit gestiegen sein, dass der Ozean auch den Parkplatz in Eferding überspült und meine Lesebrille ins offene Meer trägt.

– Meine Lieblingsflipflops, ich machte die Zwillinge dafür verantwortlich, sie stritten es entschieden ab. Ich entdeckte die Flipflops, die ich vorne mit einer Schere an meine Füße angepasst hatte, Monate später an Yvonnes Füßen, sie wusste nicht mehr, wie sie dahin gekommen waren, und schenkte mir zwei Paar neue.
– Den Inhalt meines Computers, kurz nach der Trennung von meinem Mann. Ich war mit den Zwillingen zurückgekehrt von einem Wochenende auf dem Land und schaltete meinen Laptop ein, der mich zu einem Update aufforderte und dazu, das Gerät dabei unbedingt am Strom zu lassen. Ich steckte das Kabel in den Verteilerstecker unter dem Bett und übersah, dass der nicht in der Dose steckte. Der Computer schaltete sich während des Updates aus und war fortan tot. Ich weinte und postete von meinem Smartphone verzweifelte Hilferufe auf Facebook, auf die ich Antworten bekam, die mir keine Hoffnung machten. Im Netz fand ich einen Mac-Reparateur, den rief ich an, und er ließ mich mit meinem Gerät vorbeikommen. Er wohnte in einer ebenerdigen Werkstatt nicht weit von mir. Die Werkstatt war dunkel, voll mit Sofas und Teppichen, ziemlich unaufgeräumt. Er hatte einen großen, alten, sehr freundlichen Hund, und er war ebenfalls sehr freundlich, machte mir aber für meine Daten keine große Hoffnung. Es gelang ihm dennoch, einen Teil davon zu retten, aber das meiste war verloren. Er installierte mir dann einen kleinen weißen Würfel mit einem grünen Lichtpunkt, so einen ähnlichen wie der, der später einen österreichischen Bun-

deskanzler zu Fall brachte, nachdem der ÖBAG-Chef Thomas Schmid zwar 323 000 Nachrichten von allen Handys und Computern gelöscht hatte, aber vergessen hatte, dass er einen Speicherwürfel besaß, der alle Daten von all seinen Geräten gesichert hatte. Es waren ein paar Chats mit dem Kanzler dabei. Der Korruptionsstaatsanwalt fand sie und wertet sie noch immer aus. Der Kanzler überlebte die Veröffentlichung politisch nicht.

– Ein Baby, nein, einen Embryo. Er muss noch sehr klein gewesen sein, kaum sichtbar. Ich wollte endlich ein Kind, wir machten ein Kind. Meine Periode blieb aus, ich machte ein paar positive Schwangerschaftstests, freute mich wie verrückt, und schließlich ging ich zu einer Frauenärztin. Das war in Zürich. Die Frauenärztin war eine sehr sachliche Frau, ein wenig unfreundlich. Sie machte einen Ultraschall und sagte, nein, da ist nichts, Sie sind nicht schwanger.
Sie sagte nicht: Das haben Sie sich eingebildet, aber irgendwie schaute sie so, als hätte ich. Es war mir peinlich. Ich fühlte mich wie eine Hochstaplerin, die vorgibt, schwanger zu sein, um ihr Leben aufzuwerten. Ich verließ die Ordination, ich ging heim, unschwanger, traurig, gedemütigt.
Das Blut kam zwei Tage später, ich ging wieder zu der kühlen Frauenärztin. Sie machte einen Bluttest, der anzeigte, dass ich schwanger gewesen war, ich hatte es also nicht nur vorgetäuscht.
Sie sagte, ich solle drei Zyklen abwarten, bevor ich es wieder versuche, aber das tat ich nicht. Ich wurde gleich wieder schwanger, ich machte wieder ein paar Tests, dann blutete ich erneut und war wieder traurig. Ich ging noch einmal zu der Frauenärztin, sie sollte mir sagen, warum das nicht klappte bei mir. Sie schaute mit dem Ultraschall in meinen Bauch und sagte: Aber da ist ja etwas, sehen Sie, hier. Wäh-

rend ich mit pochendem Herzen den pulsierenden Punkt fixierte, sagte sie: Und da ist gleich noch eins. Sechs Monate später bekam ich die Zwillinge, acht Wochen zu früh.

EIN ZIMMER FÜR MICH ALLEIN

Die Werkstatt liegt nur fünf Minuten Fußweg entfernt, dreimal um die Ecke, zweimal über die Straße. Es ist keine Werkstatt, es ist eine Wohnung, die ich so nenne, seit ich sie mir als meine Schreibwerkstatt zugelegt habe. Sie ist nicht groß: ein Zimmer mit einer Küchenzeile und einer Schlafnische, ein enger Flur, ein winziges, fensterloses Badezimmer mit WC und Wanne. Ich hatte sie mit einem Kredit gekauft, den ich aufnahm, als ich zwischendurch ein bisschen Geld verdient hatte, und der noch lange nicht abbezahlt ist. Die Wohnung bestand aus zwei kleinen Räumen, als ich sie zum ersten Mal sah, sie war schäbig und abgewohnt, aber sie gefiel mir: Durch hohe Fenster, die über die gesamte Südseite reichten, blickte ich in einen Hof hinaus, in dem ein Ahorn und zwei Eschen wuchsen, vor einer Mauer aus roten Ziegeln, die den Hof vom nächsten trennte. Vormittags war das Licht grau, aber ab der Mittagszeit fiel Sonne durch große Fenster herein. Und sie war überraschend billig. Ich ließ zwischen Küche und Schlafzimmer eine Wand niederreißen, einen Holzboden verlegen, das Badezimmer hellblau fliesen, eine kleine Küchenzeile und in die Nische ein Doppelbett einbauen. Eine lange Werkbank, die ich bei einem Altwarenhändler gefunden hatte, wurde zu einem Arbeits- und Esstisch.

Über der Küchenarbeitsplatte ließ ich ein schmales Regalbrett montieren, klemmte Gelenklampen aus den Siebzigerjahren daran fest, und an dem Tag, an dem die Wohnung fertig renoviert war, klebte ich eine Postkarte des Covers von Virginia Woolfs Buch an die Wand darüber: »A Room of One's Own«. Ein

Zimmer für mich allein, mein erstes eigenes Zimmer, seit ich aus meinem Elternhaus ausgezogen war, mehr noch, seit die Zwillinge auf der Welt waren. Das erste Zimmer, in dem ich ungestört schreiben konnte. Davor schrieb ich mit großen Kopfhörern auf den Ohren, die das Familienleben, das um mich herum ablief, zu einem Stummfilm machten, bei dem ich nicht im Publikum saß, sondern Teil der Besetzung war, ein lebendes, atmendes Requisit, das versuchte, sich unsichtbar zu machen. Spielende, rennende, laufende, lachende Kinder um mich herum, ein Mann, der manchmal ins Bild kam und dessen Körpersprache mir zu verstehen gab, dass meine aktuelle Tätigkeit nicht gebilligt wurde.

Die Kinder wurden größer, der Mann verschwand aus dem Bild. Die Werkstatt, in der ich fast jeden Tag ein paar Stunden gearbeitet hatte, wurde überflüssig, und ich konnte mir so viel Raum nicht mehr leisten. Ich konnte es mir eigentlich ebenfalls nicht leisten, die Familienwohnung zu behalten, aber ich hatte die Zwillinge bereits aus der Familie gerissen, die wir vorher waren, ich wollte ihnen nicht auch noch ihr Zuhause nehmen.

Ich arbeitete, so viel ich konnte, behielt die große, schöne, teure Wohnung und fand etwas heraus, das ich schon als Kind gewusst hatte. Von allem, was man kaufen kann, existiert eine billigere Version, die fast so gut ist wie das Original, man merkt den Unterschied kaum. Schon meine Mutter hatte das meinen Geschwistern und mir einzureden versucht, und jetzt redete ich es meinen Zwillingen und mir selbst ein: Es ist doch eigentlich dasselbe, in derselben Fabrik hergestellt, nur mit einem anderen Namen und in einer billigeren Verpackung.

Die Werkstatt vermietete ich, an eine Gruppe von Leuten, die Unterkünfte für Flüchtlingsfamilien organisierte. Es war 2015. Den Schreibtisch stellte ich in den Keller und ersetzte ihn durch einen kleinen Küchentisch. Es wohnten von da an viele Menschen in der Wohnung, meistens zu viele auf einmal. Sie rissen Sachen heraus und bauten Sachen hinein, die für sie praktischer waren, aber nicht in die Wohnung passten und an denen die zarten Glastüren aus den Sechzigerjahren zerbrachen. Ich nahm es ihnen nicht übel, ich war als junger Mensch auch keine vorbildliche Mieterin gewesen. Sie zogen wieder aus, es wurde alles einigermaßen repariert, und ich vermietete die Wohnung an andere Leute. Zuletzt wohnte eine ehrgeizige junge Iranerin mit ihrer Katze darin, die unheimlich schnell Deutsch gelernt hatte und nichts kaputt machte, aber leicht fror. Letzte Woche whatsappte sie mir, sie habe eine größere und wärmere Wohnung für sich, ihre Katze und ihren Freund gefunden. Ich verstehe sie, aber es zwingt mich, neue Mieter zu suchen, einen neuen Mietvertrag für mindestens drei Jahre aufzusetzen, mich wieder um die Wohnung zu kümmern und darum, dass sie intakt ist. Ich muss aufs Neue in die Vermieterinnen-Rolle schlüpfen, die mir nicht liegt. Ich möchte mich nicht um noch etwas kümmern, ich bin auch so schon überfordert.

Als Mila hört, dass die Werkstatt frei wird, sagt sie, sie würde gern dort wohnen. Das überrascht mich.

»Du weißt, wie klein die Wohnung ist? Dass du da nur allein wohnen kannst?«

»Ja«, sagt Mila.

Sie sagt seit längerem, dass sie gleich nach der Matura ausziehen wird, aber ich dachte immer, sie denkt dabei an eine WG und das lustige, mutterfreie Partyleben, das damit verbunden ist.

»Bist du dir sicher, dass du ganz allein wohnen möchtest, wenn du hier ausziehst?«

Sie sagt, sie glaubt schon, sie kann sich das gut vorstellen. Sie sagt, sie mag die Werkstatt. Ich kann es mir eigentlich auch vorstellen, sie ist, obwohl sie nur eine Minute von Max trennt, das erwachsenere meiner beiden Kinder, und sie braucht, wie ich, viel eigenen Raum um sich herum.

Ich sage der Iranerin, dass es mir leidtut, dass sie ausziehen möchte, vereinbare einen Übergabetermin und beschließe, die Wohnung bis zu Milas Matura leer stehen zu lassen, auch wenn es mich kostet.

ITALIEN

Max hat sich aufs Sofa gelegt und ist eingeschlafen. Der Hund hat sich neben seinem Kopf zusammengerollt, mit zuckendem Ohr. Max liegt auf dem Bauch, die Arme unter dem Körper: So lag er schon als Baby auf seiner Matratze, wenn er fror, so schläft er immer noch, wenn er friert, trotz der Wolldecke, die zusammengefaltet am Ende des Sofas liegt. Der Hund schreckt kurz hoch, als ich die Decke über Max ausbreite, und sinkt dann wieder nieder. Ich setze mich zurück an den Tisch zu meinem Computer und beobachte die beiden. Ich weiß, was jetzt kommt. Nach ein paar Minuten dreht Max sich auf die Seite, streckt sich aus und entspannt sich, ohne aufzuwachen, wie er es auch als Baby tat. Daran erinnere ich mich. An vieles andere aus der Zeit, in der Max und Mila klein waren, erinnere ich mich nicht. Vielleicht, weil es so anstrengend war.

Auch an meine Kindheit erinnere ich mich kaum. Genauer, ich bin nicht sicher, ob ich mich erinnere. Ich puzzle mir meine Kindheit aus den Fotos in den Alben meiner Eltern zusammen. Die Wirklichkeit, die Vergangenheit als solche, ist mir kaum noch präsent. Oder vielleicht ist sie es, aber ich kann es nicht garantieren. Wie lange reicht meine Erinnerungsfähigkeit tatsächlich zurück? An wie viel erinnere ich mich nur deshalb, weil es mir immer wieder erzählt wurde? Würde ich noch wissen, dass Lexi eine Kellerstiege hinuntergefallen ist, wenn ich nicht immer wieder das Foto sehen würde, auf dem sie mit dem Gipsbein neben Sabine steht? Daneben ich, mit einem von schlechtem Gewissen entstellten Gesicht. Mein Vater hatte mir aufgetragen, eine Kabelrolle in den Keller zu bringen, ich hatte herumgezickt, deswegen hatte es die gutmütige Lexi für mich gemacht und war dabei gestolpert. Wenn es das Foto nicht gäbe, würde ich mich wahrscheinlich nicht mehr daran erinnern. Na ja, es gäbe noch Lexis Erinnerung, aber vielleicht hätte auch sie vergessen, warum sie sich als Kind das Bein gebrochen hatte. Das Bild sorgt dafür, dass wir es nicht vergessen. Die kleineren Zwillinge sind nicht auf dem Bild, ich weiß nicht, warum, meine Mutter meint, sie machten vielleicht Mittagsschlaf. Ich bin auf dem Bild acht Jahre alt, also waren die großen Zwillinge sechs, die kleinen vier.

Wir sehen uns die Fotoalben bei jedem meiner Besuche an. Es ist ein Familienritual. Alle versammeln sich um den Küchentisch, eine Horde Frauen mit Haaren in allen Schattierungen von hellblond bis schneeweiß, und ich, die Unsichtbare. Drei meiner vier Schwestern tragen jetzt leicht nach links gescheitelte Pagenschnitte: Franziska hat ihre langen Haare zuerst abgeschnitten, Paula hat es ihr sofort nachgemacht. Nach jahrelangen Besprechungen haben beide außerdem beschlossen, allmählich zu ergrauen, was man bei ihren hellen Haaren allerdings kaum bemerkt. Lexi blondiert noch, trägt die Haare jetzt aber ebenfalls kinnlang, jedoch mit einem fransigen Pony.

»Findest du nicht, dass sie das alt macht«, sagte Paula einmal in einem seltenen und beunruhigenden Moment des Ausscherens aus der Gruppe. Ich fragte mich sofort, für welche Intrige sie mich gerade einspannen wollte. Es kann nicht mehr lange dauern, bis auch Sabine sich die Haare schneiden lässt, ich rechne jeden Moment damit. Jedenfalls: Wir sitzen um den Küchentisch meiner Mutter, wer immer von den Schwestern gerade da ist, trinken Kaffee (meine Mutter) und flaschenweise Prosecco (alle anderen) und tratschen über die Leute im Ort. Wer ist gestorben, wer hat Krebs oder einen Hirnschlag, wer hat geheiratet oder Kinder gekriegt. Ach ja, und wer ist schwul, lesbisch oder trans. Irgendwann zupft Lexi eins der alten, kunstledergebundenen Alben aus dem Regal, und es geht los. Wir schauen uns Fotos an und brüllen uns über die Alben hinweg an.

»Das war nicht in Italien!«

»War es doch!«

»Lass mich auch sehen!«

»Wo ist der Prosecco?«

»Nein, das war in Kärnten!«

»Am Wörthersee!«

»Wo wird er sein, im Kühlschrank!«

»Gibst du mir ein Bier raus?«

»Ja, das war in Kärnten!«

»Italien!«

»Kärnten!«

»Aber das ist doch Giorgio, der Kellner!«

»Mag noch wer Kuchen?«

»Nein, das ist der Campingwart, Egon, der, mit dem Lexi geschmust hat!«

»Nein, mir nicht mehr, ich muss noch fahren!«

»Aber du schon, oder?«

»Ja, bitte, einer geht noch.«

»Schnäpschen dazu?«

»Mama, nein, es ist doch erst halb drei!«

»Also, ich nehm schon einen.«

»Jetzt zeig mal her, ich sehe überhaupt nichts!«

»Ah, der Lexi dann wegen der spanischen Tussi links liegen ließ.«

»Ist doch gar nicht wahr! Ich hab *ihn* abserviert!«

Wir streiten über jedes einzelne Bild, über den Tag, über den Ort, über die Leute im Bild, über die Leute, die nicht im Bild sind, wir streiten uns eine Erzählung zu dem Bild zusammen, unser Leben als Kinder, unsere Vergangenheit. Die Erzählungen sind nicht immer gleich. Sie sind manchmal bunter, manchmal dichter. Manchmal sind es nur lose gestrickte Fetzen in verblassten Farben.

»Meine Güte, schau dir deine Frisur an«, sagt Franziska. Wir blicken auf ein Foto meiner Erstkommunion.

»Jaja, deine Haare waren immer schon besser, schon klar«, sage ich.

»Jetzt sei nicht gleich beleidigt, du Leberwurst«, sagt Franziska.

Ich schau mir meine Haare an, als sähe ich sie zum ersten Mal. Ich kann mich noch erinnern, wie unangenehm mir die Frisur war, die mir Mutters Schwester Fini gemacht hatte: Sie hatte meine dünnen, brünetten Haare auf Lockenwickler gedreht, dann vorsichtig gelöst, und so ließ sie die Haare dann, steif nach innen gedreht. Auf dem Bild stehen die Locken bizarr von meinem Kopf ab, sie bilden ein unnatürliches Gebilde aus runden Haarlöchern. In der Mitte des Gestrüpps sitzt eine Stoffblume, mit einem weißen Band festgezurrt, wie bei den Mädchen auf amerikanischen Babyfotos.

Es gibt mehrere Fotos von meiner Erstkommunion. Ich trage ein weißes Kleid aus Spitzenstoff, das vermutlich meine Mutter genäht hat, sie nähte damals fast alle unsere Kleider selbst. Jetzt finde ich das Kleid hübsch, damals mochte ich keine Kleider. Auf einem der Bilder sitze ich auf einer rot-gelb lackierten Gartenbank vor dem Haus meiner Großmutter, gesäumt von drei alten Verwandten. Alle blicken ernst in die Kamera. Die Sonne scheint uns ins Gesicht. Ich weiß nicht mehr, wer das Foto gemacht hat, wahrscheinlich mein Vater. Ich glaube mich daran zu erinnern, dass meine Mutter seufzte, als sie das Foto sah: Das Kind, das ich mal war, lümmelt auf der Bank mit unzufriedener Miene, die Beine breit wie ein Junge, es hält die Kommunionskerze mit dem Tüllschürzchen lustlos ins Bild, weil man das dem Kind offenbar befohlen hat. Ich hatte zuvor den gelben Blechwecker, den ich als Geschenk zur Kommunion bekommen hatte, auf den Asphalt fallen lassen. Er hatte dann Kratzer und Dellen, und alle waren sauer. Ich glaube mich auch noch zu erinnern, wie sehr ich die Verkleidung verabscheute. Bis heute gehe ich auf keine Partys mit Dresscode. Okay, ich gehe eigentlich kaum mehr auf Partys, weil ich inzwischen begriffen habe, dass ich Menschenmengen nicht ertrage, aber zu denen mit Dresscode gehe ich nie.

»Die Frisur ist wirklich ungünstig«, sagt meine Mutter, »ich verstehe nicht, warum die Fini das damals so gemacht hat.«

»Ich auch nicht«, sage ich.

»Was hat sie sich dabei bloß gedacht, das schaut doch total blöd aus an einem Kind«, sagt meine Mutter.

»Warum hast du denn nichts gemacht«, sage ich.

»Ich weiß nicht mehr«, sagt meine Mutter, »ich war wahrscheinlich im Stress.«

»Danke dafür«, sage ich.

Ich sehe ohnehin nicht wie ein Kind aus auf dem Bild, eher wie ein unglücklicher Teenager. Links neben mir sitzt mit gefalteten Händen mein Großvater und schaut wie einer, der schon ein paar Schnäpse intus hat. Ich hatte ihn gar nicht so klein in Erinnerung, und so eingefallen; er wirkt, als hätte er keine Zähne mehr. Seine dünnen Haare sind in der Mitte gescheitelt. Unter einer braunen Strickjacke ragen riesige, spitze Hemdkragen heraus, er trägt Pantoffeln, wahrscheinlich ist er nur kurz aus seinem verrauchten Zimmer im Dachboden heruntergekommen, in das ihn meine Großmutter verbannt hatte. Ich kann mich an ihn erinnern, aber nicht daran, dass er je etwas geredet hätte. An die tiefe, laute Stimme meiner Großmutter erinnere ich mich, an seine nicht. Rechts sitzt eine Großtante, brauner Mantel, beige Bluse, weißer Hut, die weiße Tasche liegt auf ihren züchtig zusammengedrückten Knien mit den hautfarbenen Nylonstrümpfen, neben ihr beugt sich mit einem Lachen ein Großonkel über sie.

»Wie alt waren die da?«, frage ich.

Meine Mutter rechnet nach: Der Opa war fünfundsechzig, die Tante siebenundsechzig, gar nicht so alt. Die Zeit hat sie früh alt gemacht, die Entbehrungen, die sie als Kinder erlitten, der Krieg, die Armut, Krankheiten und Beschwerden. Nach diesem Tag musste ich sonntags nicht nur in die Kirche, sondern auch zur Kommunion, mich anstellen in einer langen Reihe von Fremden. Ich war damals schon nicht gern unter Fremden.

Ich habe mich viel gelangweilt in der Kirche, wir alle, ich glaube, auch meine Eltern. Aber Langeweile ist beim Glauben keine Kategorie. Das Singen half ein bisschen. Danach stand man vor der Kirche herum und langweilte sich weiter, während die Eltern sich mit anderen Eltern unterhielten; über die Predigt, über das schöne Pfarrfest vom letzten Jahr, über die Wetterprognosen fürs nächste. An manchen Sonntagen gingen Leute durch die herumstehende Menge und drückten den Erwachsenen mit ernstem Blick kleine rosa Plastikfigürchen in die Hand: winzige, zusammengekrümmte Babys und Broschüren dazu. Ich lernte das Wort Embryo, aber ich verstand nicht, was das alles bedeutete.

Damals kannte ich Hansi noch nicht. Obwohl Hansi wahrscheinlich auch da herumstand, vor dieser Kirche, samt den Eltern, gelangweilt wie ich.

GRÜNE HÜGEL

Eine alleinerziehende Mutter zu sein, ist mit nichts anderem zu vergleichen. Ich wusste es vorher nicht. Ich meine nicht, dass es nicht Millionen Biografien gibt, die schwieriger oder dramatischer sind. Aber eine Alleinerzieherin zu sein, eine ganz und gar Alleinerziehende zu sein, so wie ich es nach der Scheidung war, das hat einen Aspekt, den auch Trauer, Verlust, Flucht haben: Man kann es sich nicht gut vorstellen, wenn man es nicht selbst erlebt hat. Das Alleingelassensein mit allem. Die Überraschung darüber, weil man es sich ganz anders vorgestellt hat. Die ungeheure Last der Verantwortung für zwei Kinder, die nicht mehr verteilt ist, sondern jetzt mir gehört, mir ganz allein. Ich bin verantwortlich, und zwar für alles, für die Kinder, für ihr Wohlbefinden, für ihre Ängste und ihre Verletzungen, für den Trost. Dafür, dass sie genug geliebt werden. Für ihre Ausbildung, für ihr Fortkommen im Leben. Auch die Angst gehört mir jetzt ganz allein, die Angst, es nicht zu schaffen, die Angst, zu versagen, die Angst, krank zu werden, die Angst, die Arbeit zu verlieren. Die Angst, zu fallen: Hinter mir würde keiner mehr stehen, um mich aufzufangen, da wäre nur noch leerer Raum über hartem Grund.

Als ich mich trennte, war mir nicht klar, wie anstrengend von nun an alles sein würde, wie sich ständig Berge vor mir aufrichten würden und dass, wenn ich den einen bezwungen hätte, dahinter schon der nächste aufragen würde. Wie in dem Film, ich habe vergessen, wie er heißt. Ein Mann macht sich von irgendeinem verlassenen Ort, an den es ihn, ich weiß nicht mehr, warum, verschlagen hat, auf den Weg in die Zivilisation, auf der Suche nach Rettung. Er scheint nicht zu wissen, wo er ist, er ist orientierungslos, aber er ist auch voller Zuversicht, dass er sein Ziel bald erreichen und auf Menschen treffen wird, die ihm helfen können. Vor ihm erhebt sich ein grüner Hügel, freundlich, bezwingbar.

Als der Mann losmarschiert, schwingt sich hinter ihm die Kamera auf, fliegt höher und höher, und man sieht, was der Mann nicht sieht: Hinter dem Hügel, den er gerade erklimmt, erhebt sich ein weiterer Hügel, ein grüner Berg, und hinter dem Berg noch einer, höher noch als der vorherige. Westlich und östlich, vor und hinter ihm, nichts als dicht bewaldete Berge. Der Mann befindet sich in einer endlosen Landschaft, Tal um Tal, zerklüftet, menschenleer.

So ähnlich ging es mir. Ich dachte, ach, nur ein Hügel, da bin ich schnell drüber, dahinter Erleichterung und Horizont und neues Leben mit überschaubaren Sorgen. Aber da war wieder ein Hügel, und dann noch einer, und bis jetzt immer nur Hügel, und vielleicht gibt es so was wie Horizont einfach nicht für Frauen wie mich.

IM TEPPICHLADEN

Die Zwillinge waren noch ganz klein, als wir damals in diese Wohnung zogen. Sie konnten noch nicht lange gehen, sie waren später dran als andere Kinder in ihrem Alter, die nicht zu früh zur Welt gekommen waren. Wir besichtigten die Wohnung an einem grauen Novembertag, kurz bevor wir mit dem Auto zu den anderen Großeltern der Kinder fuhren. Eine Maklerin führte uns durch die leeren Räume, die Zwillinge kugelten durch den Flur. Sie trugen rot-weiß gestreifte Baumwollhauben, das weiß ich noch. An die Eineinhalbjährigen selbst kann ich mich kaum erinnern. Ich habe jedes Gefühl dafür verloren, wie sie als Babys waren, ich bastle es mir nur mühsam zusammen, wenn ich mir Fotos von früher ansehe. Das sind meine Kinder, aha. Das waren sie also, sehr süß. Aber so ist es mit eigenen Kindern: An jedem Tag, an dem sie älter werden, verliert man die, die man am Tag davor hatte. Manchmal vermisse ich sie.

Als wir die Wohnung zum ersten Mal sahen, war sie vollständig mit einem fleckigen altrosafarbenen Spannteppich ausgelegt. Sie wirkte nicht sehr heimelig. Vor dem Fenster standen ein paar kahle Bäume. Der Aufzug fuhr nur nach oben. Aber wir mussten raus aus der alten Wohnung, also überlegten wir nur kurz und sagten dann zu.

Am folgenden Montag fuhren wir mit viel Bargeld in der Tasche zu der Maklerin, die uns in einem spärlich möblierten Büro am Rande eines Arbeiterbezirks empfing. Wir gaben ihr das Geld für die Provision, und sie schrieb uns eine Adresse auf einen Zettel, an der wir die Kaution für die Wohnung zahlen sollten, ebenfalls in bar. Wir fuhren zu der Adresse. Es war ein Teppichgeschäft mit staubiger Auslage, innen war es dämmrig. Der Laden sah nicht so aus, als würden dort viele Leute einkaufen. Die Maklerin hatte uns einen Namen genannt, und den nannten wir der Verkäuferin, die durch eine Tür verschwand. Wir warteten. Es war uns ein wenig bang. Die Verkäuferin kam wieder, und mit ihr ein glatzköpfiger, schnurrbärtiger Mann in einem Jogginganzug aus Fallschirmseide in Lila und Braun. Der Mann sagte, wir sollten ihm folgen, und führte uns dann durch die Hintertür in ein schlecht beleuchtetes Büro. Er ließ uns einen vorgedruckten, händisch ausgefüllten Mietvertrag unterschreiben, dann nahm er unsere dreitausend Euro, zählte die Scheine nach und gab uns dafür eine Quittung, die Kopie des Vertrags und einen Schlüsselbund. Es war einfach ein Schlüsselring, an dem drei Schlüssel hingen. Wir verließen damit den Teppichladen. Den ganzen Weg zurück waren wir komplett nervös, ob die Schlüssel passen würden, ob wir nicht eben für ein paar wertlose alte Schlüssel dreitausend Euro gezahlt hatten. Ich überlegte, wie ich das meinen Schwestern erzählen würde. Meine Schwestern hätten so was nie gemacht.

Wir kamen zu dem Haus, in dem wir uns die Wohnung angesehen hatten, und steckten zitternd einen Schlüssel nach dem anderen in das Schloss. Der dritte passte. Dann fuhren wir mit dem alten Aufzug in den sechsten Stock und probierten die restlichen Schlüssel durch. Einer öffnete tatsächlich die Tür, und wir zogen ein, rissen den rosa Teppich heraus und realisierten erst im Frühling, was das für Bäume waren vor unserem Haus: Kastanien, fünfzehn fette, grüne Kastanien, die in Weiß und Rosa blühten, achtzehn Frühlinge hintereinander.

GET A LIFE

Mila redet jetzt oft über die Werkstatt, ihre neue Wohnung; wie sie sie einrichten möchte, was sie noch braucht. Ein Schuhregal, Waschmittel, einen Teppich, einen bequemen Sessel. Ich spreche gern mit ihr darüber, aber manchmal, wenn ich vergessen habe, dass sie bald nicht mehr bei mir wohnen wird, streift mich ein Schmerz, als hätte ich mich scharf wo angestoßen. Dieses Gefühl ist neu. Nein, es ist eigentlich nicht neu, es verfolgt mich seit der Trennung in anderer Form: dass ich allein sein werde, wenn die Kinder einmal ausziehen. Und dass ich mir die Wohnung dann nicht mehr leisten kann, diese Sorge hängt sich gleich dran: ein neues Zuhause finden zu müssen, für mich allein. Also, für mich und den Hund. Eine Zeitlang denke ich darüber nach, Max zu einer WG zu überreden, um diese massive Veränderung, wenn schon nicht abzuwenden, so doch ein bisschen aufzuschieben. Aber ich tue es ohne Überzeugung. Ich weiß, das wäre für uns beide nicht gut. Wir wären keine Wohngemeinschaft. Ich wäre immer die Mutter, Max bliebe das Kind. Es würde mir Zeit verschaffen, wenn er noch ein paar Monate länger bei mir wohnen bliebe, aber auch er würde schließlich ausziehen, und so wäre es richtig.

Ich weiß im Moment nur nicht, was auf mich zukommt und wie es sein wird, wenn es so weit ist. Ob es mich nicht doch umhauen wird, so wie andere Mütter. Ich weiß noch nicht, wie ich mich tatsächlich fühlen werde, wenn sie beide weg sind und ich in der leeren Wohnung stehe. Auch wenn ich nicht glaube, dass ich dann eine von denen sein werde, die daran verzweifeln, die danach monatelang ständig in Tränen ausbrechen und zur Therapie gehen. Ich kenne so welche, aber ich fand das, ehrlich gesagt, immer ein bisschen lachhaft.

Jetzt setzt Mila zum Sprung an, und es triggert nun doch eine Angst, von der ich behaupte, sie sei gar nicht da.

DEAN MARTIN

Ich weiß nicht, was mit der Wohnung passieren wird, aber bis ich es weiß, möchte ich meine Dinge in Ordnung bringen. Ich will all den aus Sentimentalität und Faulheit gehorteten Krimskrams sichten, sortieren und entsorgen. Je mehr Zeug beizeiten aus dieser Wohnung verschwindet, desto besser.

Aus der kleinen, dunklen Kammer neben dem Flur, die die Heizung und die Waschmaschine beherbergt, führt eine schwere, eiserne Tür in einen Abschnitt des Dachbodens. Es ist feuerpolizeilich verboten, auf dem Dachboden etwas zu lagern. Natürlich hielten wir uns nicht an diese Vorschrift, wie schon die Leute, die vor uns in der Wohnung gewohnt hatten. Ein schiefer Kasten aus splitternden Furnierplatten stand bei unserem Einzug auf dem Dachboden, seine Türen schließen nicht mehr ordentlich, aber in seinem Inneren hat er Regalfächer. Auf den oberen bewahre ich die Weihnachts- und Osterdekoration auf, ein Sack voll mit billigen Plastikkugeln, die David-Bowie- und Prince-Kugeln aus Glas, sorgfältig in Küchenkrepp verpackt, eine Papiertasche mit Lametta und den unförmigen Strohsternen, die die Zwillinge im Kindergarten gebastelt haben. Verschiedene Nikolaus-Säcke, einen Adventkalender aus selbstgenähten Säckchen aus grün- und rotkariertem Stoff und Holz-Wäscheklammern. Ein paar Osterkörbchen, die schon lange keiner mehr versteckt, Ostergras aus Papier, Tücher, die die Kinder im Hort mit bunten Hasen, Hühnern und Eiern bedruckt haben, mit Kartoffeln, die ihre Betreuerinnen geschnitzt haben. Auch ihre alten Blockflöten liegen noch dort, in ihren Etuis aus beschichtetem Jeansstoff, unbespielt seit mehr als einem Jahrzehnt. Auf den unteren Brettern stehen Flaschen mit Cider und Ribiselsekt, die, auch schon vor Jahren, irgendwer mitgebracht hat und die keiner trinken, aber auch nicht wegschütten wollte. Wenn ich mir überlege, wie lange diese Flaschen dort jetzt schon liegen, denke ich: wegschütten, mache es dann aber doch nicht. Vielleicht kann man sie ja noch zum Kochen brauchen. Oder sie kommen bei einer der Partys auf den Tisch, die die Zwillinge in der Wohnung feiern, wenn ich mit dem Hund auf dem Land bin.

Als Mila in mein Zimmer kommt, wo ich auf dem Boden sitze und eine Kiste voll altem Zeug ausräume, entdeckt sie ein Heiligenbild im goldenen Rahmen: Es steckt in einer Schachtel, neben alten Briefen, Mappen mit ganz frühen Texten, Fotoabzügen und Negativen in den Umschlägen vom Fotoladen und mit fünfzehn Jahre alten Steuerunterlagen, die ich sofort im Altpapier entsorge. Es ist eigentlich kein Bild, es ist ein Hologramm. Aus einem Blickwinkel zeigt es Jesus mit gefalteten Händen, aus einem anderen die Muttergottes. Das Bild hing in der ersten Wohnung, die ich mit dem Vater der Zwillinge teilte, bevor wir Kinder hatten. Ich mochte das Bild, und als ich zweimal umgezogen war und mich schließlich zu erwachsen dafür fühlte, wollte ich es trotzdem nicht wegschmeißen. Ich bewahrte es in einer Schachtel auf, die mit mir umzog, als ich schon Mutter war.

»Waah, toll«, sagt Mila, »was machst du damit?«

»Willst du es?«, sage ich.

»Unbedingt«, sagt Mila.

»Genau deshalb habe ich es aufgehoben«, sage ich, »genau dafür.«

Sie stellt es in ihrem Zimmer auf das Fensterbrett, bis sie auszieht. Wir befinden uns in einer Art Limbus, einer verwaschenen Zwischenwelt ohne erkennbaren Horizont: die Zwillinge zwischen Kindheit und Erwachsenwerden, ich zwischen erwachsen und alt, wir alle zwischen dieser Familienwohnung und unseren neuen Lebenssituationen. Neuen Wohnorten, von denen zumindest Max und ich noch nicht wissen, wo sie sein werden. Fremde, unbekannte Räume, die irgendwo schon existieren und bald zu unserem Lebensmittelpunkt werden, und wir wissen noch gar nichts über sie. Es ist beängstigend und aufregend zugleich, und auch wenn man schon so oft umgezogen ist wie ich, ist es eine latente Verunsicherung, nicht zu wissen, in was für einem Zimmer man in einem halben Jahr und vielleicht alle Jahre danach aufwachen wird. Ich mag Veränderungen nicht. Ich will, dass alles so bleibt, wie es ist, solange es einigermaßen geht. Wo werde ich wohnen? Wie werde ich leben? Wo werden meine Kinder sein? Wie oft werde ich sie sehen? Der Hund sagt: Oft genug, ich kümmere mich darum.

Am Abend gehe ich in Milas Zimmer und bringe ihr eine Tasse Tee. Sie sagt, wie sehr sie das Jesus-Bild mag und dass sie es über ihr Bett hängen wird. Zwei Erinnerungen überlappen sich: jene an die Ferien im bäuerlichen Elternhaus meiner Großmutter, wo in den Schlafzimmern über jedem Bett ein strahlender Heiliger hing. Und jene an den Markt, auf dem ich dieses Bild gekauft habe, in einem Wallfahrtsort auf Sizilien. Ich kaufte auch einen Melamin-Aschenbecher, der irgendwo hinten in einem Schrank verräumt sein muss, ich hoffe, ich habe ihn nicht weggeworfen. Ich habe vergessen, wie der Ort hieß, aber man kann das ja googeln. Santuario di Tindari, die Wörter kommen mir nicht vertraut vor, aber das muss der Ort gewesen sein. Google Maps zeigt mir, dass es oberhalb von Taormina liegt, daran kann ich mich erinnern, wir wären beinahe mit dem Mietwagen in einer der engen Gassen stecken geblieben. An die Kirche von Tindari, ganz oben auf einem Berg, erinnere ich mich auch, und an den Devotionalienmarkt davor. Es war sehr heiß, die Sonne brannte auf uns nieder, als wir aus dem Mietwagen stiegen. Wir waren zu viert. Es war eine sehr schöne Reise, das weiß ich auch deshalb, weil es davon ein Album gibt, das Horst gemacht hat, dreißig Schwarzweißfotos, zusammengehalten von Schrauben. Die meisten Fotos sind Selfies von uns vieren, die Horst mit seiner Kamera mit ausgestrecktem Arm gemacht hat, wir drängen uns irgendwie zusammen, meist lachend. Wir sind jung. Ich bin mit Horst und Lina immer noch befreundet und sehe sie älter werden. Wir sahen gut aus. Zwischen den Selfies finden sich Fotos vom Strand, von Straßenhunden, von Heiligenbildern und Ruinen, von Linas Brüsten. Sie ist eine sehr schöne Frau, nach wie vor.

Auf dem Markt bei der Kirche kaufte ich den Aschenbecher und das Bild, so erzähle ich es Mila, als ich die Teetasse bei ihr abstelle, aber als ich mit meiner Teekanne in mein Zimmer gehe, bin ich mir nicht mehr ganz sicher: Habe ich es nicht vielleicht doch aus dem polnischen Ramschladen in der Lerchenfelder Straße? Ich habe dort auch eine kleine Glasteekanne in einem rosa Plastikgeflecht gekauft, die ich mochte. Sie fiel mir irgendwann aus der Hand, ich bedauerte es. Oder habe ich sie in der Redaktion der Tageszeitung gelassen, für die ich eine Zeitlang schrieb? Oder hatte ich zwei? Ich glaube, es waren zwei: eine mintgrün, eine babyrosa. Es gibt sie schon lange nicht mehr, und damit auch keine Beweise mehr dafür, dass es solche Kannen je gab.

Ich habe damals gerne Ramsch gekauft, in Wien und auf Reisen. Es war guter Ramsch, meistens. Die drei Sonnenblumen-Ölgemälde nach van Gogh, die wir 1992 in Saigon auf der Straße kauften, hängen immer noch nebeneinander unter der Decke des Wohnzimmers, jedes unterscheidet sich ein bisschen vom anderen, in der Farbe, im Pinselstrich, in den Proportionen. Ich glaube nicht, dass sie mit mir umziehen werden. Aber ich werde sie vermissen; vielleicht nehme ich sie doch mit. Die mexikanischen Bilderrahmen mit den blutenden Herzen werde ich Mila schenken. Aus Oaxaca, geschnitzt und bunt bemalt. Ich brachte sie 1995 von einer Reise nach New York und Mexiko mit. Beim Ausmisten fand ich ein paar Umschläge mit Fotos, Lomografien, alle unscharf und verschwommen, aber man kann sehen, wie aufgeregt wir waren, wie jung und wie glücklich. In New York lag Schnee, so viel, dass die Leute mit Langlaufskiern den Broadway entlangliefen, wir schafften es gerade noch vor dem nächsten Blizzard zum Flughafen und flogen nach Acapulco. Ich glaube, wir mussten in Houston, Texas, zwischenlanden und übernachten. Dass ich einmal in Texas gewesen war: Das hatte ich vergessen.

Wir waren zu dritt, zwei Männer und ich. In Acapulco war es nicht schön. Die Hotelbauten waren hässlich, der ganze Ort war gruselig zubetoniert und komplett verbaut, es sah so aus, wie wir uns den Ballermann auf Mallorca vorstellten, wo wir nie im Leben hingefahren wären. Der Pazifik war beeindruckend, aber der Strand war schmutzig. Es regnete. Wir gingen trotzdem in das warme Wasser, wir hatten uns so darauf gefreut im eiskalten Winter-New-York. Aber die meiste Zeit saßen wir unter den Vordächern von Strandbars, mit den Füßen am Geländer, damit uns die riesigen Kakerlaken nicht in die Sandalen krochen. Wir schrieben Ansichtskarten, tranken Tequila und Mezcal, und ich weiß noch, dass wir darüber stritten, wer die blöde Idee gehabt hatte, hierherzufahren. Keiner wollte es gewesen sein. Das schrieben wir auch auf die Karten.

Wir zwängten uns in ein uraltes VW-Käfer-Taxi, das uns zu

den Klippen brachte. Die Männer trugen die ganze Zeit Cowboy-Hüte aus Stroh, die sie am ersten Tag auf einem Markt gekauft hatten. Wir beobachteten ein paar Klippenspringer, aber es war alles nicht so spektakulär, wie wir es uns vorgestellt hatten. Wir hatten es uns ausgemalt wie in einem Elvis-Presley-Film aus den Fünfzigern, oder besser noch, wie in einem Film mit Dean Martin. Wir waren Fans von Dean Martin. Er starb an dem Tag, an dem wir in Acapulco eintrafen, einen Tag nach Weihnachten 1995. Er war achtundsiebzig Jahre alt.

Am Morgen des dritten Tages gingen wir in ein Reisebüro, um einen Flug in eine andere Stadt in Mexiko zu kriegen, egal welche. Die Angestellte des Reisebüros musste lange suchen, fand dann aber noch drei Plätze in einem Flugzeug nach Oaxaca, ein paar Stunden später. Die buchten wir. Das Flugzeug war winzig und klapprig wie ein alter VW-Bus und so überbucht, dass einer von uns neben dem Piloten sitzen musste. Kann das überhaupt stimmen? So habe ich es immer erzählt, so hat es sich in meiner Erinnerung eingebrannt: Marcel, wie er aufgefordert wird, neben dem Piloten Platz zu nehmen, und wie er sich umdreht und uns eine begeisterte Grimasse zeigt. In meiner Erinnerung trägt er den Cowboy-Strohhut, den er auf fast allen Mexiko-Fotos auf dem Kopf hat, aber eigentlich glaube ich, dass er den erst in Puerto Escondido gekauft hat.

Kürzlich, als ich bei einem Essen Marcel fragte, ob er sich an die Reise erinnere, erzählte er alles anders und in ganz anderer Reihenfolge, und zuerst wollte ich meine Erinnerung korrigieren, beschloss dann aber, dass es eigentlich egal ist. Es spielt keine Rolle mehr, was wann war, ob meine Erinnerung stimmt oder seine. Es ändert nichts mehr, für niemanden. Wir waren dort, es war schön, das Licht war ganz golden. Es gibt zum Beweis Bilder davon, und Dean Martin ist wirklich genau einen Tag nach Weihnachten gestorben, man kann es googeln.

MUTTER

Meine Mutter ruft an, ich frage sie, wie es ihr und dem Vater geht, dann reden wir über das Übliche: Mila und Max (wie geht es ihnen nach der Matura, wohin fahren sie auf Matura-Reise, oje, mit Autos nach Kroatien und Italien, ja, mir macht es auch Sorgen), meine Schwestern und ihre Söhne (Sabine ist zu dünn, mit der stimmt was nicht, Franziska ist in Frankreich, Paula hat Corona, Lexis jüngerer Sohn hat sich beim Kite-Surfen den Arm gebrochen), über ihre Nachbarin (sie lässt ihren Garten verwildern, die machts wohl nicht mehr lang), über Verwandte und Bekannte (ein Neffe hat geheiratet, die Tochter einer Nichte hat mit achtzehn ein Kind gekriegt, der Sohn einer Freundin hat ein Drogenproblem, der Tischler Gehringer ist gestorben). Wie immer fängt sie an, von Leuten zu reden, von denen ich noch nie gehört oder deren Namen ich schon vor Jahren vergessen habe, und wie immer spricht sie von ihnen, als seien es enge Freunde von mir oder zumindest gute alte Bekannte, mit denen ich in regem Kontakt stehe.

»Mutter, ich weiß nicht, von wem du redest!«

»Doch, den kennst du doch, das ist der älteste Sohn vom Friedrich.«

»Wer ist der Friedrich?«

»Der, was in dem Haus über dem Büschelsepp wohnt, du bist mit seiner Tochter in den Kindergarten gegangen, wie heißt sie nochmal, Elke? Nein, Edith? Nein, nicht Edith, es fällt mir sicher gleich ein, die war mit dem komischen Typen verheiratet, oben beim Vorderegger haben sie gewohnt, in dem unverputzten

Haus, einen Porsche ist er gefahren, das ging sich aus, aber das Haus endlich verputzen, das nicht.«

»Wer, Mama?«

Ich kann meine Mutter praktisch sehen, wie sie durchs Wohnzimmer geht und mit dem Ärmel ein Staubflöckchen von einem Regalbrett wischt, während sie mit mir spricht.

»Aber von dem ist sie ohnehin geschieden, der hat jetzt ein Kind mit einer Thailänderin. Oder einer Philippinerin. Egal, die hatte die Roswitha gepflegt die letzten Jahre, ich will nicht wissen, was da los war. Die Roswitha, ihre Mutter, die Frau vom Friedrich, du weißt eh, die, die so früh dement geworden ist, meiner Seel, wie furchtbar muss das sein.«

»Mutter, ich habe wirklich keine Ahnung, wovon du sprichst.«

»Ah ja, Angelika, und er hieß Malin, glaub ich, nein!, Mathis.«

»Mama, was?«

Meine Mutter vergisst nichts. Unlängst sprachen wir über die Schwester einer Freundin, die im Regionalfernsehen mal die Nachrichten moderiert hatte, vor ich weiß nicht wie vielen Jahren. Es ging darum, dass meine Mutter sicher war, dass die geschieden ist, und ich wusste davon nichts, und als ich bei meiner Freundin nachfragte, hatte meine Mutter natürlich recht. Ihr entgeht nichts.

»… von der Hansi.«

»Was hast du gesagt, Mutter?«

»Die Ilona, die Mama vom Philipp und von der Hansi. Hast du eigentlich mit der noch Kontakt, mit der Hansi? Ist die verheiratet, weißt du was? Die habe ich schon lange nicht mehr gesehen, aber ich glaube, in der Todesanzeige stand, dass sie irgendwo im Innerösterreich wohnt.«

»Was ist mit der Ilona?«

»Einen Schlag hat sie gehabt, hörst du mir überhaupt zu?«

»Oje, und was ist mit ihr?«

»Ja, gestorben ist sie, ich habe doch gesagt Todesanzeige, gestern, glaube ich, warte, die Zeitung habe ich noch irgendwo.«

Ich höre es rascheln, und meine Mutter, wie sie vor sich hin flüstert und aufgeregt atmet.

»Bist du noch da, Mama?«

»Da, schau, da stehts: Philipp und Ursula mit Luis und Leander, Renate und Wolfgang mit Maria, Franz und Anton, Johanna. Also, offenbar hat die keinen Mann. Und oben steht: Dornbirn, Wien, Graz. Wart, ich schick dir ein Foto davon.«

Graz, aha. Was macht Hansi da, und mit wem wohl. So viele Jahre habe ich nicht an sie gedacht, erst vor kurzem war sie in mein Bewusstsein gerutscht, und jetzt will ich sofort so viel wie möglich über sie wissen. Ich klappe den Laptop auf, noch während ich mit meiner Mutter spreche, und kaum habe ich aufgelegt und beide Hände frei, google ich Hansi.

Es dauert ein bisschen, bis ich sie finde. Es gibt auf Instagram mehrere Frauen ihres Namens, ich gehe sie der Reihe nach durch und will schon die vierte wegdrücken, da erkenne ich sie. Das ist sie doch. Eine kräftige Frau in einem ab der Taille abfallenden Lederoverall, unter dem sie ein lila Tanktop trägt, mit einer Aufschrift, die ich nicht entziffern kann. Sie steht am Straßenrand neben einem dicken Motorrad, hinter ihr ziehen sich die Streifenmuster von Weinbergen in grünen Diagonalen durch das Bild. Strähnchen sind in ihre kinnlangen braunen Haare gefärbt, lila und blond. Auf dem Motorrad sitzt ein plumper, dunkelvioletter Helm, auch ihre Motorradstiefel haben lila Details, das dürfte jetzt ihre Farbe sein. Die Sonne scheint ihr ins Gesicht, sie kneift die Augen zusammen und strahlt in die Kamera. Oder in das Gesicht der Person, die das Foto gemacht hat. Sie sieht aus wie ein glücklicher Mensch an einem guten Tag. Mich durchzuckt etwas. Dieses Strahlen, es sieht aus wie echtes Glück, und ich fühle sofort so etwas wie Neid, diesen Instagram-Neid auf Fremde, die so tun, als seien sie zufrieden. So sieht sie jetzt also aus, Hansi.

GRIND

Die Wohnung ist abgerockt, man kann es nicht anders sagen. Man kann auch nicht mehr von Patina sprechen, es ist Grind. Überall sammelt sich der Staub und wird zu klebrigem Schmutz: in den Ecken der Räume, in jeder Ritze, hinter den Büchern, hinter den Schallplatten, hinter allem. Es ist nicht besser geworden, seit wir einen Hund haben, der rund um die Uhr und das ganze Jahr hindurch schwarze und weiße Haare verliert. Schon länger dürfen keine Fremden mehr das große Badezimmer betreten, in dem sich an den Rändern der Wanne und zwischen den Mosaikfliesen an Wand und Boden schwarzer Schimmel abgesetzt hat, vor dem ich schon vor Jahren weitgehend resigniert habe. Auch die Reinigungskraft ignoriert den Schimmel konsequent, weil er sie überfordert. Ich weiß, dass der Schimmel giftig ist, gesundheitsschädlich, aber wir tun alle so, als sei er nicht da. Würden wir den Schimmel anerkennen, müsste ich alles herausreißen und das Bad neu fliesen lassen, und ich müsste für eine ordentliche Belüftung sorgen, deren Abwesenheit der Grund für den Schimmel ist. Es gibt nur eine Tür in die Küche und ein Fenster, das sich nicht öffnen lässt. Der kleine, in der Wand verbaute Ventilator, der schon vor Jahren seinen Dienst einstellte und dessen Reparatur immer zu den Dingen gehörte, deren Organisation gerade zu anstrengend war, zu zeitraubend oder zu kostenintensiv. Der Schimmel hat in unserem Badezimmer keine natürlichen Feinde mehr, besonders, seit ich mir die Dienste der Reinigungskraft nur noch vierzehntägig leisten kann.

Bei uns putzt ein Mann, der es nicht gern tut und nicht gut kann. Früher hat seine Frau die Wohnung sauber gemacht, viele Jahre lang, dann wollte sie nicht mehr. Sie schickte stattdessen ihren Mann, der wohl daheim im Weg herumstand. Sie selbst wollte lieber was anderes machen. Dafür habe ich großes Verständnis, das habe ich niemals in Frage gestellt, auch wenn ich seitdem in einer dreckigen Wohnung mit schwarzem Schimmel im Badezimmer wohnen muss. Natürlich beschwere ich mich nie über die nachlässige Reinigung, weil ich es an und für sich für eine Zumutung halte, jemanden bei uns putzen zu lassen, insbesondere in dieser Wohnung, die nicht einmal mehr ein Trupp von Reinigungsprofis sauber kriegen würde. Die Probleme in dieser Wohnung ließen sich nur durch eine Generalsanierung beheben, das ist die Wahrheit.

In der Küche ist es am schlimmsten: Hinter der Spüle blättert der Putz von der Wand ab, die hölzerne Arbeitsplatte hat rund um die Spüle von der ständigen Nässe eine schwarze Farbe angenommen. Die Wand hinter dem Herd ist klebrig. Das Regalbrett, auf dem die Gewürzbehälter stehen, pickt vor lauter Schmutz und verschütteten Gewürzen. Ein Teil der Verkleidung des Kühlschranks fehlt und gibt eine verschmutzte Entlüftungsvorrichtung frei. Unter dem Geschirrspüler ist der Holzboden schwarz von offenbar seit Jahren austretender Feuchtigkeit. Ein an beiden Enden splitternder Riss zieht sich quer über das Ceran-Kochfeld, seit mir der heiße Le Creuset aus den Händen gefallen ist. Der Dunstabzug funktioniert nicht mehr, weil ich es versäumt habe, die Elektrik mit Filterflies vor den Fettdünsten zu schützen. Der Fenstergriff hat sich irgendwie verklemmt und bewegt sich nur noch nach oben, das Küchenfenster wird mit einem Haken, den ich in den Rahmen geschraubt habe, geschlossen.

Eigentlich sind Küche und Badezimmer für normale Menschen unbenutzbar, und in den anderen Räumen sieht es nicht viel anders aus. Im Flur hat der Hund seinen Schlafplatz, ein paar alte Kissen unter einer gestrickten Patchworkdecke. Ein alter, schmutziger Ikea-Teppich liegt auch da. Eine andere Wand ist in Hüfthöhe von Bohrlöchern verunstaltet, die einst die Kleinkindgarderobe hielten. Auf allen Türen kleben Sticker, die die Kinder dort angebracht haben, als sie drei oder vier Jahre alt waren. An allen Wänden picken Klebestreifenreste. So schauts aus.

Die Wohnung zerfällt von fast zwanzig Jahre Familie. Sie war schon nicht mehr frisch, als wir einzogen. Aber sie war damals vergleichsweise günstig, auch deshalb, weil der alte Aufzug nur zum Hinauffahren benutzt werden konnte, hinunter musste er leer sein, sonst fuhr er nicht, dafür sorgte eine Abschaltvorrichtung unter dem beweglichen Boden. (Die Vorrichtung ließ sich, wie wir bald herausfanden, überlisten.)

Wenn ich hierbleibe, muss ich die Wohnung herrichten, so viel ist sicher, egal, ob jemand zu mir zieht oder nicht. Dann müssen die Wände, Fenster und Türen endlich frisch gestrichen, die Küche muss renoviert, das Badezimmer erneuert, der Vorraum umgestaltet werden, was mich sicher dreißigtausend Euro kosten würde, wahrscheinlich mehr. Dreißigtausend Euro Investition, in eine Wohnung, die mir nicht gehört und die ich mir in Wirklichkeit nicht mehr leisten kann. Es wäre besser, die Wohnung zurückzugeben, in dem Zustand, in dem sie ist, und mit der zarten Hoffnung, dass ich die Kaution zurückbekomme, die wir damals bezahlt haben. Und eine neue, frisch renovierte Wohnung zu suchen, für mich und den Hund, eine, die ich mir leisten kann.

PUTZFRAU

Wahrscheinlich bin ich dem Putzmann gegenüber deshalb so unterwürfig, weil ich selbst auch mal geputzt habe. Ein Jahr lang, in einem selbstverwalteten Kindergarten, dreimal die Woche. Es war der einzige Job, den ich bekommen habe, ich konnte ja nichts. Davor putzte ich zweimal bei einem alten Kerl in der Innenstadt. Eine Freundin hatte mich vermittelt. Der Kerl hatte eine riesige Altbauwohnung, und während ich auf Knien seine Badewanne schrubbte, stand er hinter mir und sagte, wie hübsch ich sei, und erzählte dann umstandslos, wie er mit seinen früheren Putzfrauen geschlafen habe. Sie hätten das nicht bereut. Beim zweiten Mal versuchte er mich zu küssen, und ich ging wieder. Die Freundin fand, ich sei zu empfindlich. Ich weiß nicht, ob sie sich von ihm küssen ließ oder mit ihm schlief. Ich habs vergessen, oder vielleicht habe ich sie nicht danach gefragt, weil ich es nicht wissen wollte.

Der Kindergarten war schmutziger als die Wohnung des alten Kerls, aber es war mir egal, ich putzte da alleine vor mich hin, und niemand sah mir dabei zu oder erwartete etwas von mir. Ich putzte nicht gern, aber ich fand die Arbeit auch nicht schlimm. Ich hatte meine Ruhe, mein Tempo, ich konnte alleine arbeiten, das Honorar war in Ordnung. Irgendwann unterhielt ich mich mit einer der Mütter, die mich dafür bezahlten. Beim nächsten Mal fragte sie mich, ob ich vielleicht tippen könne, und dann nahm sie mich mit in das Architekturbüro, in dem sie arbeitete, und danach putzte ich nicht mehr.

EIGENTUM

Meine Schwestern wohnen in schönen Häusern, die sie in ihren Zwanzigern oder Dreißigern mit ihren Männern gekauft und gebaut hatten. Wie meine Eltern. Sie haben zurückgelegt und gespart und Kredite aufgenommen, während sie Ausbildungen machten oder noch studierten. Ihre Kredite sind alle längst abbezahlt. Ich weiß nicht, wie sie das gemacht haben, ich hatte meine ganze Adoleszenz hindurch nichts als ein überzogenes Konto. Damals hatte man noch Beraterinnen bei der Bank, die über Jahre zuständig waren für ihre Kunden, und meine Beraterin war aus einem merkwürdigen Grund überzeugt, ich stünde an der Schwelle zu einer goldenen Zukunft, wodurch sich mein Konto wie von selbst ausgleichen würde. Das geschah bis zu ihrer Pensionierung nicht, und danach auch noch lange nicht. Ich kann mir nicht vorstellen, dass eine meiner Schwestern je ihr Konto überzogen hat, na gut, Paula vielleicht, die mitunter zu einer Extravaganz neigt, die dem Rest der Familie fremd ist. Jedenfalls bezogen sie alle bald ihre eigenen Häuser, Lexi und Sabine auf aneinandergrenzenden Grundstücken, Franzi und Paula jeweils fünf Autominuten davon entfernt, und gebaren ihre Kinder in die dafür vorgesehenen Kinderzimmer, saugten jeden Tag ihre Räume, pflegten ihre Gärten und zahlten ihre Kredite ab.

Natürlich denke ich mir jetzt, dass sie es richtig gemacht haben. Ich gehe durch die Wohnung, die ich mir bald nicht mehr leisten werde können, die ich mir eigentlich schon längst nicht mehr leisten kann, und versuche mir nicht auszurechnen, wie viel Miete sie mich über die Jahre gekostet hat. Meine Schwestern und meine Eltern wissen es sicher, sie haben die Tatsache, dass ich zur Miete wohne, immer mit Kopfschütteln zur Kenntnis genommen und bestimmt über die Jahre ständig heimlich meinen Mietzins addiert. Das Geld ist doch *verloren*! Der ungefähre Betrag, den ich über die Jahre an Miete gezahlt habe, streift mein Bewusstsein, ich lasse ihn nicht rein. Aber wir hätten nicht in dieser schönen Wohnung bleiben können, wenn wir gekauft hätten. Hätten wir gekauft, damals, als die Kinder noch klein waren, hätten wir uns nur eine viel kleinere Wohnung leisten können, in einem Außenbezirk. Und was wäre aus der Wohnung geworden nach der Scheidung? Vielleicht hätte es keine Scheidung gegeben.

Ich habe einmal gelesen, dass Beziehungen, in denen gemeinsames Eigentum angeschafft wird, haltbarer seien. Ich weiß nicht, ob ich das gut finde. Ich glaube nicht: Es scheint mir ein schrecklicher Gedanke, sich nicht zu trennen, weil es zu kompliziert wäre, das Eigentum aufzuteilen. Ich würde nicht mit jemandem zusammenbleiben wollen, den ich nicht mehr mag oder der mich nicht mehr mag, nur weil wir durch gemeinsamen Besitz gebunden sind. Aber vielleicht funktioniert das anders. Vielleicht drängt sich dieser Schluss schon in jeden Konflikt hinein und verhindert, dass kleine Streitereien eskalieren. Vielleicht tut man viele Dinge nicht, die man riskieren würde, wenn man freier wäre. Vielleicht lebt man mit gemeinsamem Besitz harmonischer, weil man es will, weil man es muss, aus ökonomischen Gründen. Aber ich glaube nicht, dass wir weniger gestritten hätten.

Es war schon okay, so viel Geld in diese Wohnung zu investieren, wir haben hier lange schön gelebt, in hohen, sonnigen Räumen, mit viel Aussicht und Kastanien vor dem Haus und in bequemer Nähe zu allem, was eine Familie mit heranwachsenden

Kindern brauchte, nette Kindergärten, Spielplätze, Parks, gute Schulen, ordentliche Einkaufsmöglichkeiten und viele Freunde in Laufweite. Es war okay, dafür Miete zu zahlen, und es ist okay, wenn das Geld dafür weg ist.

MEHR ÜBER MEINE MUTTER

Wenn ich lese, was ich über meine Mutter geschrieben habe, komme ich mir schäbig vor. Meine Mutter schaut in meiner Erzählung aus wie das Klischee einer Mutter. Aber ja: So ist sie, so spricht sie, so gehen wir miteinander um. So denke ich sie, so erzähle ich sie, auch meinen Freundinnen, weil es einfach ist, sie auf diese Mutter-Karikatur zu reduzieren. Es blendet nur, wie auch das, was ich bisher in diesem Buch über sie geschrieben habe, vollkommen aus, wie lieb sie ist, wie sie sich freut, wenn wir auf Besuch kommen, wie sie die Zwillinge verwöhnt und mich auch noch immer, wie sie mir an meinem Geburtstag Kuchen schickt, den mein Vater liebevoll und postwurfsicher verpackt, so dass er die Reise zu mir praktisch unbeschädigt übersteht.

Die Mutter, die ich beschreibe, die ich mir zurechtschnitze, existiert so nicht, sie kann so nicht existieren. Meine Mutter lässt sich mit ein paar Dialogsätzen nicht fassen, aber natürlich kann ich sie mit wenigen Strichen zu einer Mutter-Karikatur reduzieren, mit ihren schrulligen Interessen oder ihrer rabiaten Nüchternheit. Und vielleicht lehnt sie Alkohol in Wahrheit gar nicht so vehement ab, vielleicht trinkt sie ganz gern ein Glas und ich habe mir das ausgedacht, um meiner Mutter eine spezielle Kante zu verpassen, die mir in die Geschichte passt. Meine Mutter ist, selbst wenn ich um Wahrhaftigkeit bemüht wäre, eine erfundene Mutter, die mir ermöglicht, die Geschichte, die ich erzählen möchte, pointierter zu erzählen, griffiger. Alle machen das so, beim Erzählen, so geht Erzählen. Aber letztlich lenkt es davon ab, wer meine Mutter in Wahrheit ist. Letztlich ist mein Blick auf sie der übliche leicht abwertende Blick auf Mütter, auf Frauen, auf ältere Frauen. Das ist traurig, wenn es von einer Frau wie mir kommt, die ständig versucht, das Bild zu korrigieren, das man von Frauen hat. Ich schreibe nicht, wie klug sie ist, wie unbestechlich, wie mutig, wie schön, wie diszipliniert, wie elegant, wie unendlich fleißig, wie selbstmitleidlos und tapfer: Ich schreibe, wie schrullig sie ist, lenke den Verdacht der Oberflächlichkeit auf sie, weil sie sich für die Geschichten anderer Menschen interessiert, genau wie ich, sie erzählt nur anders. Ich lese genauso wie sie die Ablebensmeldungen von Leuten, die ich nicht oder kaum kannte, nur nicht in der Zeitung, sondern auf Twitter.

Jeder interessiert sich für Todesanzeigen, jeder möchte wissen, wie lange es Leute, die man kannte, geschafft haben, sich auf der Erde zu halten. Wie lange sie durchhielten, an was für Krankheiten sie dahinsiechten, woran sie starben, durch welch lächerliche Unfälle, Zufälle, Missgeschicke sie zu Tode kamen, wer um sie trauert. Jeder will das wissen, es gibt doch kaum etwas so Faszinierendes wie die Endlichkeit des Lebens und die Frage, was am Ende von einem übrig bleibt. Welche Worte. Was auf der Parte steht. Weil man selbst irgendwann dort auftauchen wird, mit einem kleinen Foto, das man hoffentlich rechtzeitig selbst ausgesucht hat. Und ganz unten wird man nachlesen können, wie erfolgreich dieses Leben war: Frau, Mann, Kinder, Enkel. Wir bitten, von Kranzspenden abzusehen und stattdessen an die und die wunderbare Wohltätigkeitsorganisation zu spenden. Mich interessiert das auch.

Ich muss anders über meine Mutter schreiben, es muss mir ein präziseres Porträt von ihr gelingen.

Meine Mutter ist ja eigentlich kaum älter als ich. Der Altersunterschied zwischen mir und meinen Kindern ist fast doppelt so groß wie der zwischen mir und meiner Mutter. Ich muss daran immer wieder denken. Sie war erst zwanzig, als sie mich kriegte, und mit sechsundzwanzig hatte sie fünf Kinder. Als ich auszog, war sie ungefähr in dem Alter, in dem ich war, als ich meine Kinder bekam. Das war normal, zu der Zeit. Zwei wurden erwartet, drei waren besser, vier Standard, fünf waren schon respektabel, aber nicht außergewöhnlich, sechs exaltiert. Und vielleicht erstaunt mich das mit den Altersunterschieden deshalb immer wieder: weil ich, obwohl ich nicht so viel jünger bin als sie, so komplett anders bin und lebe als meine Mutter, während meine Kinder, die viel jünger sind als ich, mir gar nicht so weit entfernt vorkommen mit ihren Lebensstilen. Ich kann nachvollziehen, was sie vorhaben, wo sie hinwollen, es unterscheidet sich nicht so sehr von dem, was ich wollte, es ist nicht weit entfernt von dem Ort, an den ich damals wollte, außer, dass es an meinem Ort noch kein Internet gab, dafür war der Blick in die Zukunft nicht von Krieg und Klimakrise verstellt. Während der Abstand zu dem Ort, an dem meine Mutter sich befindet, an den meine Mutter hinwollte, viel weiter entfernt ist als die siebenhundert Kilometer, die zwischen uns liegen.

Denn sie wollte genau da sein, wo sie jetzt ist, dort wollte sie hin. Ich weiß auch, dass sie dort hinwollte, weil es für Frauen wie sie an Utopien mangelte. Frauen ihrer Herkunft konnten sich keine Utopien erlauben. Sie war eine Frau mit beschränkten Möglichkeiten. Zu träumen hat sie nicht gelernt. Was sie wollte und zu wollen hatte, war eine kurze, vernünftige Ausbildung, eine Familie, ein Haus, ein bescheidener Wohlstand und eine Sicherheit, die über die nächsten Monate, die nächsten Jahre hinaus, wenn möglich bis ans Lebensende reichen würde.

Es war nicht so, dass es, zu der Zeit, als sie jung war, als ich geboren wurde, nicht schon andere Modelle von Frausein gegeben hätte, aber das hatte mit ihr und den Frauen ihrer Familie nichts zu tun. Man sollte das gar nicht erwägen. Es gab schlimme Exempel von jungen Frauen, die es getan hatten, und es hatte ihnen nichts Gutes gebracht. In gewisser Hinsicht bin ich eine der Frauen, denen dieser ganze Freiheitswahn, diese Rebellion, dieses Aufbegehren gegen ein System, das doch eigentlich funktioniert, geschadet hat. Sie würde nicht so direkt sagen, dass ich ein unmögliches Lebensmodell gewählt habe, ein zum Scheitern verurteiltes, weil sie meine Lebensentscheidungen respektiert, aber ich glaube, sie denkt, es würde mir besser gehen, wenn ich mich ein bisschen angepasst hätte. Wenn ich mich rechtzeitig eingelassen hätte auf ein kleines, bescheidenes Familienglück.

Wenn ich bei meinen Eltern zu Besuch bin, sehe ich mir manchmal allein ein Fotoalbum durch. Nicht eins von uns Kindern, sondern das Album vor uns, als es uns alle noch nicht gab, als die Eltern ganz jung waren, fast selbst noch Kinder. Das Album ist in grünes Kunstleder gebunden, mit einer abgegriffenen goldenen Umrandung, zwischen den kartonierten Seiten schützt durchsichtiges, geprägtes Seidenpapier die wertvollen Fotografien. Auf der ersten Fotoseite kleben zwei Bilder: Das eine zeigt meine Mutter, das andere meinen Vater, beide wurden offensichtlich in Fotostudios aufgenommen, in steifen Posen.

Mein Vater blickt stolz in die Kamera, so als hätte er gerade etwas gewonnen, und das hat er vielleicht auch, wie man auf den folgenden Seiten immer wieder sieht. Selbst sein Haar ist stolz, es schwingt sich in einer kräftigen, glänzenden Elvis-Tolle nach oben. Starke, breite Augenbrauen, die mir erst auf diesem Bild so richtig auffallen, jetzt sind seine Brauen fast weiß.

Meine Mutter hat ihre damals noch langen hellblonden Haare zu einem gezopften Dutt hochgesteckt, ganz oben auf ihrem

Kopf, fast wie eine Krone, aber ihr Blick ist nicht der einer Königin. Sie sieht ein bisschen aus wie Florence Pugh in *Midsommar*, sie hat noch so eine pralle Babyspeckigkeit, die ihr bald nach meiner Geburt verloren ging. Von da an sah sie aus wie ein schwedisches Model, und ich weiß nie, ob ihr bewusst ist, wie schön sie war, und ob sie weiß, wie schön sie immer noch ist.

Auf dem Foto lächelt sie verlegen, etwas verkrampft, ihre makellose, blasse Haut ist an den Wangen gerötet. Ihre Augen leuchten hell unter langen, fast weißen Wimpern hervor. Unlängst sah ich eine schwedische Serie, mit einer Hauptdarstellerin, die ihr ähnlich sah, und ich dachte: Wäre sie jetzt jung, wäre meine Mutter vielleicht auch so selbstbewusst, so modisch, hätte vielleicht ein großes, lautes, knallrotes Lachen im Gesicht. Auf dem alten Foto trägt sie eine weiße Bluse mit einem Bubikragen und darüber ein dunkles Jäckchen, das ihre Oma gestrickt hatte, sie hat es mir mal erzählt.

Als ich mir das Bild das letzte Mal ansah, bildete ich mir plötzlich ein, sie sei vielleicht schon mit mir schwanger auf dem Bild. Es war nur ein Gedanke, es steht kein genaues Datum dabei, aber es würde ihren Ausdruck erklären, ihre Verlegenheit. Oder vielleicht ist das gar keine Verlegenheit, vielleicht ist sie unsicher und ängstlich, weil ihre Zukunft schon vorgezeichnet, aber noch nicht abgesichert ist. Weil sie noch nicht legitimiert ist, als Ehefrau eines Mannes. Wahrscheinlich dachte ich mir wieder nur eine Geschichte aus, aber vielleicht wusste sie auf dem Bild noch gar nicht so sicher, ob sie das alles wollte, wer kann es je sicher wissen.

Ich habe meine Mutter und meinen Vater immer als glückliches Paar gesehen, als Team, und ich denke, das sind sie auch. Zwei, die ihre Familie und ihr Leben gemeinsam regelten, weil sie das wollten, zwei, die sich wirklich liebten und nun gut weiterleben konnten, mit den Resten oder Sedimenten dieser Liebe und mit dem, was diese Liebe ihnen gebracht und aus ihnen gemacht hatte. Und meine Mutter hatte immer zufrieden gewirkt, immer wie eine, die ihr Leben so geführt hatte, wie sie es sich erträumt oder zumindest erhofft hatte, und jetzt schaute ich mir ihr Foto an und hatte Fragen.

DIE FREMDE

Die Zwillinge haben die Matura bestanden, Mila mit Leichtigkeit, Max mit weniger Problemen als erwartet, sie haben es beide geschafft, trotz Pandemie und Home-Schooling. Zwei Jahre verbrachten wir mehr oder weniger in unseren Zimmern oder gemeinsam im Wohnzimmer am großen Esstisch, auf dem Sofa, auf der Kücheneckbank; alle mit unseren Laptops und unseren Kopfhörern, die Zwillinge mit ihren Hausaufgaben, ich mit dem Buch, an dem ich schrieb. Dazwischen Essen kochen, Einkaufen, Aufräumen, Rechnungen bezahlen, Probleme lösen, aufmuntern, anfeuern, trösten. Die Zwillinge waren angespannt, angestrengt, meine Aufgabe war es, ihnen ein ruhiges, sicheres, warmes Umfeld zu bieten, in dem ihre eigenen Sorgen und ihre Überforderung erträglich blieben. Es fraß all meine Energie auf. Und unsere gemeinsame Erleichterung, als alles glücklich überstanden war, die Schulzeit beendet, für immer, lud mich nicht wieder auf, so schnell geht das nicht.

Und jetzt ist die Iranerin aus der Werkstatt ausgezogen. Wir trafen uns in der Wohnung, damit sie mir die Schlüssel übergeben und ich die Räume inspizieren konnte. Zwischendurch hatte es mal Probleme mit Schimmel gegeben, weil sie immer fror und deshalb zu wenig gelüftet hatte, aber jetzt war es tipptopp. Als wir uns verabschiedeten und ich ihr alles Gute gewünscht hatte, blieb ich noch da, in meiner ehemaligen Werkstatt.

Der große Raum ist wieder leer, intakt und sauber, aber er ist mir immer noch fremd. Nicht mehr meine Wohnung, nicht mehr das Zimmer für mich allein, es ist jetzt ein Ort, der kaum etwas Vertrautes hat. Ich kann mir nicht mehr vorstellen, wie ich hier arbeitete an dem alten Werktisch, der jetzt im Keller steht. Dass ich in der Bettnische lag, mit meinem Laptop, mit Büchern und manchmal mit einem Mann, dass ich mich hier wohlfühlte und auf eine Art bei mir und ganz zuhause war, die ich davor und danach nicht kannte. Vielleicht weil es mein erster und einziger eigener Ort war, selbst gefunden, selbst gekauft, selbst bezahlt, selbst gestaltet. Aber jetzt war er imprägniert von Fremden, mit fremden Sorgen, fremder Liebe, fremden Träumen und schlechtem Holzöl. Der Boden ist viel zu dunkel eingelassen worden. Auch der Blick aus dem Fenster hat sich verändert, aber zum Guten: Das Haus, in dem früher der Fleischhauer war, bei dem ich manchmal einkaufte, wurde abgerissen und durch einen Neubau ersetzt, mit Terrassen und Balkonen in den Hof hinaus. Immerhin: Alle Bäume sind noch da, aber die Mauer aus roten Ziegeln ist verschwunden, der Blick kann jetzt weiter schweifen, über zwei weitere Höfe hinweg.

Ich stand ein paar Minuten in dem Raum, ließ ihn auf mich wirken, wartete darauf, dass sich die alte Vertrautheit einstellte, vergeblich. Dann rief ich Mila an, die irgendwo unterwegs war und das Ende ihrer Schulzeit feierte. Ich setzte mich unten am Platz in ein Café, bestellte mir einen Espresso und wartete auf sie. Sie kam eine halbe Stunde später, und wir gingen zusammen in die Wohnung, durchquerten den Raum, richteten alle Ecken ein: Hier würde sie ihren Schreibtisch hinstellen und hier ein Regal und hier vielleicht ein kleines Sofa, und sonst nichts.

»Nichts?«

»Nichts.«

»Die Küche ist jetzt so hässlich, sorry.«

»Macht nichts.«

»Immerhin, die Waschmaschine ist noch da.«

»Gut.«

»Hoffentlich funktioniert sie.«

»Werden wir sehen.«

Ich überreichte Mila den Schlüssel, feierlich, und ich machte ein Foto davon, wie sie da stand, vor den großen Fenstern mit dem Grün der Bäume dahinter, in ihrer ersten eigenen Wohnung, plötzlich erwachsen.

SASCHA

Die Zwillinge sind auf Matura-Reise, Max in Kroatien, Mila in Italien. Ich kann ihnen online zuschauen. Max postet Bilder in seinen Insta-Stories, Milas Klasse hat eine Chatgruppe gegründet, in der die Mädels ihre Reise in drei Autos dokumentieren. Sie haben sie vermutlich nur für die neugierigen und besorgten Eltern eingerichtet. Es gibt wahrscheinlich noch andere Gruppen, die wir Eltern nicht sehen können, in denen es wirklich abgeht. Sie streiten das ab, aber ich glaube ihnen nicht. Ich bin sicher, sie zeigen uns nicht alles, ist auch okay. Was ich sehen darf: Sie haben beide schon auf der Fahrt Spaß, und sie machen so viele Pausen, wie sie versprochen haben.

Max raucht nicht, aber Mila und ihre Freundinnen sind praktisch auf jedem Bild mit Zigarette zu sehen. Ich bin das schon gewohnt. Das Foto, auf dem sie an einer Tankstelle kurz vor der Grenze neben der Zapfsäule alle mit Zigaretten zwischen den Lippen zu sehen sind, macht mich etwas nervös. Ansonsten kann ich nicht viel dagegen sagen, weil auch ich gerade wieder mitten in einem Rückfall bin und weil ich in ihrem Alter schon, Moment, vier Jahre lang Kette geraucht hatte. Mit fünfzehn angefangen, mit fünfunddreißig aufgehört, mit achtundvierzig auf Quartalsbasis wieder angefangen.

Sascha sieht mir am Kaffeehaus-Tisch zu, wie ich mir eine Zigarette drehe. Er fragt, warum ich mir nicht wieder so eine kleine Plastikmaschine besorge, mit der ich mir meine Zigaretten stopfte, als wir noch in der Schule waren. Ich sage: Weil ich nicht rauche, das hier ist nur ein Versehen, wenn ich mir so eine

Maschine kaufe, bedeutet es, dass ich rauche, und ich rauche nicht, im Grunde bin ich Nichtraucherin, seit Jahren schon.

Sascha lacht. Er sagt, er sei froh, dass ich gerade rauche, da könne er mitrauchen, denn er habe nie so ganz aufgehört. Ich drehe ihm auch eine. Wir gehen vor das Lokal und setzen uns auf eine niedrige Mauer auf der anderen Seite des Gehsteigs. Ich zünde unsere Zigaretten an, während Leute an uns vorbeigehen. Es ist Vorabend, alle sind auf dem Weg von der Arbeit nach Hause. Ich erzähle Sascha, wie es mit Jürgen weiterging, quasi die Fortsetzung unseres Gespräches von vor zwei Jahren, als ich noch in Jürgen verliebt war. Aber dann merke ich, dass ich längst angefangen habe, die Jürgen-Geschichte zu vergessen, es fällt mir schwer, wichtige Teile zu memorieren, ich erzähle alles in der falschen Reihenfolge, und in diesem Fall ist das gut. Ich sage Sascha, dass Jürgen nicht mehr wichtig sei, und das stimmt auch. Ich bin selber überrascht. Früher dauerte so etwas länger.

Als ich noch mit Sascha in einer Klasse war, war er mit zwei meiner Schwestern zusammen, zuerst mit Lexi, dann mit Paula, dazwischen mit beiden gleichzeitig. Es artete in ein Familiendrama aus, das lange nachwirkte. Noch immer sind alle meine Schwestern böse auf Sascha, sein Name darf am Tisch nicht erwähnt werden. Wenn doch, setzt sich eine Eskalationsspirale in Bewegung, an deren Ende immer ich schuld an allem bin. Es spielt keine Rolle, dass wir damals alle Teenager waren, die mit 50er-Vespas durch die Gegend knatterten. Sascha ist immer noch der Teufel. Meine Schwestern brauchen nicht zu wissen, dass ich noch mit ihm befreundet bin und dass wir manchmal gemeinsame Wochenenden verbringen.

Wir reden dann über unsere Kinder, Sascha und ich, und dann drehe ich uns noch eine, und wir lehnen an der warmen Hauswand und rauchen.

AUF DEM IMMOBILIENMARKT

Ich möchte auch in der Nähe des Brunnenmarkts wohnen, möglichst nahe bei Mila. Es ist die beste Gegend in der Stadt, mein Lieblingsort. Es fällt mir erst jetzt auf, dass ich während meiner Zeit in Wien immer ein Zentrum umkreiste. Einen Nukleus, der mich anzog. Die ersten paar Jahre war es die Blue Box, in der sich alle trafen, die sich für Underground-Wave interessierten, für schwarze Kleidung, spitze Schuhe und merkwürdige Frisuren, durch die man sich identifizierte, man durfte sich nur vom unfreundlichen Personal und vom würdelosen Essen nicht abschrecken lassen.

Die Wände der Blue Box und all der anderen Lokale, die wir besuchten, waren vollgekritzelt, und überall stand: AUTO. Irgendwann fiel mir auf, dass AUTO immer mit zwei verschiedenen Stiften geschrieben war. Jemand hatte FUT auf die Wand gekritzelt, jemand anderes hatte das Wort mit einem Strich rechts vom F und einem O korrigiert. Es ist eine alte Wiener Tradition, einer schmiert das unanständige Wort an die Wand, die Nächste bessert es aus. Aber da, wo ich herkomme, gibt es das Wort FUT nicht, und es dauerte Jahre, bis ich begriff, was das bedeutete.

Später, nachdem es die Blue Box nicht mehr oder nicht mehr in dieser Form gab und zudem die Möglichkeit des Erwachsenwerdens mit all seinen Begleiterscheinungen im Raum stand, wurde der Brunnenmarkt zu meinem Zentrum.

Das Kent hatte immer offen, rund um die Uhr, und wenn man lange genug da war, wurde irgendwann um einen herum geputzt, deswegen wurde es nicht extra geschlossen. Es wurden einfach in einem Teil des Lokals die Stühle hochgestellt, dann im anderen. Es gab im Kent immer Frühstück, das war billig und reichlich und, wie das Kent, türkisch. Im Kent konnte man sich auch warmes Essen leisten, wenn man kein Geld hatte, Börek, Hühnerspieße mit Pommes, Köfte mit Reis. Man trank Bier zwischen Türken, die nur Tee tranken, und in einem der hinteren Räume spielten zu jeder Tageszeit alte Männer Karten.

Vielleicht sah ich den Brunnenmarkt zum ersten Mal richtig, als ich im Morgengrauen das Kent verließ, vielleicht kaufte ich nebenan bei dem Bäcker, der auch rund um die Uhr offen hatte, ein warmes, direkt hinter der Verkaufstheke gebackenes Weißbrot, vielleicht waren es die Gerüche und die Geräusche, die offenen Lokale, die Männer, die auf dem Markt herumstanden, das freundliche Durcheinander, die in mir ein wohliges und durch keine biografischen Verbindungen qualifizierbares Gefühl von Geborgenheit auslösten. Hier wollte ich sein. Hierher zog es mich fortan.

Auch noch, als die meisten meiner Freunde in die Leopoldstadt zogen, fasziniert von ihrer Abgefucktheit, ihrer Vielfältigkeit und von den letzten Wiener Resten jüdisch geprägten Lebens. Ich wollte beim Brunnenmarkt sein, der damals von türkischen Einwanderern dominiert wurde, die ihr türkisches Essen kochten und genau die Produkte verkauften, die man dafür brauchte, und sonst nicht viel. Lammfleisch und Schafkäse. Kartoffeln, Oliven, Zwiebeln, Gurken, Tomaten, Zucchini, Melanzani, Petersilie. Wer Lollo rosso essen wollte, Lachs und Koriander, der musste halt an den Naschmarkt ziehen.

Wir wollten in Brunnenmarkt-Nähe bleiben, als wir ein neues Zuhause für uns und die damals noch sehr kleinen Zwillinge finden mussten. Wir schauten uns dort nach Wohnungen um und fanden nichts. Es gab kleine, abgewohnte Wohnungen in völlig heruntergekommenen Häusern ohne Aufzug, viele noch mit Außentoiletten am Flur. Ihre Besitzer ließen sie verkommen und verfallen, absichtlich, um sie irgendwann, wenn sie unbenutzbar wurden, abreißen und durch Neubauten ersetzen zu können. Es gab ein paar luxuriös renovierte große Appartements, zu teuer für uns, sie waren die ersten Vorboten der unaufhaltsamen Gentrifizierung, die auch diese Gegend erwischen würde. Es gab den großen Platz mit ein paar finsteren alten Gasthäusern am Rand und einem schmalen, zum Beisl auffrisierten Vereinslokal einer altlinken Gruppierung, die im Sommer ein paar Tische vor die Tür stellte. An der Ecke, wo sich jetzt ein italienisches Restaurant über einen Teil des Platzes ausbreitet, befand sich früher ein Elektrogeschäft, gegenüber einem Marktstand, in den später ein Fischrestaurant einzog und dann die Pizzeria. Das moderne türkische Café war damals noch ein Marktstand, dazwischen alte Handwerksbetriebe, ein Greißler, ein Fleischhauer, Lagerräume. Der Platz war nicht von sich aneinanderdrängenden Gastgärten verstellt, es war einfach ein verdreckter Platz, für den sich niemand besonders interessierte. Aber wir wären gern in seiner Nähe geblieben und zogen dann in einen nahen Bezirk, in die Wohnung, die ich jetzt aufgeben muss.

Die Wohnungen, die ich in den Anzeigen finde, sind neu und teuer oder zu weit vom Markt entfernt. 53 Quadratmeter für 880 Euro. 62 Quadratmeter für 930 Euro, alles kalt. Und viel zu klein, ich brauche mindestens siebzig Quadratmeter, für mich und den Hund und für alle meine Sachen. Ich entdecke die Anzeige einer Wohnung, die auf den Platz hinausgeht, in einem der alten, noch nicht renovierten Häuser: 71 Quadratmeter im dritten Stock für 790 Euro, aber sie hat keinen Aufzug, keine eingebaute Küche, bloß einen großen gekachelten Vorraum mit Anschlüssen, keinen Balkon, ein fensterloses Badezimmer. Die beiden Zimmer sind niedrig und ohne Charme. Nur der Blick über den Platz ist schön, aber der Platz ist jetzt zu jeder Tageszeit lärmig. Seit der Pandemie sitzen die Leute das ganze Jahr draußen, jeden Abend würde dort Krach sein, besonders im Sommer, wenn man die Fenster offen lassen möchte. Ich würde anfangen, Gelächter bloß noch als Störung meines Schlafes zu empfinden. Ich würde zu einer dieser Anrainerinnen werden, die alles Lebensfrohe des öffentlichen Raums hassen und bekämpfen.

Alle Wohnungen, die ich sehe, jedenfalls alle, die ich mir würde leisten können, sind nicht mal annähernd so schön wie die jetzige Wohnung. Sie sind zu klein, zu eng, charakterlos, balkonlos, liftlos. Am schlimmsten sind die renovierten Altbauwohnungen. Alle mit denselben grauen Fliesen im Badezimmer, alle mit den gleichen Einheitsküchen: weiße Melamin-folierte Oberflächen, graue Laminat-Arbeitsplatten, graue Fliesenböden, Kunststofffenster. Die alten Parkettböden durch abnützungsresistente Fake-Holzböden ersetzt, denen man schon auf den Fotos ansieht, dass sie nicht echt sind.

Jede dieser Wohnungen sagt: Abstieg. Jede dieser Wohnungen sagt: Wie schön du wohnen könntest mit zwei Gehältern, eine grüne Terrasse könntest du haben, eine Open-Plan-Wohnküche und mindestens drei Zimmer, deine Kinder könnten im Ausland studieren, und wenn sie heimkämen, hättest du Platz für sie. Aber du hast nur dein Einkommen zur Verfügung, du bist allein, und du hast nicht geerbt, das hier steht dir zu, mehr nicht.

In jeder dieser Wohnungen stelle ich mir mich vor, mich und den Hund, mich und meine Sachen, mich und meine Freunde, die zum Essen kommen und vor denen ich mich rechtfertigen müsste, warum ich jetzt so wohne, so reduziert, so eingesperrt, so aussichtslos. So völlig anders als bisher, und ihr Mitleid und meine Scham würden durch meine traurige Wohnung branden und die Wände imprägnieren.

Wenn ich in meinem Budgetrahmen von höchstens achthundert Euro bleiben möchte, was eigentlich immer noch zu teuer für mich ist, muss ich Abstriche machen. Entdecke ich eine Wohnung, die auf den Bildern charmant wirkt, 73 Quadratmeter, vierter Liftstock, 799,99 Euro, Parkettböden, eine Küche, in der man nicht bei jedem Kaffee, den man sich darin kocht, Depressionen bekommt, dann liegt sie am Ende des Bezirks, kilometerweit entfernt vom Markt, am Rande eines Friedhofs. Oder sie liegt im Erdgeschoss. Oder es sind Haustiere verboten. Oder sie ist befristet. Oder weg, bevor ich die Kraft finde, die Nummer des Maklers zu wählen.

DAS BETT

Mitten in der Nacht wache ich entspannt und mit merkwürdigen Glücksgefühlen aus einem Traum auf, in dem der Mann, mit dem ich früher verheiratet war, in einer Explosion zu Tode kam, die von seiner neuen Frau und dem Führer einer Sekte verursacht worden war, in die sie ihn hineingezogen hatte. Ich mag die neue Frau, ich weiß nicht, wieso sie zu einer Sekte gehen sollte, im Traum erschien es ganz logisch. An den Rest erinnere ich mich nicht, aber es rettete sich so ein Hab-ich-doch-immer-gesagt-Gefühl und eine merkwürdige, unheimliche Befriedigung in den Tag hinein, auch als ich das Bett, das vor Jahren unser Ehebett gewesen war, längst verlassen und gemacht hatte.

Das Bett ist riesig, viel größer als normale Betten und viel zu lang und breit für mich. Ich liege nur auf der einen Seite, auf der ich früher schon geschlafen habe, die andere Seite ist, wenn nicht gerade ein Zwilling darin liegt oder der Hund, auf aufdringliche Weise leer. Das Bett weist mich jeden Tag darauf hin, dass meine Ehe gescheitert ist. Ich habe versucht, in der Mitte des Bettes zu schlafen, aber das geht nicht, die Mitte ist unbequem. Auf beiden Seiten sind die Matratzen durchgelegen, Matratzen sollte man nach zehn Jahren auswechseln, diese hier sind fast zwanzig Jahre alt.

Ich wollte das Bett längst durch ein kleineres ersetzen, durch ein Bett, das nur meines ist, mit neuer Matratze, aber ich wollte kein Geld dafür ausgeben, weil mich seit dem Tag der Trennung der Gedanke begleitet, dass ich in diesem Zimmer, wahrscheinlich auch in dieser Wohnung nicht für immer bleiben werde können, und das neue Bett passt dann vielleicht nicht in einen neuen Raum, und ich müsste es wieder ersetzen. Es ist außerdem ein schönes Bett, ein Handwerker hat es in das Zimmer hineingebaut, aus gehobelten, unbehandelten Brettern, die sich im Laufe der Jahre in einen warmen Honigton verfärbten. Dass die Ecken nicht exakt aufeinanderpassen und ich mir an den splitternden Kanten immer wieder Schiefer ziehe, nehme ich in Kauf.

Ich besorgte kein neues Bett, aber neue Bettwäsche, ich ließ hinter dem hölzernen Betthaupt eine wild gemusterte Tapete anbringen, um wenigstens den Raum zu verändern, aber es hat nicht viel gebracht.

Während des Mittagessens beim Türken erzählte ich Theres von dem Traum, und sie lachte laut und lange, und die Kellnerin, die gerade vorbeiging, lachte mit.

TEFLON

Ich wollte darüber schreiben, dass ich ein schwieriges Kind war, das Probleme hatte, aber es gelang mir nicht. Was ich schrieb, sagte nicht die Wahrheit über mich, es malte ein völlig falsches Bild von meiner Familie. Ich sprach mit Theres darüber nach dem Yoga, in das wir einmal die Woche gemeinsam gehen. Wir kennen uns aus dem Kindergarten unserer Kinder, sie hat zwei Söhne, Carlo und Jakob, sie sind alle befreundet. Danach gehen wir meistens was trinken. Ich erwähnte auch das Buch, das wir beide gerade gelesen hatten, in dem es um eine Familie ging, in der alle Probleme haben, Depressionen, Drogen, Alkohol, nur eine der Töchter nicht, an der perlt das alles ab, sie wird mühelos erwachsen, sie ist immun gegen die Familientradition.

»Wie bei dir«, sagte ich, »Teflon.«

»Stimmt ja nicht«, sagte Theres.

»Stimmt wohl«, sagte ich, »ich meine, was dir alles zugestoßen ist, du hättest jedes Recht, ein armseliges, drogensüchtiges Wrack zu sein. Bist du aber nicht, stattdessen bist du der stabilste Mensch in meinem ganzen Freundeskreis.«

Theres sieht das nicht so. Ihre Herkunftssituation war katastrophal, ich weiß nicht, wie sie so ein gesunder, aufgeräumter Mensch werden konnte. Doch alles, was ihre Mutter, ihr Vater und ihre Stiefväter aufführten, glitt an ihr letztlich irgendwie ab, sie schaffte es, unzerkratzt, unverbogen und ohne gröbere Schäden aus dem Kindheitsgewitter herauszukommen. Ihre Zwillingsgeschwister sind nur dreizehn Monate jünger als sie, auch das muss man sich einmal vorstellen, sie hätte jedes

Recht, einen deutlich ärgeren Schaden zu haben als ich. Aber Theres sagte etwas theresmäßig Freundliches, sie sagte: »Das war leichter als bei dir, denn meine Zwillingsgeschwister waren gemischt, und ab einem bestimmten Alter war das gemeinsame Mädchensein mit meiner Schwester verbindender als das Zwillingsein, das sie mit unserem Bruder hatte.« Theres weiß schon, dass ihre Kindheit nicht normal war, aber sie schildert sie trotzdem nie als übertrieben traumatisch. Sie ging zur Therapie, sprach ein oder zwei Jahre ausführlich darüber, dann war es für sie erledigt.

Während ich immer noch mit meiner Therapeutin meine Kindheit aufarbeiten würde, wenn sie mir nicht irgendwann freundlich zu verstehen gegeben hätte, dass meine paar Problemchen jetzt eigentlich durchbesprochen und ich vorläufig mal austherapiert sei. Ihre Haare waren phänomenal, ich kann mich eigentlich nur noch an ihre Haare erinnern, nicht mehr an ihr Gesicht, die Haare verstrahlten alles andere. Ich glaube, sie mochte mich nicht besonders und wollte mich loswerden. Ich ging trotzdem gern zu ihr, ich fand es lohnend, und vermutlich wollte ich ihre Zuneigung gewinnen, als sei sie irgendein an mir wenig interessierter Kerl.

Das gelang mir nicht. Immerhin bekam ich, bevor sie mich ins Leben entließ, ein paar wertvolle Ratschläge wie den, nicht so viel über meine Phobien zu erzählen. Vor allem nicht in meinen Texten, sie meinte, ich würde damit den Leuten ein merkwürdiges Bild von mir vermitteln, das schwer wieder zu korrigieren sei. Es tauche meine Persönlichkeit in eine dunkle Farbe, die nicht mehr so leicht abgehe. Ich kann mir nicht vorstellen, dass sie sagte: Die Leute werden Sie für gestört halten, wenn Sie das ständig erwähnen, aber so kam es bei mir an, und so hatte sie es auch gemeint. Es war gut, dass sie das sagte, ich nahm es mir zu Herzen. Dabei war ich einfach froh gewesen, dass es Begriffe für meine Probleme gab, so etwas wie eine Diagnose, es betraf nicht nur mich allein, es war ein anerkanntes Phänomen. Aber gut! Okay! Ich bin nicht soziophobisch! Ich gehe nur nicht gerne unter Fremde oder andere Leute. Ich bin total normal! Ich war auch kein schwieriges Kind, das komische Dinge tat, und mit meinen Eltern war es überwiegend harmonisch.

Das Seltsame ist: Jetzt, wo ich das behaupte, merke ich, dass es nicht falsch ist. Es stimmt. Meine Kindheit war überhaupt nicht schwierig. Ich war behütet, ich bekam Aufmerksamkeit und wurde geliebt, auch wenn ich mich daran nicht so richtig erinnern kann, weil meine vielen süßen Schwestern das Bild verstrahlen wie die Haare meiner Therapeutin ihr übriges Aussehen. Meine Mutter hat wahrscheinlich recht: Immer sehe ich die Dinge zu negativ. Oder besser, ich sehe nur die negativen Dinge, wenn sie an meinem Erinnerungsstrand angespült werden aus einem Meer von Harmonie.

Ein Gespräch mit meiner Freundin, die mich im Sommer auf dem Land besuchte, überzeugte mich endgültig von der Freundlichkeit meiner Kindheit. Die Freundin hatte keine Jacke mit, weil es so heiß war in der Stadt. Am Abend borgte ich ihr eine Weste, weil es auf dem Land auch im Hochsommer abends kalt wird. Am nächsten Tag, als sie mit dem Zug heimfuhr, war es immer noch kühl, und ich sagte, nimm die Weste, ist eh nur ein abgetragenes Tchibo-Teil.

Sie sagte: »Ah, wie mütterlich, so was kenne ich gar nicht.«

Ich sagte: »Aber du hattest doch eine Mutter.«

Ja, hatte sie. Die Freundin erzählte dann, dass ihre Mutter nie darauf achtete, ob sie und ihre Brüder eine Jacke anhatten, ob ihnen warm genug war, ob sie trocken blieben. Sie habe ihre ganze Kindheit hindurch nie eine Regenjacke gehabt, sagte die Freundin. Keine Regenjacke? Nie. Ihre Mutter hatte ihr nie eine besorgt, nie eine angezogen. Nicht, weil sie kein Geld dafür hatte, sie hatte genug Geld.

Die Mutter war Politikerin, als Frau permanent in einer Verteidigungshaltung, ständig verstrickt in innerparteiliche Machtkämpfe, von denen sie sich daheim, bei ihrer Familie, nicht befreien konnte. Der Mutter war gar nicht bewusst, dass etwas Derartiges wie Regen existierte und dass er auf ihre Kinder fiel, wenn sie zur Schule gingen, und dass sie davon nass und krank werden konnten. Sie hatten keine Winterschuhe und keine Mützen. Es fiel der Mutter einfach nicht ein, sie interessierte sich für anderes, für ein größeres Ganzes.

»Sie hat uns vernachlässigt«, sagte die Freundin, »ich kann das jetzt so sagen, nach vielen Jahren Therapie, und es ist trotzdem schwer, weil sie politisch so viel Wichtiges umgesetzt hat, auch für die Frauen, besonders für Mütter. Aber selber war sie keine gute Mutter.«

»Was war denn mit deinem Vater«, sagte ich, »der hätte sich ja kümmern können.«

»Ach, der«, sagte die Freundin, als könne sie sich nur mit Mühe ihres Vaters entsinnen. »Den habe ich nur als greisen Alkoholiker in Erinnerung«, sagte sie, »viel älter als meine Mutter, nur mit seiner Baufirma beschäftigt. Ich glaube, dem war die meiste Zeit nicht einmal bewusst, dass er Kinder hat.«

Während das klaustrophobische Bild, das ich von meiner Kindheit mit mir herumtrage, auch daher rührt, dass ich nie aus meinem Elternhaus schleichen konnte, ohne dass jemand mir die Frage nachbrüllte, ob ich auch eine warme Jacke an- oder mithabe. Ich habe immer gedacht, das sei etwas Ärgerliches, aber das war es natürlich nicht. Hätte jede sehen können, die gerade keine genervte Pubertierende war, aber das war ich halt. Im Prinzip, bis ich von zuhause auszog, was ich allerdings erst so richtig begreife, seit meine Kinder in dem Alter sind, in dem ich damals war. Keine Kinder mehr, noch nicht erwachsen, ein wenig restpubertär noch. Vermutlich war ich in einer ähnlichen Verfassung wie sie jetzt, nachdem sie die Schule hinter sich gelassen haben, ich sehe mich in ihnen: in Aufbruchsstimmung, aber auch ein bisschen verunsichert und ängstlich vor dem Unbekannten, das auf einen wartet. Aber anders als meine Eltern damals bekomme ich bei Max und Mila ganz aus der Nähe mit, wie es für sie ist, erwachsen zu werden, ich bleibe Teil dieses Prozesses und kann eingreifen oder helfen, wenn es notwendig ist. Während meine Mutter mich manchmal immer noch als die rebellische Jugendliche sieht, die damals in den Zug zu einem acht Stunden entfernten Ziel stieg und dann weg war, für immer. Wenn ich mir das so überlege, erklärt das einiges.

Die Freundin, der ich die Jacke borgte, ist jetzt auch wohlhabend, sie hat zu dem, was sie sich selbst erarbeitet und erspart hat, noch einiges von ihren Eltern geerbt. Sie lebt sparsam, aber ihre Kinder bekommen mehr Zuwendung, als sie spontan verkraften können, sie haben ordentliche Schuhe, wasserdichte Regenjacken und eine Mutter, die ihnen ständig hinterherbrüllt, ob sie sie auch anhaben.

VERGESSEN / ERINNERN

Früher stellten sich die Menschen das Gedächtnis als eine Flucht von Räumen vor, einen Palast, in dem Erinnerungen wie Schätze abgelegt und aufbewahrt werden, wie die Dinge in unserer Wohnung, die ich bald für immer hinausräumen und dann vielleicht vergessen werde. Will man sich erinnern, betritt man einen Raum nach dem anderen und sucht nach der Erinnerung. So beschreibt die Philosophin Christine Abbt in *Ich vergesse* die ganz frühen Vorstellungen von Erinnerung. Nach diesem Prinzip kann man Räume auch verschließen. Während Sigmund Freud in seiner *Psychopathologie des Alltagslebens* das Nicht-erinnern-Können an einer Stelle auch als Folge eines schlechten Gewissens beschreibt, weil man etwas von vornherein nicht wissen hätte sollen. Oder nicht erleben. Freud spricht von einer Abneigung gegen die Erinnerung. Vielleicht lässt sich das auch auf die Erinnerungsgegenstände in dem Raum beziehen, der Hansi gehört, die weggeschlossen sind, aber verborgen hinter einer Tür, die irgendwann zugefallen war und die jetzt, wie durch einen starken Windstoß, plötzlich eine Handbreit offen steht.

DAS KONSTRUKT

Vom wem die Geschichte erzählt wird: von einer Überempfindlichen. Von einer, die immer mehr spürt als andere, mehr Schwingungen aufnimmt, und meistens überlappen die negativen die guten. Einer hat was gesagt, eine hat merkwürdig um die Augen gezuckt, in einer WhatsApp-Nachricht schwang eine Ablehnung mit: Der Blick ist voller Misstrauen. Oder vielleicht auch voller Abgebrühtheit oder Realismus.

Die Frau, über die ich schreibe, gibt es nicht. Sie ist ein Konstrukt, zusammengesetzt aus Erinnerungen, viele davon fehlerhaft, aus Selbstüberhöhung und Selbsthass, aus Erzählungen von anderen, aus Bildern in Fotoalben.

Vorgestern sah ich ein Foto von mir, aufgenommen von den Veranstaltern einer Lesung. Ich stehe in einer Gruppe von Leuten, die den Abend organisiert hatten. Ich sehe eine massige Frau mit komischen Haaren und verzerrtem Grinsen, die Hose passt nicht und trägt auf, die Bluse hängt schief, die Schuhe wirken plump, die Haare ungepflegt, die Arme hängen sinnlos herunter, ich bin das nicht. Ich wirke wie eine Playmobil-Figur, die ein Kind versehentlich in eine Gruppe Lego-Männchen gestellt hat, zu groß, zu grob, fehl am Platz. Bis ich das Foto sah, erinnerte ich mich ganz anders an die Frau an jenem Abend: Ich war adrett, geschmeidig und fokussiert. Auch vorhin wieder, als ich mich im Spiegel sah, während ich Mascara auf meine Wimpern auftrug: Die Augen der Frau in dem Spiegel sehen komisch aus, ich bin das nicht. »Das Bild im Spiegel ist sehr irreführend, nicht?«, schrieb Ingeborg Bachmann an Max Frisch.

»Man weiß zwar nicht, wie man aussieht, aber so kann ich kaum aussehen.« Ja, ich auch nicht.

Die Frau, über die ich berichte, gibt es längst nicht mehr, auch wenn ich darüber schreibe, was ich vor fünf Minuten gemacht habe: zwei Spiegeleier gebraten, dann aufgegessen mit einem zähen Stück altem Brot, mit dem sich das zerflossene Eigelb schlecht auftunken ließ. Aber das lässt sich nicht beweisen, das muss nicht wahr sein (ist es auch nicht, ich aß koreanische Instant-Ramen mit gehobeltem Schweizer Käse, das Brot warf ich weg, es schimmelte), ob das wirklich ich war, vor fünf Minuten, vor zwanzig Jahren, lässt sich nicht beweisen. Nichts lässt sich beweisen, nicht, was ich tat, nicht, wie ich war, und schon gar nicht all die Dinge von früher, an die ich mich erinnere oder die ich zusammengedichtet habe, um eine Figur zu schaffen, die ich selbst interessant genug finde, um sie für erzählwürdig zu halten, und nicht so abstoßend, dass niemand etwas über sie erfahren, keiner mehr weiterlesen möchte.

Ich hatte mal eine E-Gitarre. Ich hatte einmal Goldfische. Ich hatte einmal einen Schweden zum Freund. Ich fuhr mal einen alten VW-Bus, als ich Anfang zwanzig war, damit sammelte ich meine Freunde ein, und wir fuhren auf Festivals. Ich war mal mit einem schönen, langhaarigen Mann zusammen, der ein Motorrad hatte mit einer Frauenhand aus Bronze, die den Tacho hielt. Ich machte meinen Führerschein mit fünfunddreißig und erst mit fünfundvierzig konnte ich ordentlich fahren. Ich war mal in Norwegen, mit vierzehn, als Au-pair, einen Monat lang, aber vielleicht war es auch Dänemark. Es ist egal. Es ist alles so oder so nicht mehr wahr, genau wie das Spiegelei und der Flieger nach Oaxaca.

DOCH NICHT

Mila kommt in mein Zimmer, der Hund trottet hinter ihr her. Ich sitze im Bett und arbeite, draußen wird es dunkel, der Fernseher vor mir spielt *Law & Order*, ohne Ton. Mila setzt sich neben mir aufs Bett, auf die leere Hälfte, zieht sich die Decke über die Knie, der Hund springt zu ihr rauf und legt sich über ihre Beine. Sie hat ihr Smartphone nicht in der Hand, das heißt, sie hat was zu besprechen.

»Ist was«, sage ich.

»Äh, ja«, sagt Mila.

»Und zwar?«, sage ich.

»Bitte sei nicht sauer.«

»Warum? Was ist?«

»Ich glaube, ich will doch nicht in deine Werkstatt ziehen.«

Das überrascht mich. Sie ist schon ein paar Mal dort gewesen, sie hat mir begeistert erzählt, wie sie sie einrichten würde.

»Ach. Wieso das?«, sage ich.

»Es ist, weil in Lunas WG ein Zimmer frei wird.«

»Ah. Okay.«

»Ja, sorry.«

»Willst du doch nicht so gern allein wohnen?«

»Ja, vielleicht doch nicht. Ich finde deine Wohnung total super, wirklich, aber ich hab gemerkt, dass ich mich dort allein vielleicht doch nicht so wohl fühle.«

»Ich dachte, dir taugt das.«

»Ja, das dachte ich auch, aber jetzt ...«

»Verstehe ich«, sage ich, obwohl es in meinem Kopf sofort

zu arbeiten anfängt: Was mache ich jetzt mit der Wohnung, ich werde Mieter finden müssen, ich muss eine Anzeige aufgeben oder die Wohnung auf Facebook anbieten und dann hoffen, dass die Mieter nicht sofort wieder ausziehen.

»Und das Zimmer bei Luna ist so schön. Und es kostet nur vierhundert Euro warm.«

Die Werkstatt ist klein, nur vierzig Quadratmeter, nur ärmere Leute nehmen sich so eine kleine Wohnung, ich kann dafür nicht viel Geld verlangen, muss aber für das Geld, das ich bekomme, Steuern bezahlen, am Ende bleibt mir davon nur ungefähr die Hälfte der monatlichen Kreditrate, die ich zurückzahlen muss. Mir wird erst jetzt klar, wie sehr auch ich wollte, dass Mila dort einzieht. Jetzt muss ich mich wieder kümmern. Es ist ärgerlich. Es macht mir Sorgen. Aber ich verstehe sie. Ich wollte früher auch nie alleine wohnen, erst jetzt.

Mila bemerkt es.

»Macht dir das nicht Probleme?«, sagt sie.

»Nein, kein Problem«, sage ich. Weil, es ist *mein* Problem, und ich werde es Mila nicht umhängen.

Mila fängt an, von der WG-Wohnung zu erzählen, in der sie schon öfter Luna besucht hat, von dem Zimmer, das sie bekommen wird, von der gemütlichen Wohnküche, von der dritten Mitbewohnerin, die ich nicht kenne, und wie nett die ist, davon, wie viele der Dinge, die sie sonst brauchen würde, schon vorhanden sind. Und von der Gegend, in der die Wohnung liegt: nur ein paar hundert Meter weiter als die Werkstatt, in einem angrenzenden Bezirk. Sie ist begeistert. Sie hat sich entschieden. Und, ja, ich finde, das ist gut für Mila. Es ist besser für sie, mit vertrauten Menschen zu wohnen als ganz allein, wenn es diese Familienwohnung nicht mehr gibt.

MEINE ERSTE WOHNUNG

Meine erste Wohnung teilte ich mit Veronika, einer Freundin aus der Schule, und mit Hansi. Hansi, die Schwester meines Jugendfreundes Philipp, mit dem ich eine Zeitlang so was wie zusammen gewesen war, und dann nicht mehr, und dann ging ich nach Wien. Hinterher war ich mir nicht mehr sicher, ob ich wegen Philipp so gern in dem unordentlichen Haus seiner Mutter auf dem Sofa herumgelümmelt war, oder doch wegen Hansi. Ziemlich sicher wegen Hansi. Und wegen ihrem Hund Lucky. Vor allem aber wegen Hansi. Sie war ein bisschen älter, und ich fand sie toll. An ihr war alles richtig, nichts war schief und nicht zusammenpassend wie bei mir. Sie war nicht so einschüchternd model-perfekt wie meine Schwestern, bei ihr war alles auf die richtige Weise rund und weich, rosig, alles leuchtete und strahlte. Ihr ganzer Körper schien zu lächeln und froh zu sein und zufrieden. Sie konnte über Dinge lachen, die mich zutiefst verunsicherten, alle mochten sie sofort, und ich wollte so sein wie sie. Ich wollte ihre Haare und ihre Sommersprossen und ihre weiche Haut und ihre Persönlichkeit.

Erst als wir schon lange den Kontakt verloren hatten, wurde mir klar, dass ich nicht in Philipp verliebt gewesen war, sondern in Hansi. Und vor allem war Hansi in mich verliebt, aber das wollte ich damals nicht wahrhaben. Meinetwegen war Hansi nach Wien gekommen, aber auch das wollte ich damals nicht wahrhaben. Offiziell wollte sie nur ein paar Tage bei Veronika und mir übernachten, bis sie was anderes gefunden haben würde, blieb dann aber einfach bei uns wohnen. Wir hatten alle kein

Geld, die Wohnung lag im ersten Stock, sie war finster und mit dunklen, schweren Möbeln vollgestellt. Meine Erinnerung sagt mir: Es gab für uns drei nur zwei Zimmer, zwei schliefen zusammen in einem riesigen dunkelbraunen Bett, in einem Zimmer, das mit klobigen alten Schränken verstellt war. Hansi und ich hatten keine festen Freunde, und deshalb schliefen wir ziemlich oft in dem großen Bett, denn Veronika hatte einen. Sie hatte ihn während einer Interrail-Reise kennengelernt. Ich weiß nicht mehr, wo er lebte, aber sie telefonierte ständig mit ihm, und Telefonieren war teuer. Dann kam der Freund angereist und ging nicht mehr, das war nicht gut. Ich mochte ihn nicht. Ich glaube, Hansi wartete darauf, dass etwas passierte zwischen uns beiden, und ich achtete darauf, dass nichts passierte. Die Wohnung war viel zu klein für vier Leute. Ich weiß nicht mehr, was sie damals gekostet hat, man zahlte noch mit Schilling. Sie muss vergleichsweise billig gewesen sein, aber ich kann mich an eine sehr unangenehme Vermieterin erinnern, die ständig unangemeldet erschien und sich darüber beschwerte, dass wir die Möbel umstellten. Für mich war es teuer, ich hatte kein Geld, meine Mutter und mein Vater konnten es sich nicht leisten, mich zu unterstützen. Vielleicht war die Wohnung auch nur zur Untermiete, ich weiß es nicht mehr.

Wir tranken viel billigen Wein und stritten viel, wegen des Mannes, der nicht mehr ging, vor allem aber, weil wir alle kein Geld hatten und am Monatsende Nudeln mit Ketchup oder weiße Bohnen aus der Dose essen mussten.

Ich ging auf die Uni, aber nicht sehr oft. Zwei- oder dreimal hatte ich schlechten Sex mit einem älteren Mann, den ich in einer Bar um die Ecke kennengelernt hatte und an den ich mich für ein paar Wochen klammerte, bis die Sache passierte. Hansi verabscheute ihn, aber als die Sache passierte, half sie mir.

Ich war achtzehn. Ich fühlte mich verloren, die Freiheit, die ich mir so sehr gewünscht hatte, überforderte mich. Auf einem Flohmarkt kaufte ich mir eine mechanische Schreibmaschine, und mit der saß ich im Wohnzimmer, am Fenster auf die Gasse, hörte in meinem Kassettenrekorder immer die gleiche Bob-Dylan-Kassette, trank billigen Whisky und schrieb pathetische Lyrik auf gelbe Blätter, die auf der Rückseite mit Kirchenliedern bedruckt waren. Veronika muss sie mitgebracht haben. Ihr Vater war Küster in einer evangelischen Kirche, daran erinnere ich mich noch. Er besuchte sie mal. Er war sehr nett und kaufte uns ordentliche Lebensmittel, von denen wir dann ein paar Wochen lebten.

Einmal kamen zwei meiner Schwestern zu Besuch, Lexi und Sabine. Sie wohnten bei Freundinnen, kamen nur kurz in meine Wohnung und hatten dann Mitleid mit mir. Sie luden mich auf ein Schnitzel in ein Gasthaus ein und gingen mit mir Schuhe kaufen, weil meine mit Gaffer-Tape zusammengeklebt waren. Dabei hatten sie auch nicht viel, und es war mir peinlich, dass ich mir von meinen kleinen Schwestern helfen ließ, aber ich nahm die Schuhe an, weil ich es mir nicht leisten konnte, es nicht zu tun. Ich weiß noch genau, wie die Schuhe aussahen, blaue Wildlederschuhe zum Schnüren, mit weichen Sohlen. Ich fand sie wunderschön, aber ich schämte mich auch, jeden Tag, wenn ich die schönen Schuhe anzog.

Wir wohnten in der Wohnung nur ein paar Monate, dann zog Veronika mit ihrem Freund in eine neue Wohnung, und Hansi ging zurück in das Dorf, aus dem wir beide stammten, kehrte nicht wieder, und unser Kontakt brach ab.

Ich versuchte, einen Job zu finden, aber ich fürchtete mich vor allen Leuten. In Wahrheit fürchtete ich mich auch vor der Stadt, in die ich mich so viele Jahre gewünscht hatte. Vielleicht ließ ich mich deshalb so leicht auf Lars ein. Er war Schwede, machte irgendwas mit Kunst, war älter als ich und sah aus wie Lou Reed, nur viel größer. Lars hatte ein gemütliches helles Zimmer mit einem Holzofen in einer WG, die er mit einem Freund bewohnte. Der Freund war für ein paar Wochen weg, Lars ließ mich in seinem Kabinett wohnen. Aber die meiste Zeit verbrachte ich in Lars' Zimmer, mit Lars, und dann schlief ich mit ihm, und dann waren wir zusammen und blieben es, fünf Jahre lang, mal mehr und mal weniger. Wir zogen gemeinsam in eine Wohngemeinschaft, und im Großen und Ganzen war es okay.

Ich traf ihn auf einem Markt, viele Jahre später, er war mit seiner Familie für ein paar Tage zurückgekehrt, um seiner Frau und seinen Kindern die Stadt zu zeigen, in der er so lange gelebt hatte. Dass ich in ihn reinrannte. An diesem Tag. Ausgerechnet. Dieser Zufall. Ich weiß nicht mehr, mit wem ich unterwegs war, mit einer Freundin wahrscheinlich. Ich bin nicht einmal sicher, ob er mich erkannt hätte, aber ich erkannte ihn.

Wir begrüßten uns, was für ein Zufall, wie geht es dir, gut, wie geht es dir. Ich bemerkte nicht die Truppe hinter ihm. Ich sagte zu der Freundin: »Schau, das ist Lars, mein Ex-Freund.«

Lars sagte: »Sag das nicht.« Und zu der Freundin: »Ich bin Lars.«

Die Truppe war jetzt hinter ihm stehen geblieben, ich sah sie jetzt. Lars sagte: »Sorry, aber so ist das nicht mehr. Ich bin nicht mehr dein Ex-Freund, das ist zu lange her.« Ich wusste nicht, was man auf so was antwortet.

Die Frau stand inzwischen neben ihm und lächelte verlegen, offenbar verstand sie nicht, was wir redeten. Sie hatte schwarzes Haar und braune Haut, um sie herum standen drei Halbwüchsige, die ihr ähnlich sahen.

Ich sagte so was wie, aber wir haben doch fast fünf Jahre zusammengelebt, mit einem Lachen. Ich nickte der Frau zu. Lars stellte sie mir nicht vor.

Er sagte: »Das ist so lange her, daran erinnere ich mich kaum mehr, war nett, dich zu sehen, machs gut.«

Ich wartete ein paar Tage darauf, dass er mir eine Nachricht schrieb, auf Facebook oder Instagram, dass er das alles nur wegen seiner Frau gesagt habe und sich in Wirklichkeit sehr wohl an mich erinnerte. Aber eigentlich wusste ich, dass er es ernst gemeint hatte, und die Nachricht kam nie, und es demütigte mich lange.

Denn wie könnte ich es vergessen. Kann ich nicht. Er war mein erster Mann, mein erster richtiger Freund. Er war einer, der sich um mich kümmerte, er war da, während ich erwachsen wurde, und er sorgte dafür, dass ich es auf vergleichsweise sichere Art wurde. Bis auf die Drogen vielleicht.

Wie jung ich war. Wie Lars für mich kochte. Wie er mir zeigte, wie man fotografiert und wie man Fotos entwickelt, in der Dunkelkammer seines Freundes. Was für Platten er mir vorspielte, Musik, die ich nie vorher gehört hatte. Wie er sein Dope mit mir teilte. Wie er sich für das interessierte, was ich schrieb. Er las meine getippten Blätter mit ernstem Gesicht. Sein Gesicht machte das, was auf den Blättern stand, wichtig. Wie er mit einer Bierflasche nach mir zielte, ganz am Ende, kurz bevor er wegzog, vom dritten Stock im Stiegenhaus nach unten, während ich die Treppe hinunterrannte, er war betrunken, er verfehlte mich, ich hörte es hinter mir klirren und lief weinend aus dem Haus. Aber irgendwie nahm ich es ihm damals nicht lange übel, es war ohnehin vorbei. Ich erinnerte mich an die guten Sachen. Er ging bald darauf zurück nach Schweden, um bei seiner Mutter zu sein, die schon seit Jahren am Sterben war, und das wars.

Die erste Wohnung mit Lars: Es gab kein Wasser. Nicht in

der Wohnung. Vor der Wohnungstür, im Stiegenhaus, neben der Gemeinschaftstoilette, gab es eine Bassena, ein kleines, halbrundes Becken mit einem Kaltwasserhahn. Es gab nur ein großes Vorzimmer mit einem alten Elektroherd, einem Kühlschrank, einer Vitrine aus den 1950er-Jahren. Ein Tisch, eine Bank, drei wackelige Stühle, ein Fenster in einen gepflasterten Innenhof. Finde ich es okay, dass mein Erwachsenenleben so anfing? Ja. Hat mir nicht geschadet. Ich weiß, warum ich jetzt so eine Spießerin bin, ich habe mir das verdient. Finde ich, dass meine eigenen Kinder einen schöneren, liebevolleren Start in ihr eigenes Leben haben sollen? Auch ja. Ich finde es okay, dass sie nicht nackt im Stiegenhaus stehen und sich mit kaltem Wasser waschen müssen, während der alte Nachbar durch seinen Türspion spechtelt. Ich konnte sehen, wie das winzige runde Fenster in seiner Wohnungstür schlagartig hell wurde, wenn ich »WASIST!« in seine Richtung brüllte, und dann wieder dunkel. Es gab damals noch kein Internet, in dem man sich nackte Frauen anschauen konnte. Muss man immer bedenken: dass es noch kein Internet gab. Versuche ich manchmal den Zwillingen zu erklären, aber sie können es sich nicht vorstellen, wie auch.

Diese Wohnung. Der Dielenboden unter meinen nackten Füßen. Die Fliesen im Flur, dunkelbraune Sterne auf hellblauem Grund, keine richtigen Sterne: vier Bögen auf jeder Fliese, alle in die gleiche Richtung gebogen, wie so ein liebes, ein wenig betrunkenes Hakenkreuz. Niedrige Räume, dicke Mauern. Die äußeren der doppelten Fenster gingen nach außen auf, die inneren nach innen, man konnte Rollos dazwischen hängen, die im Sommer im Wind schaukelten und die Sonne draußen hielten, aber nicht den Lärm der Straßenbahn und nicht den Verwesungsgeruch, der aus der Fleischerei im Erdgeschoss hochkam. Süßlich, schwülstig und durchdringend. Unlängst war ich mit dem Hund im Wald, und er fand am Wegrand etwas Totes, etwas, das noch nicht lange gestorben war. Ein Reh, soweit ich erkennen konnte, aufgerissen, angefressen von verschiedenen Tieren, schwarz von frischem Blut, mit dem Sommer-Gestank des Stiegenhauses von Lars' Wohnung. Ich zog den Hund weg, zurück in die frische Waldluft.

ELTERNHAUS

Das Elternhaus, in das man immer zurückkehren kann, ist natürlich eine Illusion, eine schöne Utopie. Die meisten kehren nicht zurück. Ich kehrte nicht nach Hause zurück. In Wirklichkeit hatte ich auch kein Zimmer mehr, das hatte sich Lexi gekrallt, kurz nachdem ich in den Zug nach Wien gestiegen war, nun war sie die Älteste und erbte mein Einzelzimmer-Privileg. Aber das Haus stand noch, als ich zu Weihnachten heimkam, und es gehörte noch meinen Eltern, die es bewohnten, und es war voller Schwestern, und so blieb es, jedenfalls die ersten Jahre, nachdem ich in die Stadt gegangen war. Der geflieste Flur, das Wohnzimmer, die Küche, meine Eltern, ihre neurotische Ordnung, mit der sie das Chaos von fünf Kindern zu bändigen suchten, der Geruch, der Sound: alles vertraut, seit meiner frühen Kindheit.

Ein paar Jahre später, als auch alle meine Schwestern in ihre eigenen Leben gezogen waren, stand in dem Zimmer, das mal meins gewesen war, nur noch der alte Holztisch, der früher mein Schulschreibtisch gewesen war und dann der von Alexandra. Meine Mutter hatte ihn frisch lackiert in einem cremigen Weiß. Das war jetzt der Schreibtisch meiner Mutter. Meine Mutter hatte nie einen eigenen Schreibtisch gehabt, ihr ganzes Erwachsenenleben lang nicht, nur während ihrer Ausbildung. Danach hatte sie einen Nähtisch, einen Bügeltisch, einen Küchentisch. Jetzt hatte sie einen Schreibtisch und einen neuen Bürostuhl, drehbar, beige gepolstert, höhenverstellbar und mit Armlehnen; ein Arbeitsplatz, der nicht dem Wohl ihrer Familie diente, sondern nur ihren eigenen Interessen. Der Schreibtisch meiner Mutter stand da, wo früher mein Bett gestanden hatte. Eine alte rote Kugelkopf-Schreibmaschine saß darauf, die sie in den Kleinanzeigen gefunden hatte, und daneben lag eine rote Ledermappe, die von einem Gummiband zusammengehalten wurde und in die sie die fertigen Blätter legte. Es sah wichtig aus, und das war es auch. Ich hatte damals keine Ahnung, was meine Mutter in diese Mappe legte, und ich wagte es bisher nie, sie zu fragen.

JA

Ich habe meinen Kindern immer alle Fragen beantwortet, die sie stellten. Ich erzählte ihnen von den Drogen, die ich genommen hatte, wenn sie danach fragten. Ja, ich habe gekifft, als ich jünger war, immer wieder, aber es hat mir nicht gutgetan, und deswegen ließ ich es irgendwann. Das war die Wahrheit. Aber ich habe auch gelogen. Ich fand, dass sie nicht glauben sollten, es ginge immer so einfach, wie es bei mir war. Man nimmt eine Zeitlang Heroin, am Wochenende oder wenn es sich zwischendurch ergibt, und dann nimmt man es nicht mehr. Zum 24. Geburtstag kommt mit der Post ein Kuvert von einem Freund aus dem Ausland mit einem Briefchen drin. Es ist guter Stoff. Man lässt ihn noch einmal durch den Organismus rauschen, gibt sich noch einmal dem Dämmer hin, diesem Zwischenzustand, in dem sich die Realität in Traum auflöst, ohne dass man schläft. Und das war es dann. Danach hört man damit auf, für immer, versucht nie wieder, an Stoff zu kommen, kommt nie wieder an Stoff, ist fortan erwachsen und vernünftig, zumindest was Drogen betrifft. Das erzählt man den Kindern nicht, auch wenn sie fragen. Da lügt man, weil diese Geschichte nicht die Wahrheit ist. Sie ist meine Wahrheit und die Wahrheit von ein paar anderen. Aber es ist nicht die Wahrheit von Heroin, nicht die Wahrheit der meisten Konsumenten, denn bei den meisten läuft es nicht so, bei den meisten geht es schief.

Ich warte immer noch darauf, dass die Zwillinge mich fragen, ob ich einmal eine Abtreibung hatte. Zumindest Mila, die sich für das Thema interessiert, weil es sie irgendwann betreffen könnte. Wir reden über die Abtreibungsgesetze in Polen und in den USA, wir regen uns über die Reaktionäre auf, die sie durchgesetzt haben, Männer, die Frauen ihren Willen aufzwingen, Männer, die über die Körper von Frauen bestimmen wollen, als gehörten sie ihnen wie ihre eigenen Körper. Aber sie haben mich nie gefragt, ob ich je eine Abtreibung hatte. Bei Max verstehe ich es, er hat einen Körper, der nicht schwanger werden kann. Aber ich warte schon lange darauf, dass Mila mal fragt. Sie tut es nicht. Vielleicht ahnt sie es. Vielleicht ist sie nicht bereit für die Antwort. Vielleicht möchte sie nicht wissen, dass es sie und Max hätte treffen können. Dass ihre Existenz auf einem Zufall beruht. Dass sie irgendwie nur Glück hatten.

Würde sie fragen, wäre die Antwort: ja. Ich hatte zwei Abtreibungen, eine in den Neunzigern, eine in den Achtzigern, und nein, ich bereue keine davon.

LEAVING HOME

Ich kann mich nicht mehr an den Tag erinnern, an dem ich von zuhause ausgezogen bin. Nicht daran, wie ich aufgewacht bin, wie mein Zimmer aussah, was ich frühstückte, bevor ich in eine siebenhundert Kilometer entfernte Stadt zog. Ich erinnere mich nicht an den Abschied von meiner Mutter und nicht an die Fahrt zum Bahnhof. Ich glaube, mich an meinen Vater zu erinnern, wie er am Bahnsteig stand und die Tränen nicht zurückhalten konnte, und wie der Zug nicht und nicht abfuhr. Aber das kann auch eine Erinnerung von später sein, weil es danach noch oft passiert ist, jedes Mal, wenn ich nach einem Besuch bei meinen Eltern wieder nach Wien fuhr.

Ich weiß nicht mehr, ob meine Mutter mit zum Bahnhof fuhr, ich erinnere mich nur an die Tränen meines Vaters, die ich mitnahm in die Stadt. Mein schlechtes Gewissen, weil er wegen mir geweint hatte. Ich muss ein bisschen Gepäck gehabt haben, weil ich alles eingepackt hatte, was ich besaß, aber ich erinnere mich auch daran nicht mehr. Ich weiß nicht, ob ich allein im Zug fuhr oder mit Veronika, mit der ich in Wien zusammenzog, oder ob sie schon da war, in der finsteren Wohnung. Ich muss Veronika fragen, ob sie sich noch daran erinnert. Sie wohnt in der Nähe, in dem Haus, in dem auch Theres lebt. Wir wohnten nur ein paar Monate zusammen, verloren uns dann aus den Augen und trafen uns viel später wieder, mit Anfang vierzig, in dem Kindergarten, in den unsere Kinder zufällig gleichzeitig gingen.

Mila packt ihre Sachen zusammen. Sie sitzt im Wohnzimmer am Boden, zwischen halbvollen Kartons und wickelt alte Gläser und Tassen in Zeitungspapier, ihr MacBook vor sich, aus dem eine YouTuberin auf Englisch eine amerikanische Vampir-Serie bespricht. Über ihr schweben zwei glänzende, pinkfarbene Flamingos, die jemand ihr und Max zum Geburtstag geschenkt hat. Der Hund schnüffelt die Taschen ab. Ich wühle mich durch den Dachboden, der mit einer Feuertür vom Flur getrennt ist, ein paar Kubikmeter unausgebautes Dach. Ich weiß, da müssen zwei Kisten mit altem Geschirr und aussortierten Töpfen sein, die ich irgendwann genau für diesen Tag dort verräumt habe. Ich habe schon ordentlich ausgemistet, aber es ist immer noch so viel Gerümpel hier, das ich endlich loswerden sollte: Taschen voller DVDs, zerkratzte CDs, alte Schulsachen, Kinderbücher. Verkaufen, verschenken, wegschmeißen.

Ich finde die Kiste und darin ein altes Brotmesser und ein Ikea-Messer, wickle beide in Küchenrolle ein und stecke sie in einen von Milas Umzugskartons, ohne Mila zu fragen, ob sie die Messer brauchen kann. Sie braucht alles. Einen Salzstreuer wird sie sicher auch brauchen, es sind drei in der Kiste, ich stecke einen in Milas Karton, noch mit Salz darin, nehme ihn wieder raus, klebe den Deckel ab, stecke ihn zurück. Sie wird ihn finden, wenn sie auspackt.

Mein Auszug aus meinem Elternhaus war nicht vorgesehen, jedenfalls nicht so früh. Es war nicht so, dass etwas anderes für mich vorgesehen war, aber es gab eine ziemlich genaue Vorstellung davon, wie das Leben einer jungen Frau meiner Herkunft in der ländlichen Umgebung, in der ich aufgewachsen war, auszusehen hatte. Die Vorstellung handelte nicht von Beschränkung, sondern von Sicherheit. Konnte schon sein, dass es Frauen gab, die aufs Gymnasium gingen, auf die Universität, für uns jedoch war das nicht vorgesehen. Es war riskant, unsicher und gefährlich. Der sicherste Weg für eine Frau war: einen guten Mann finden, heiraten, ein Zuhause aufbauen, Kinder hineinsetzen, für immer glücklich sein. Meine Eltern hatten es so gemacht, und für sie war es gut ausgegangen, nun dachten sie, dass ihre Töchter es ihnen gleichtun. Meine Mutter machte – anders als ihre Mutter – einen Führerschein, und sie schloss – anders als ihre Mutter – eine Ausbildung ab. Noch mehr brauchte es nun wirklich nicht.

Doch das war halt nicht mein Weg. Es fing schon damit an, dass ich nach der Hauptschule in eine höhere Schule wollte, um Matura zu machen. Wozu braucht ein Mädchen Matura, noch nie hatte in dieser Familie ein Mädchen Matura gemacht, Mädchen heirateten und kriegten Kinder und arbeiteten dann nicht mehr. Es waren nicht die Fünfziger, es waren die Siebziger und die frühen Achtziger in der österreichischen Provinz. Es kam die Idee auf, dass ich, wenn ich schon unbedingt in eine Schule mit Matura-Abschluss gehen wolle, danach wenigstens noch eine einjährige Hauswirtschaftsschule machen könnte, damit ich auch noch was Brauchbares lernte und einen ordentlichen Abschluss hätte. Es war nur eine Idee, bald vergessen, weil ich schnell klarmachte, dass ich hier, in dieser katholischen Beengtheit, auf keinen Fall bleiben würde, weil dieses traditionelle System für mich nicht in Frage kam, weil ich aus dem allen rausmusste, fliehen, bei erster Gelegenheit, sofort nach der Schule, und so war es dann auch.

DER ORGANISMUS

Meine Schwestern zu beschreiben, gelingt am besten in ihren minimalen Unterschieden. Sie sehen nicht wie zwei Zwillingspaare aus, sondern wie eineiige Vierlinge. Jeweils zwei und zwei sind meistens ähnlich angezogen, hat die eine ein weites Kleid an, trägt auch die andere eins, steckt eine in engen Jeans und einer Bluse, tut es wie zufällig auch ihr Zwilling. Sieht eine ein Paar schicke Schuhe im Internet, bestellt sie gleich ein zweites Paar in der Größe ihrer Zwillingsschwester dazu. Solange sie noch Kinder waren, konnte man die Paare anhand ihrer Größe bestimmen, aber irgendwann begannen die Kleinen aufzuholen, und man konnte sie eigentlich nicht mehr unterscheiden. Die Kleinen und die Zwillinge, so wurden sie innerhalb der Familie und in den jeweiligen Freundeskreisen genannt, ich bin das Mädchen.

»Seit wann bin ich eigentlich das Mädchen?«, fragte ich meine Mutter einmal, die sich sofort angegriffen fühlte. Ein typischer Versuch des Mädchens, ganz normale familieninterne Gepflogenheiten in den Schmutz zu ziehen. Sie hantierte in der Küche mit irgendwas rum, streifte mich kurz mit einem verletzten Blick und drehte mir dann den Rücken zu.

»Was passt dir jetzt daran wieder nicht?«

»Was?«

»Was dir daran wieder nicht passt, interessiert mich.«

»Na nix, Mama, jetzt sei doch nicht immer gleich beleidigt. Ich wills nur wissen.«

»Ich glaube, immer schon«, sagte meine Mutter nach kurzem Nachdenken. Sie drehte sich wieder zu mir, besänftigt, in der einen Hand eine Gurke, den Schäler in der anderen. »Ich glaube, seit dem Tag, an dem du geboren wurdest.«

»Weil ihr euch nicht rechtzeitig auf einen Namen für mich einigen konntet.«

»Nein, du hattest schon einen Namen! Also zwei, einen Bubennamen und einen Mädchennamen, man wusste ja damals nicht, was einen erwartet. Aber du warst trotzdem einfach unser Mädchen.«

»Wie hätte ich nochmal geheißen, wenn ich ein Bub gewesen wäre?«, und während meine Mutter mir den Namen nannte, dachte ich ein bisschen nach, aus welchem Grund ein Kind, das einen Namen hatte, Mädchen genannt wurde, und dann war es eh klar, weil als Nächstes ganz bestimmt endlich der Bub käme.

Aber dann kamen die Zwillinge, und dann kamen die Kleinen, und der Bub kam nie. Paul wäre sein Name gewesen, wie findest du das, Paula.

Paula kam von den Kleinen als Erste. Sie war schwächer als ihre Schwester und musste für ein paar Tage in den Brutkasten. Das ist erstaunlich, üblicherweise sind bei Zwillingen die Erstgeborenen die Stärkeren, ich habe viel darüber gelesen, als ich später selber welche bekam. Mila war zuerst da, und sie war kräftiger als Max. Sie führte das Team die ersten Jahre an, traute sich mehr, krabbelte früher, lief als Erste, sprach als Erste. Ihr erstes Wort war: aber. Max sagte ein paar Tage später Mama, ich fand das sehr freundlich von ihm. Von den Zwillingen und den Kleinen hat keine Zwillinge, die Linie setzt sich offenbar nur über die Geschwister fort, und meine Zwillinge haben keine weiteren Geschwister, es ist Schluss mit der Verdoppelung.

Ich erinnere mich, wie Max und Mila sich die ersten paar Monate gegenseitig gar nicht zur Kenntnis nahmen, sie sahen sich nicht an, sie kommunizierten nicht, sie lagen nebeneinander auf dem Sofa oder im Kinderwagen, sie schliefen und schrien nach einer gewissen, undurchschaubaren Choreografie. Irgendwann wurde mir klar, dass sie sich wahrscheinlich für einen einzigen Organismus hielten. So wie sie es in meinem Bauch gewesen waren, ein zweiköpfiges Wesen, das von mir genährt und herumgetragen wurde. Ich glaube, sie waren ungefähr sieben Monate alt, als sie zum ersten Mal interagierten, sich anschauten, anlächelten, als sie anfingen, auf ihre Babyweise miteinander zu kommunizieren. Mitunter sind sie immer noch dieser eine Organismus, genauso wie Lexi und Sabine einer sind, und Franzi und Paula der andere, und manchmal kleben sich alle vier zusammen, zu einem großen, zu einem Monsterorganismus.

ZÄHNE

Als ich elf war, hatte ich einen Konflikt mit dem Jungen, der neben mir saß. Der Lehrer hatte uns nebeneinandergesetzt, obwohl wir uns nicht mochten. Alle wussten, dass er mich nicht leiden konnte und ich ihn nicht, auch der Lehrer. Der Junge hatte meine Freundin getriezt, das kleinste Mädchen in der Klasse. Ich zog ihm deswegen den Stuhl unter seinem Hintern weg. Das war nicht nett und nicht klug. Der Junge fiel hin, rappelte sich wieder hoch, baute sich vor mir auf und schlug mir die Zähne ein.

Ich erinnere mich, dass er sehr schönes weizenblondes Haar hatte, das ihm immer in die Stirn fiel. Er hieß Moritz.

Die Erinnerung an Moritz und seine Faust, an meine Tränen, an mein blutiges Gesicht und an den Kummer im Gesicht meiner Eltern befindet sich in einem dieser Erinnerungsräume, die ich schon lange nicht mehr betreten habe. Ein Abstellraum voller Zeug, das man nicht mehr besitzen möchte, aber nicht loswird. Was in dem Raum noch gelagert ist: Ein Autounfall. Die hohen, hallenden Räume eines Krankenhauses. Eine Ohrfeige. Der Sex mit einem bestimmten Mann. Noch eine Ohrfeige. Das gebrochene Bein meiner Schwester. Sachen, die nicht hätten passieren sollen. Und nicht passieren hätten müssen.

Hätte ich mich klüger verhalten und ihn nicht provoziert, hätte Moritz mir nicht die beiden Vorderzähne ausgeschlagen. Hätte ich Moritz nicht provoziert, wäre ich unbeschädigt geblieben. Wäre ich nicht so ein wildes, ruppiges Kind gewesen, hätte ich mir weniger Probleme eingehandelt, und meinen Eltern auch. Wäre ich ein liebes Mädchen gewesen, ein normales Mädchen, wäre mir das nicht passiert.

Die Erinnerung, wenn ich genauer hinsehe, ist so: dass ich aus der Klasse rannte und aus der Schule und mich irgendwo versteckte, blutend, weinend. Wir wohnten in der Nähe der Schule, aber ich glaube, ich traute mich lange nicht nach Hause. Ich schämte mich für das, was passiert war. Irgendwann ging ich doch nach Hause, und meine Mutter brachte mich zum Zahnarzt. Ich könnte sie fragen, wie es genau war, aber ich möchte nicht darüber reden. Die Erinnerung ist noch immer klebrig vor Scham. Ein Junge hat mir die Zähne eingeschlagen, und ich empfinde es bis heute als meine Schuld. Meine Zähne wurden mir wieder angeklebt, oder es wurde etwas angestückelt, ich weiß es nicht mehr genau, aber man sah die Bruchstelle. Es gibt danach nicht viele Fotos von mir, auf denen ich lächle. Auf den meisten Fotos sehe ich verkniffen aus, manchmal wütend. Meine Zähne blieben beschädigt, bis ich erwachsen war. Mit fünfzehn fing ich an zu rauchen, die Bruchlinien wurden schwarz. Ich lächelte ungern, weil ich nicht wollte, dass jemand meine ekligen schwarz gestreiften Zähne sah. Als ich dreißig war, bekam ich meinen ersten gut bezahlten Job bei einer Zeitschrift und ließ mir vom ersten Gehalt neue Schneidezähne machen und ein Lächeln für dann und wann.

DIE VERLORENE TOCHTER

Es gibt ein Foto von Mila, auf dem sie mir weinend ein Spielzeug hinhält: einen Plastiktraktor und einen grünen Anhänger, der sich von der Traktorkupplung gelöst hat. Sie ist noch sehr klein, zwei oder drei Jahre alt, sie trägt einen bunten Kopfschmuck aus Papier und Federn, den sie aus dem Kindergarten heimgebracht hat. Sie sieht zornig aus, empört, ihr Gesicht ist gerötet. Das Foto entstand auf dem Balkon, eine Freundin machte es, aber wenn ich an die Zeit zurückdenke, in der meine Kinder klein waren, sehe ich sie manchmal aus genau dieser Perspektive: von oben, unhörbar schreiend, stumm winselnd um die Aufmerksamkeit ihrer tauben, abwesenden Mutter, die versucht, irgendwie ihr altes Leben wiederzubekommen, einen Gedanken zu Ende zu denken, zu schreiben.

Die Erinnerung an diese Zeit überrollte mich, als ich *The Lost Daughter* sah. Die Enge des Zimmers, aus dem es kein Entrinnen gab, vor den Bedürfnissen und den Ansprüchen kleiner Kinder, mit denen man nicht verhandeln konnte über eigene Bedürfnisse, über das Recht auf ungestörte Stunden, über die Ruhe, die man zum Arbeiten braucht. Ich habe viel vergessen, verdrängt, aus der Kleinkindzeit meiner Kinder. Aber daran erinnere ich mich, und an die Permanenz des schlechten Gewissens, das sich damals in mich einfraß wie ein Parasit, den ich bis heute nicht mehr losgeworden bin. Das Versagen, das Gefühl, zu wenig zu tun, zu wenig zu steuern, wieso können meine Kinder nicht Klavier spielen oder sonst ein Instrument, wieso machen sie nicht regelmäßig Sport, wieso gehen sie nicht auf ein Elite-Gymnasium, ich hätte sie viel mehr fördern, mich viel mehr um sie kümmern müssen, alles meine Schuld. Aber ich saß mit Kopfhörern vor einem Bildschirm und versuchte, Ordnung in Buchstaben zu bringen und eine Distanz zu dem zu schaffen, was um mich herum geschah, indem ich mir Geschichten und Figuren ausdachte, die nichts damit zu tun hatten. Oder vielleicht hatten sie damit zu tun, aber ich erkannte es in dem Moment nicht.

Mila schläft in meinem Bett. Sie ist erst in der Früh heimgekommen und legte sich dann mit dem Hund zu mir. In meinem Wohnzimmer sitzt Marie, eine von Milas Freundinnen, bei einer Zoom-Vorlesung über Nestroy, der Professor steht in Anzug und Krawatte hinter einem Pult in einem leeren Raum und gestikuliert. Max ist längst aus dem Haus, er hat sich am Morgen seine rote Uniform angezogen und fährt in einem Rettungsauto durch die Stadt. Der Hund hat Durchfall, ich habe seine Kacke heute früh bereits vom Wohnzimmerboden gerubbelt, dann vom Balkon, dann noch einmal vom Balkon. Ich bin müde, ich habe schlecht geschlafen, ich erinnere mich nicht genau an den Traum, aber er hatte etwas mit Milas Auszug zu tun. Ihr Vater wird am Sonntag kommen und Taschen und Kartons voll mit Milas Dingen in die Wohnung bringen, in der sie ihr neues Zimmer hat. Ich werde auch diesmal nicht dabei sein, wenn er Sachen aus der Wohnung trägt, wie damals, als er ausgezogen ist; ich fahre mit dem Hund aufs Land.

Mila wacht auf, ich bringe ihr einen Milchkaffee, und während sie ihn trinkt, den Hund krault und langsam wach wird, erzählt sie mir von einem Traum, in dem sie sich die Haare rasierte und dann versuchte, sie mit Tixo wieder anzukleben.

DAS GRÜNE ALBUM

Ich habe lange nicht mehr daran gedacht, was mir passiert war. Die Ereignisse, diese paar Wochen, waren so weit aus meiner Erinnerung gerutscht, dass sie kaum mehr erreichbar waren. Als mir klar wurde, dass meine Erfahrung zwar eine individuelle, aber gleichzeitig auch eine genuin weibliche war, gelang es mir endlich, das Ereignis ohne Schuldgefühle zu betrachten. Denn es war ja meine Schuld gewesen. Ich hatte nicht gewartet: bis nach der Hochzeit oder, wie meine Mutter, auf den Richtigen. Auf den, mit dem man bereit war, eine Familie zu gründen, mit dem es sich lohnte, mit dem es sicher sein würde. Ich hatte mich gehen lassen, ich hatte nicht aufgepasst. Ich war in eine Familie hineingeboren worden, die sich des klaren Reglements der katholischen Kirche versicherte und die deren Vorschriften nicht als Käfig betrachtete, sondern als Geländer, das einen sicher durchs Leben geleitete, wenn man sich nur stets daran festhielt und sich nicht vom richtigen Pfad entfernte.

Dass meine Eltern vielleicht auch nicht immer auf dem Pfad der Tugend gewandelt waren: Auf diese Idee wäre ich früher niemals gekommen. Sie hatten sich eine derart stabile Lebenserzählung zusammenzementiert, dass keiner von uns je eingefallen wäre, das in Frage zu stellen.

Ich sprach unlängst mit Lexi darüber, am Telefon, sie fragte, ob ich spinne.

»Du warst eine Frühgeburt, darüber haben sie doch ständig geredet, wie schwierig das damals war.«

»Ich glaubs nicht mehr.«

»Bist du dir sicher?«

»Nein. Aber schau dir mal die Fotos in dem grünen Album genau an, die frühen von vor der Hochzeit.«

»Wirst du Mutter darauf ansprechen?«

»Bist du irre?«

Das Problem, mein Problem, bestand, glaube ich inzwischen, im Wesentlichen darin, dass ich meine Eltern als wirklich glücklich empfunden habe. Dagegen ließ sich nicht argumentieren. Ich glaube, sie sind es immer noch. Ich glaube nicht, dass meine Mutter oder mein Vater ihre Entscheidung bereuten. Denn das ist die Wahrheit: Sie waren ein glückliches Paar und wurden eine glückliche Familie. Sie waren zufrieden mit dem, was sie hatten, dem, was sie bekamen, und mit dem, was sie sich selber schufen, was ihnen gelang. Ich weiß auch nicht, warum mir dieses Glück so suspekt wurde, aber es ist nicht schwer herauszufinden, wann.

Das war, als ich merkte, dass ich nicht bin wie sie. Nicht geschaffen für das kleine, einfache, naheliegende Glück. Oder besser: damals nicht. Später war ich vielleicht bereit dafür, auch wenn mein kleines Glück jetzt anders aussieht, etwas weniger traditionell und ein bisschen zerkratzter.

Es war nicht nur meine Familie. Es war das ganze Dorf. Nicht so ein kleines Dorf, ein großes. Ein großes Dorf mit Geld. Ein Dutzend Gasthäuser, zwei Cafés, acht Bäckereien, drei Fleischhauer, zwei Autobahnanschlüsse, ein Bahnhof, drei Schuhgeschäfte, eine Brauerei, eine Schokoladenfabrik, ein Fußballplatz, ein Tennisplatz. Drei Kirchen, vier, wenn man die evangelische mitzählte, die in einer Art Pingponghalle untergebracht war. Es gab auch noch irgendwo einen Königreichsaal, aber darüber wurde nicht gesprochen, wenn es nicht sein musste.

Die Angaben beziehen sich auf meine Kindheit, heute gibt es in dem Dorf längst keinen Fleischhauer mehr und nur noch einen Bäcker, immerhin, und die Filiale einer Back-Kette. Von den Gasthäusern stehen fünf leer, eins wurde ein Jugendclub, fünf weitere wurden abgerissen und machten würfelförmigen Wohn- und Geschäftsimmobilien Platz, die meisten grau oder in schlammigem Braun verputzt. Es gibt viele Autos im Dorf, die meisten Familien haben zwei, ein großes, PS-starkes für den Mann, ein liebes kleines für die Frau, zum Einkaufen und für die Kinder im Führerscheinalter. Die meisten Einzelhändler haben aufgegeben und Copy- und 1-Euro-Shops Platz gemacht. Es gibt jetzt am Rand des Dorfes große Supermärkte, zwischen den Autobahnanschlüssen ein Gewerbegebiet, das steht kein Dorfzentrum durch.

Die Menschen waren eigentlich nett. Ich wuchs unter netten Menschen auf. Meine Eltern sind nette und gesellige Menschen, und sie haben nette Freunde. Sie sind nett zu ihren Nachbarn, also waren die Nachbarn nett zu uns, jedenfalls die meisten.

ERINNERUNG DES KÖRPERS

Jeden Tag habe ich neue Wohnungsanzeigen in meiner Mailbox, ich habe einen Suchauftrag eingerichtet. Zwei bis drei Zimmer, Balkon, ich suche nur in den drei Bezirken im Umkreis des Brunnenmarktes.

Ich sehe eine Wohnung, die mir gefallen würde. Die Wohnung liegt direkt am Markt, geht aber auf einen ruhigen Innenhof hinaus. Sie sieht hell aus, gut eingeteilt, eine offene Wohnküche, ein Schlafzimmer, Badezimmer, Toilette, ein winziges Vorzimmer und ein kleiner Balkon. Aber sie ist insgesamt nur 56 Quadratmeter groß. Wo kämen alle meine Bücher hin, wo der Tisch, wo quetschte ich ein Sofa rein. Ich werde ein Sofa brauchen, irgendwas, wo sich die Zwillinge hinflacken und mit dem Hund kuscheln können. Ich möchte auch einen großen Tisch, zum Arbeiten und für Gäste. In dieser Wohnung würde es eng.

Ich überlege, was ich alles unterbringen muss in einer neuen Wohnung: die CDs, falls ich sie behalte, meine Kleider, Jacken, Mäntel, Schuhe. Bügelbrett, Wäscheständer, Staubsauger, Putzeimer, Waschmaschine. Mir wird erst jetzt richtig bewusst, wie viel Platz wir bisher hatten, wie viele praktische Räume, einen nur für solche Sachen. Das Vorzimmer in der Wohnung, deren Grundriss ich im Internet betrachte, wäre zu klein für alles, da würden nur ein paar Garderobenhaken reinpassen und ein kleines Schuhregal. Ich müsste im Schlafzimmer einen Schrank einbauen lassen, die ganze Wand entlang, aber die Wand wirkt nicht sehr groß. Es ist eine Neubauwohnung, die Räume sind niedrig. Die Wohnung ist außerdem teuer, fast neunhundert Euro, viel zu viel für so wenig Quadratmeter.

Als ich vor ein paar Wochen auf dem Weg zu einem türkischen Bäcker in der Nähe des Marktes war, drang Geschrei aus einem Haus. Ich konnte nicht verorten, aus welchem Fenster es kam, es war heiß, fast alle waren offen. Zuerst brüllte eine Frau, ein Mann brüllte zurück. Sie klangen mitteljung, wie Leute, die gerade kleine Kinder haben, zu wenig Schlaf bekommen und ständig gestresst sind. Es lag Hass in ihren Stimmen und Resignation. Mein Herz klopfte sofort schneller, der Körper erinnerte sich, an den Stress, an die Beklemmung. Es war lange her, dass solcher Hass aus meinem Körper brach, und ich war froh darüber.

Ein paar Wochen später zeigt mir mein Suchauftrag eine Wohnung in genau diesem Haus, nichts für mich, aber ich erinnere mich an das Gebrüll. Vielleicht ist es die Wohnung dieses Paares, vielleicht war es ihr finaler Streit, nach dem es keine Versöhnung gab, nach dem nichts mehr ging. Vielleicht haben sie sich mit diesem Streit getrennt und sind jetzt in neue Wohnungen gezogen, zwei verschiedene, jede mit Platz für die Kinder, deren Obsorge sie sich teilen, und das, was einmal ihre Familienwohnung war, ist jetzt ein neutraler Ort, ein Ort, der die Geschichte dieser Familie nicht mehr erzählt.

DAS HAUS

Viele meiner Freunde wohnen in großen Altbauwohnungen, die sie in den Neunzigerjahren gekauft haben, weil sie erbten oder viel verdienten und klug investierten. Solche Wohnungen gabs damals noch zu einem Spottpreis, vergleichsweise. Ich ärgere mich, dass ich zu der Zeit nicht besser wirtschaftete, ich bin neidisch. Das Einzige, was wir uns leisten konnten, in den Nullerjahren, war ein kleines Haus auf dem Land, das wir damals zum Preis eines Gebrauchtwagens kauften, weil wir die Spielplätze in der Stadt nicht mehr aushielten, die Bänke, wo man mit anderen Eltern herumsaß, mit denen man eigentlich nichts zu tun haben wollte.

Ich wollte auch nicht meinen Kindern beim Spielen zusehen, es war unendlich langweilig, und man konnte dabei nichts arbeiten, weil immer irgendwas passierte, und während man zum Sandkasten eilte, um das eigene Kind zu tadeln oder zu retten, schaufelte einem ein fremdes Sand auf das MacBook oder schüttete Saft auf das Buch, das man kurz weggelegt hatte. Ich wollte schon nicht mehr auf den Spielplatz, als die Kinder zwei waren.

Und plötzlich sah ich das Haus, bei einem Spaziergang, in dem Dorf, in dem wir seit Jahren Freunde besuchten, ein Paar, das ein Kind hat, genauso alt wie die Zwillinge. Sie haben ein großes Haus und sind sehr gastfreundlich, sie laden mich immer noch jede Woche zum Essen ein, wenn sie sehen, dass ich da bin, komm rüber, Paul kocht! Manchmal waren noch andere Leute mit kleinen Kindern zu Besuch, und mit einer dieser Familien waren wir an dem Tag spazieren. Die Zwillinge waren ungefähr vier. Es muss Winter gewesen sein, oder ganz früher Frühling, sonst hätten wir nicht den Fluss entlanggehen können, wo einem im Sommer das hohe Schilf den Weg versperrt. Nur im Winter legt es sich lahm und kraftlos nieder, so dass man darauf gehen kann. Es muss Winter gewesen sein, sonst hätten uns die jungen Weiden nicht durchgelassen, und die mannshohen Brennnesseln schon gar nicht. Nur im Winter gibt es dort einen Weg, und auch dann muss man ihn sich freikämpfen, muss man ihn sich neu ergehen, durch die stacheligen Fänge der Brombeeren, über Ballen aus glitschigem Schilf. Dort gingen wir, am Rand einer Wiese, an einem Bauernhof vorbei, der sich vom Fluss abwendet. An der abgewandten Seite ihrer Häuser lagern die Leute dieser Gegend ihr Gerümpel, all die Dinge, die sie vielleicht noch einmal, aber vielleicht nie wieder brauchen und irgendwann, wenn es sich ergibt, am Sperrmülltag rauf zum Bauhof bringen werden: rostige Dreschwerke, Autoreifen, alte Metallbetten mit Federrosten, verbogene Stangen, kubikmeterweise Dachziegel, Haufen von Bauschutt. Wir gingen an dem Gerümpel und an einem Misthaufen vor einem Kuhstall vorbei, und dann sah ich es. Also erst sah ich es nicht: Ich sah einen schiefen, alten Schuppen, und eine Mauer mit einem massiven Holztor, das war geschlossen, aber dahinter war ein schäbiges kleines Haus zu erkennen.

Ich erblickte das Haus, eigentlich nur den Giebel, und ich weiß nicht mehr, warum es so klar war: Das ist unser Haus. Das wird unser Haus. Ich wusste, wir würden in diesem Haus wohnen, die Kinder würden in diesem Garten herumrennen, an dieser Weide würde eine Schaukel hängen, zwischen zwei Apfelbäumen eine Hängematte, und da unten, beim Wasser, würde ein großes Lagerfeuer brennen an lauen Sommerabenden, und die Kinder würden Stecken hineinhalten, an denen herumgewickelter Teig verkohlen würde.

Vom Ufer führten ein paar Steinstufen zu einer Mauer, einem Drahtzaun und einem kleinen Gartentor. Wir gingen die Stufen hinauf und spähten hinüber. Das Haus wirkte unbewohnt, die Fenster waren gekippt und mit alten Handtüchern gesichert. Das Haus wurde belüftet, getrocknet, und es war klar, warum: Man sah an der Hausmauer die Linie, unter der der Putz abblätterte, von dem Hochwasser, vier Jahre zuvor: Wenn man damals drinnen gewesen wäre, hätte man gerade noch den Kopf über Wasser halten können. Jetzt floss das Wasser ganz ruhig unterhalb des Hauses vorbei, lieblich und harmlos.

Wir gingen den Gartenzaun entlang, und ich sah mir das Haus aus der Distanz an. Eine Hauswand war schmutzig gelb und fleckig ausgebessert, über eine Mauer zog sich ein Riss durch den Verputz. Die Fenster waren wohl in den Siebzigerjahren erneuert worden: große quadratische Scheiben-Löcher ohne Charakter. Ein Eternitdach mit Moosflecken.

Der Garten war ordentlich, jemand schien sich darum zu kümmern. Ich erkannte Rosenbüsche, die im Sommer blühen würden, eine gepflegte Wiese zwischen einem Dutzend Obstbäumen, die mein Haus zur Straße hin abschirmten, ein umgeackertes Beet in der Wiese daneben, in dem im Frühling wohl Gemüse angepflanzt würde. Wir wagten uns durch das Gartentor und spähten durch die Fenster: ein ganz leeres Zimmer, aus dem der Holzboden, wahrscheinlich zerstört vom Hochwasser, herausgerissen worden war, ein bis oben vollgeräumtes Zimmer, in dem man alle Möbel aufgestapelt hatte. Durch eine Tür sah man in eine Küche, in der nur ein alter Holzherd übrig geblieben war und eine Armatur, die aus einer Mauer ragte. Hier wohnte niemand. Ich sah die andern an und sagte: Ist es nicht wunderschön, und die andern sahen mich an, als sei ich komplett verrückt geworden. Weil sie es nicht sahen, wie schön es war, wie perfekt. Erst später, Jahre später, als wir darin wohnten, sahen sie es.

Es ging nicht schnell mit dem Haus, viele Telefongespräche wurden geführt, viele Briefe und Postkarten geschrieben. Es dauerte zwei Jahre, dann verkauften es uns die netten Leute, denen es gehörte. Ich kann mich an den Tag erinnern, an dem wir den Kaufvertrag unterschrieben, und an den Moment, an dem wir das Gartentor aufsperrten. Das Haus war noch nicht bewohnbar, aber die Hängematte spannte ich schon mal zwischen zwei Apfelbäumen auf. Ich hatte gleich das Gefühl, dass das Haus uns mag, dass es auf uns gewartet hatte und uns beschützen würde, und das habe ich noch immer.

Der Vater der Zwillinge hatte das Haus nicht so sehr gewollt, ich hatte es ertrotzt. Ein paar Jahre nach der Trennung kaufte ich ihm seine Hälfte ab. Ich wollte, dass es mein Haus war und das der Zwillinge. Ich kratzte mein bisschen Geld zusammen, und meine Eltern gaben mir noch etwas dazu, denn die Werkstatt hatte ich ein paar Jahre davor ja auch noch angezahlt. Vielleicht habe ich insgesamt doch nicht so schlecht gewirtschaftet, aber im Moment sehe ich nur, wie mir das alles nicht hilft.

Ich bin froh, dass ich das Haus habe, ich habe den Kauf nie bereut, ich verbringe viel Zeit dort. Aber ganz dort hinziehen, in dieses winzige Dorf ohne Lebensmittelladen und mit nur einem Gasthaus mit unberechenbaren Öffnungszeiten: nein. So alt bin ich noch nicht. So alt werde ich definitiv nie sein, dass ich nur noch dort leben möchte, auch im Winter. Nur ich mit dem Hund. Die Winter können sehr dunkel und öd sein auf dem Land, grau und braun und ohne Licht.

Ich muss in der Stadt etwas finden, das ich mir leisten kann, wo ich die Winter aushalte. Aber neunhundert Euro Monatsmiete sind zu viel, es muss etwas Günstigeres sein. Ein Ort, an dem ich mich zuhause fühlen kann, ein Safe Space mit einer Tür, die ich hinter mir zumachen kann.

Vielleicht ist das der Moment, an dem ich zu begreifen anfange: Ich habe diese Tür schon. Ich habe diesen Ort, er ist klein, zu klein vielleicht, aber es ist mein Ort; oder zumindest könnte er es wieder werden.

FAMILIENAUFSTELLUNG

Immer wenn mich mein zweiköpfiger Organismus überfordert, versuche ich, mir meine Mutter mit ihrem vierköpfigen vorzustellen und dem verirrten Einzelwesen dazu. Zuletzt bei meiner neuen Therapeutin, eigentlich mehr ein Krisen-Coach. Meine neue Therapeutin stellt gern auf, mit Holzklötzen auf einem Tablett. Aufstellen, anschauen, drüber reden, weg, erledigt. Bei mir funktioniert so was. Am Anfang überfordert es mich immer, aber am Ende, wenn ich es sehe, dann kann ich es fühlen und einordnen.

Wir schauen uns das mal an, sagt die Therapeutin, wählen Sie eine Figur für sich. Das macht mir schon Stress. Was sagt es über mich, wenn ich den roten Kegel nehme, und was, wenn ich mich für den kleinen klar lackierten Quader entscheide? Was sage ich, wenn sie fragt? Ich greife zum blau lackierten Quader, und wenn sie fragt, warum, kann ich sagen, weil ich gerne Blau trage, am liebsten Denim von oben bis unten. Sie fragt nicht, sie lässt mich meine Mutter aussuchen (durchsichtig lackierter Zylinder), meinen Vater (blaues Sechserprisma, gleich groß wie der Mutterzylinder), die Zwillinge (rote Kegel), die Kleinen (gelbe Kegel). Die Therapeutin macht eine Bemerkung darüber, dass ich für die Zwillinge jeweils identische Figuren verwende. Ja, stimmt, ich ersetze einen der gelben Kegel durch einen kleineren gelben Kegel, belasse die roten Kegel aber, wie sie sind.

Die Therapeutin lässt mich entscheiden, mit wem ich anfangen will, und ich denke gar nicht lange nach und stelle die

Zwillinge und die Kleinen in einer Vierergruppe zusammen. Der Organismus. Die Therapeutin fordert mich dazu auf, einen Platz für meine Mutter zu finden, das ist leicht, ich drücke sie ins Zentrum der Vierergruppe, mitten hinein, sie schiebt die Schwestern-Klötze leicht auseinander. Wo steht mein Vater? Ein Stück außerhalb der Gruppe. Und wo stehe ich? Ich klebe mich an den Rand, zwischen einen roten und einen gelben Kegel, aber das stimmt so nicht, das Holzklötzesystem versagt hier, denn eigentlich müsste mein blauer Quader die Vierergruppe eng umkreisen, auf der ständigen sinnlosen Suche nach einem Spalt, der groß genug ist, dass ich mich hineindrängen könnte. Ich zeige das der Therapeutin, schiebe die Figur zwischen die Figuren meiner Schwestern und zerstöre dabei die ganze schöne Symmetrie. Wo ich bin, ist keine Ordnung mehr.

»Wäre halt auch einfacher, wenn man sie an einen Tisch setzen würde«, sage ich, und die Therapeutin lacht. Sie nimmt einen großen, farblosen Quader und drückt ihn mir in die Hand. Ich lege ihn zurück, nehme mir stattdessen den größten Würfel und ordne alles neu, und jetzt bekomme auch ich einen Platz.

DER TISCH

Der Esstisch meiner Eltern steht in der Küche, meine Mutter wollte das so. Wegen der Rennerei. Sie hat recht, sie rennt, seit ich denken kann, sie ist immer in Bewegung. Die Küche ist eigentlich zu klein für einen Tisch, der dann, weil der Nachwuchs ständig doppelt kam, wesentlich größer sein musste als in der Küchen- und Familienplanung vorgesehen. Der Tisch ist quadratisch, ein großes Vollholzquadrat mit vier klobigen Beinen, abgerundeten Ecken und zwei Sitzplätzen an jeder Seite. Drei haben auch Platz, wenn es sein muss, und ein Kind ließ sich immer noch an jeder Seite dazuquetschen, als sie sehr klein waren, sogar zwei.

Um Platz zu sparen, zimmerte mein Vater eine Eckbank, die an drei Seiten um den Tisch herumführt, an zwei Seiten von Wänden begrenzt, an einer von der Kücheninsel. Die Kleinen, die als Letzte auftauchten und sich am schlechtesten wehren konnten, bekamen ihre Plätze an der eingeschlossenen Seite zugewiesen, weshalb sie immer über die Zwillinge drüberklettern mussten beziehungsweise sich hinter ihren Rücken vorbeidrängeln. Die Bank ist mit einem rotbraun geblümten Samtstoff überzogen, der an einigen Stellen ordentlich abgewetzt ist, aber meine sparsame Mutter findet, das geht schon noch, das hält noch ein Jahr oder fünf. Meine Mutter bekam die freie Seite mit dem einzigen Sessel für sich, da sie naturgemäß diejenige war, die ständig vom Tisch aufzustehen und Essen, Geschirr, Besteck oder fehlende Gewürze herbei- und wieder wegzuschaffen hatte. Links von ihr, auf der Bank, saß mein Vater, ich innen neben ihm. So saßen wir, im Uhrzeigersinn: mein Vater und ich, Franziska und Paula, Sabine und Alexandra, und vorne thronte als Herrscherin über Tisch und Töpfe meine Mutter. Es ist dumm, das zu sagen, ich weiß es, sie hat sich das nicht ausgesucht. Oder vielleicht hat sie es sich ausgesucht, ganz jung, in Unkenntnis der Realität und des Alltags, der sie dann erwartete, und danach fragte sie keiner mehr, ob sie nicht vielleicht nochmal und anders zu wählen wünschte. Es war keine Option, sie hatte sich für ihren Platz entschieden, und sie sitzt dort immer noch.

Alle außer ihr, meinem Vater und Alexandra, die sich, was niemand wundert, einen Eckplatz mit freiem Zugang erkämpft hat, führen bei jedem Aufstehen ein stilles Ballett auf. Die Aufführung ist seit Jahrzehnten eingespielt und braucht, außer wir haben alle etwas zu viel Wein getrunken, längst keine Regieanweisungen mehr.

Will eine der Kleinen von ihrem Platz aufstehen, steigt sie auf die Bank, die Zwillinge schieben ihre mageren Popos nach vorne und ihre Oberkörper über den Tisch, so präzise wie in einem Tanz-Video von Beyoncé, während hinter ihnen die jeweilige Kleine auf Zehenspitzen vorbeitänzelt. Wenn es sich bei der Kleinen um Franziska handelt, nimmt auch noch Paula an der Choreo teil, an der Franziska ebenfalls vorbeimuss, denn auf der anderen, für sie eigentlich leichter erreichbaren Seite sitzt mein Vater und blockiert alles. Kaum lüpft Franziska ihren Hintern von der Bank, hebt sich Paulas, Franziska setzt ein Bein auf die Bank, Sabine schiebt ihr Gesäß nach vorn, Franziska stemmt ihre lange Gestalt auf die Bank, stabilisiert sich mit ihrer Hand, ohne auch nur hinsehen zu müssen, genau zwischen den beiden gerahmten Familienfotos an der Wand und zieht dabei den Kopf ein, der wie abgemessen drei Zentimeter unter der Decke einrastet.

Sabine rutscht nach vorne, während Franziska einen Socken-Fuß hinter Paula setzt, die sich bereits über ihr Glas oder ihren Teller gebeugt hat, Franziska setzt den zweiten Fuß in die Ecke, Alexandra rutscht, Sabine beugt sich über den Tisch, Franziska hält sich am Griff des Fensters dahinter leicht an und setzt den ersten Fuß hinter Sabine, Alexandra beugt sich vor, und schon stößt Franziskas anderer Fuß sich hinter Alexandra ab, und sie landet mit einem geschmeidigen, federnden Hüpfer zwischen Alexandra und meiner Mutter auf dem Fliesenboden. Natürlich könnte Alexandra auch aufstehen, aber: nein.

So wird es jedenfalls gemacht. So machen wir das, seit wir kleine Kinder sind. Komplikationen gab es jeweils nur, wenn eine von uns schwanger war. Ist eine schwanger, wird ein Sessel an die Seite meiner Mutter geschoben. Auf dem Sessel sitze auch ich, wenn ich zu Besuch bin, gepiesackt von den spitzen Ellbogen meiner Mutter, der es in Wirklichkeit überhaupt nicht passt, dass sie tagelang ihre Platz-Privilegien für eine Nicht-schwangere aufgeben muss. Warum immer sie und nicht der Vater, aber neben dem ist einfach kein Platz mehr.

EMPTY NESTERS

Wenn wir erst mal Kinder haben, sind wir Frauen in den Augen der anderen nichts mehr ohne sie. Wenn sie ausziehen, sollen wir trauern wie Witwen, sollen wir in ihren ausgeräumten Zimmern am Boden sitzen und schluchzend die zurückgelassenen Kuscheltiere an uns drücken. Es ist egal, dass wir nicht nur Mütter sind, sondern gleichzeitig auch Ärztinnen, Buchhalterinnen, Wissenschaftlerinnen, Bankberaterinnen, Politikerinnen, Sozialarbeiterinnen und Köchinnen. Wenn die Kinder ausziehen, wird von uns maximaler Schmerz erwartet und heulendes Elend, als habe man uns eine Extremität abgeschnitten oder als seien wir unvermittelt gefeuert worden aus einem geliebten Job. Als seien wir nur noch halb, unserer biologischen Funktion und damit unseres Lebensinhalts beraubt. Ich habe in meinem Bekanntenkreis Mütter und auch ein paar Väter erlebt, die furchtbar darunter litten, dass ihre Kinder erwachsen geworden und in eigene Wohnungen gezogen sind. Oder die auf subtile Art zu verhindern versuchen, dass ihre Kinder aus der elterlichen Wohnung ausziehen. Aber ich kenne auch viele, die sich ganz offen darauf freuen, dass ihre Kinder endlich bald ausziehen, so wie ich, so wie Theres, wo wir erst vor ein paar Wochen mit Sekt die Sauna eingeweiht haben, die früher das Kinderzimmer ihres älteren Sohnes, Carlo, war. Gut, er ist nicht weit weggezogen.

Ich kenne welche, die schon Pläne machen, Reisepläne, Umbaupläne, berufliche Neuorientierungspläne, allein oder mit ihrem Partner. Und ich kenne Frauen, die sich ängstigen vor der Zeit, in der sie mit ihrem Partner allein sein werden, ausgeliefert. Ohne ein Kind oder mehrere, das oder die sie zwischen sich und einen Mann schieben können, mit dem sie sonst kaum noch etwas gemeinsam haben, ohne ein gemeinsames Thema, ohne die Ablenkung von der Tatsache, dass die Beziehung schon lange nur noch durch die Kinder gerechtfertigt war und in deren Abwesenheit ihren Zweck verliert und allen Zauber.

WOHNSTATT

Ich habe längst angefangen, mir zu überlegen, wie ich diese vierzig Quadratmeter für mich adaptieren könnte, als ich den Zwillingen bei einem Abendessen von meiner Idee erzähle. Ich habe Spinatlasagne gemacht, das mögen sie beide. Ich habe im Laufe meines Mutterseins gelernt, dass es leichter ist, ein schwieriges Gespräch zu führen, wenn man dabei etwas Gutes isst. Wir sitzen in der Küche, die Zwillinge auf der Eckbank, die mein Vater auch in meine Küche gebaut hat. Ein Leben ohne Eckbank ist in unserer Familie undenkbar, trotzdem: Die wird nicht mitkönnen, die hat keinen Platz.

Die Zwillinge sitzen auf ihren Plätzen, gabeln ihre Lasagne und machen, was sie immer machen, wenn sie unsicher sind: Sie warten, dass der andere was sagt. Meistens sagt dann Mila zuerst was. Ich weiß nicht, warum das so ist: Vielleicht, weil sie die Erstgeborene ist, vielleicht, weil sie eine Frau ist wie ich und sich leichter tut, das Gespräch mit mir zu eröffnen.

Mila sagt, sie hat sich das schon gedacht, dass die Werkstatt für mich und den Hund ideal wäre, aber sie hatte das Gefühl, ich sei noch nicht bereit für diese Idee, deshalb behielt sie es für sich. Kluges Kind. Max stimmt ihr zu, aber ich merke, dass er ein bisschen verunsichert ist, von dem Gedanken, dass es diesen Ort, an dem wir uns gerade befinden, bald nicht mehr geben wird: Mila hat ein Zimmer in einer WG, ich habe einen Plan, er hat im Moment gar nichts, keine Vorstellung von seinem Leben, die über die Monate des Zivildienstes hinausreicht. Er tut mir leid. Ich stoße ihn jetzt in ein Erwachsenenleben hinein, für das er wahrscheinlich noch gar nicht bereit ist. Ich schmeiße ihn faktisch aus seinem Zimmer.

Ich erkläre Max, dass wir in dieser Wohnung bleiben, bis er weiß, was er will, mit wem er zusammenwohnen möchte. Dass ich es nicht eilig habe und die Wohnung erst aufgeben werde, wenn er ein neues, eigenes Zuhause gefunden hat, in dem er sich wohlfühlt. Die Wohnung hat einen alten Mietvertrag, die Kündigungsfrist beträgt nur einen Monat, wir haben Zeit. Ich werde langsam das Ausmisten und Aussortieren forcieren, Sachen verteilen, spenden, wegschmeißen. Die Dinge, die uns allen etwas bedeuten, kommen ins Haus. Zuerst regeln wir Milas Umzug. Dann muss die Werkstatt erst hergerichtet werden. Es ist alles ein langfristiger Vorgang. Aber ich weiß, dass Max weiß, dass die Werkstatt mich kostet, jeden Monat, in dem sie leer steht, so jung ist er nicht mehr, dass ihm das nicht bewusst wäre. Nicht, seitdem ich immer wieder darüber geklagt habe, wie viel Geld die Miete unserer Wohnung verschlingt, das Gas, der Strom. Schaltet das Licht im Bad aus! Wieso ist der Backofen an? Dreht die Heizung in euren Zimmern runter, wenn ihr nicht da seid!

Ich habe Mitleid mit Max, weil er diese Extra-Monate absolvieren muss, diesen Zwangsdienst zwischen Schulzeit und Studium, zwischen Kindsein und Erwachsenwerden: Bis mir wieder einfällt, wie viel unbezahlte Care-Arbeit wir Frauen im Laufe unseres Lebens leisten, ungefragt, einfach weil wir Frauen sind. Aber in der Zeit, in der unsere Söhne einen – wenn auch schlecht bezahlten – Hilfsdienst leisten müssen, haben wir das Gefühl, wir müssen sie noch bemitleiden und bemuttern.

Wir essen Lasagne, und dann fragt Mila, ob jetzt alles besprochen sei, sie habe noch zu tun. Sie hat Dinge gern schnell erledigt. Sie steht vom Tisch auf und geht in ihr halb ausgeräumtes Zimmer, der Hund läuft hinter ihr her. Max bleibt sitzen und stochert auf seinem Teller rum, er sieht beunruhigt aus. Ich sage ihm, dass er sich keine Sorgen machen soll. Dass er den Zeitplan bestimmt. Dass er sich in Ruhe überlegen kann, wie er wohnen möchte, wo, mit wem, und das ist gelogen.

DIE MASCHINE

Beim Frühstück sagt Max, er könne sich vorstellen, mit Jakob zusammenzuwohnen, seinem Freund aus Kindergartenzeiten, der gerade ein Gap-Year einlegt, was heißt, er weiß nicht, was er studieren soll. Das höre ich gerne, und das sage ich ihm. Dass ich daran selbst bereits gedacht habe, sage ich nicht. Ich sage auch nicht, dass Jakobs Mutter und ich schon darüber geredet haben, zuletzt nach dem Yoga.

»Er ist so ein Baby, ich halts nicht mehr aus«, sagte Theres, nachdem die Kellnerin uns Wein und Wasser gebracht hatte, »er muss raus.« Bei Theres gibt es eine enorme Bereitschaft, auch ihren zweiten Sohn ins Erwachsenenleben zu entlassen.

»Isst du was?«, sagte ich.

»Zeig mal«, sagte Theres, »was nimmst du?« Ich schob ihr die Karte rüber.

»Ich glaube, ich esse wieder den Falafelteller«, sagte ich.

Die Kellnerin stand schon am Tisch. Es war nicht viel los in diesem Lokal.

»Ich nehme die Zigarren-Börek«, sagte Theres. »Und den Salat ohne Zwiebeln bitte, danke.«

»Was hat er wieder gemacht?«, sagte ich.

»Ja nichts, wie immer. Jeden Tag komme ich von der Arbeit heim, und es sieht aus wie Sau. Wenn er zuhause ist, schläft er.«

»Und sonst …«

»… macht er die ganze Nacht Party. Er muss raus! Er braucht eine eigene Wohnung. Ich brauche eine eigene Wohnung! Was ist mit Max?«

»Haha«, sagte ich.

Theres denkt wie ich. Auch deshalb sind wir schon so lange befreundet, genauso lange wie unsere Söhne, eine Freundschaft, die die Kindergartenzeit überdauerte, die intensiver wurde, als wir uns im selben Jahr von den Vätern unserer Kinder trennten, und die auch aushält, dass Theres schon länger wieder einen Freund hat.

Die Kellnerin stellte einen großen Korb mit Brot auf unseren Tisch, den wir ignorierten, wie immer. Weißbrot macht dick.

»Vielleicht sollten sie zusammenziehen«, sagte Theres.

»Stell dir vor, daran habe ich auch schon gedacht«, sagte ich, und dann erzählte ich ihr von meiner Idee, in die Werkstatt zu ziehen, und wie ich sie vorher ein bisschen umbauen könnte, und Theres hörte sich alles an, und dann sagte sie: »Go for it, Schatzi, cheers.« Es war klar, dass sie es gut findet, sie wohnt in einem Haus, das nur ein paar Marktstände von der Werkstatt entfernt liegt, und sie fing auch gleich an, Pläne zu machen, was wir dann alles machen könnten.

»Hey, das wird gut!«

»Das wird super!«

Max braucht von diesen Muttergesprächen nichts zu wissen oder davon, dass es schon ein Skript gibt für seinen nächsten Lebensabschnitt. Die Dinge sind in Bewegung, die Maschine arbeitet schon, sie lässt sich nicht mehr stoppen.

DER HUND

Vielleicht sehe ich dem Auszug der Kinder auch deshalb nicht ganz panisch entgegen, weil wir jetzt den Hund haben. Wir holten ihn während des ersten Lockdowns aus einem Tierheim. Es war eine spontane Entscheidung von mir. Alles war zu, Schulen, Lokale, Geschäfte, ich packte die Zwillinge ein und fuhr mit ihnen aufs Land, für unbestimmte Zeit. Sie waren erst nicht begeistert von der Idee, dann merkten sie, dass sie in der Stadt ohnehin nichts machen konnten. Ich fing an, über einen Hund nachzudenken, kaum dass wir da waren. Mila war mir wegen einem Haustier in den Ohren gelegen, seit sie sieben war.

Nach der Trennung redete sie noch öfter von einem Hund. Sie machte sich Max zum Komplizen: Sie würden sich beide um den Hund kümmern. Das würden sie nicht, sie waren zu jung, die Schule war anstrengend, und ich hatte es in anderen Familien gesehen: Am Ende geht die Mutter oder der Vater mit dem Hund Gassi, in der Früh, zu Mittag, am Abend.

Es machte mir Stress. Mila tat mir leid, ich hätte ihr einen Hund gegönnt, es hätte ihr gutgetan, Max auch, aber ich sah mich nicht in der Lage, mich um noch ein Lebewesen zu kümmern. Ich hätte gerne einen Hund gehabt, vor allem wenn ich aufs Land fuhr, immer öfter ohne die Kinder; ich war dort nicht gern allein in der Nacht. Aber was sollte ich mit einem Hund machen, wenn ich wegfuhr? Es war manchmal schon schwierig genug, die Zwillinge unterzubringen, wenn ich wegmusste.

Meine Mutter hatte auch keine Haustiere gewollt. Damals bettelten wir und waren enttäuscht über ihre Ablehnung, aber später verstand ich sie. Sie hatte fünf kleine Kinder, irgendwann reichts mit Kümmern. Einmal, ich war vielleicht zehn, lief uns eine Katze zu, niemand in der Nachbarschaft kannte sie, also blieb sie bei uns. Nach ein paar Monaten wurde sie auf der Straße überfahren. Danach hatten wir keine Haustiere mehr. Ich glaube, meiner Mutter sind Tiere grundsätzlich suspekt, sie versteht sie nicht, sie misstraut ihnen.

Mir ging es nicht anders, bis wir selber den Hund hatten. Bis ich dachte, jetzt ist der richtige Moment, jetzt haben wir Zeit, uns an einen Hund zu gewöhnen, jetzt sind wir dafür am richtigen Ort, hier auf dem Land, hier auf der Wiese. Ich dachte auch: Wenn wir einen Hund haben, ein gemeinsames Baby, dann würde ich die Zwillinge, wenn sie mal auszögen, oft sehen, nicht nur zum Essen an Feiertagen und zum Wäschewaschen. Damals sorgte ich mich noch vor diesem Moment. Damals konnte ich mir das noch nicht so gut vorstellen.

Nachdem ich ein paar Tage lang darüber nachgedacht hatte, sprach ich mit den Kindern. Vor dem Fenster hatte der Garten noch seine fahlen Winterfarben, durch die kahlen Bäume sah man zu den Nachbarn hinüber. Im Ofen brannte Feuer.

Ich hatte Spaghetti gekocht. Natürlich reagierte Mila sofort enthusiastisch.

»Wirklich? Meinst du das ernst?«

»Ja. Ich glaube, ich bin so weit. Was ist mit dir, Max?«

Max aß und schwieg.

»Was ist mit dir, Max, was hältst du davon?«

»Ich weiß nicht«, sagte Max. Ich hatte mir ein bisschen mehr Begeisterung erwartet, nicht so grenzenlose wie bei Mila, aber mit dieser Skepsis hatte ich eher nicht gerechnet.

»Wolltest du nicht auch immer einen Hund?«

»Ja, aber jetzt bin ich mir nicht mehr so sicher.«

»Warum nicht?«

»Ein Hund macht so viel Arbeit«, sagte Max.

Meine Worte. Danke, mein Sohn, aber jetzt wollte ich sie eigentlich nicht mehr hören.

»Und wir machen ja bald Matura, und das ist eh schon so ein Stress, ich weiß nicht, ob mir ein Hund da nicht zu viel wird.«

»Das wird viel weniger Stress, wenn wir einen Hund haben, mit dem wir zwischendurch kuscheln können«, sagte Mila.

»Und was ist, wenn ich nach der Matura ins Ausland will?«

»Es wird mein Hund«, sagte ich. »Du kümmerst dich nur, wenn du Lust dazu hast.«

»Ich werde mich kümmern«, sagte Mila, und das glaubte ich ihr. Sie war schon kein Kind mehr, nicht wie Max.

»Wir müssen aber nicht unbedingt einen Hund haben«, sagte ich. »Wenn du keinen willst, Max, wenn du das Gefühl hast, es macht dir Probleme, dann lassen wir es.« Er sollte zumindest das Gefühl haben, er könne das mit entscheiden, den Rest konnte ich Mila überlassen, und sie erledigte das auch.

In den nächsten Tagen telefonierte ich mit Freunden, die schon Hunde hatten, und mit ihren Hundetrainerinnen: woher, was für eine Rasse, Tierheim oder Züchter, Bub oder Mädchen. Mila saß meistens neben mir und hörte über Lautsprecher zu. Wir waren Anfänger, wir wollten einen Welpen. Der Welpe sollte zu einem größeren Hund heranwachsen, der mich auf meinen Waldspaziergängen begleiten und mich im Haus beschützen würde. Wir überlegten uns Namen, jeder machte eine Liste, dann sortierten wir aus. Auf einer Website entdeckten wir einen flauschigen, schwarz-weißen Welpen, der von einem Tierheim angeboten wurde, nicht allzu weit entfernt, in der Beschreibung stand, wie groß er etwa werden würde, dass er ein Mädchen und kein Schoßhund sei. Ich rief dort an, die Zwillinge hörten zu, ich ließ mich ausfragen von der Frau am anderen Ende der Leitung, wie alt die Kinder seien, ob wir einen

Garten hätten, ob wir schon mal einen Hund gehabt hatten. Sie schien mit meinen Antworten zufrieden, sie schickte mir einen Fragebogen, den wir ausfüllten, und ein paar Tage später rief sie uns an: Wir könnten den Hund abholen, übermorgen. Ich hatte zwei schlaflose Nächte, in denen ich mir nicht mehr sicher war, ob ich mir das gut genug überlegt hatte, ob ich nicht gerade mein Leben ruinierte.

Der Hund war viereinhalb Monate alt, ein langbeiniger, magerer Welpe, der im Auto auf Milas Schoß kotzte und sich im Haus sofort auf eine Decke unter einem Sessel in der Ecke verkroch, vor dem die Kinder auf dem Boden lagen und liebevoll auf ihn einflüsterten, während er mit angelegten Ohren zitterte. Ich sehe mir die Fotos davon an: Wie winzig der Hund war, und wie viel kindlicher noch die Zwillinge. Der Hund blieb einen Tag und eine Nacht lang unter dem Sessel, bevor er am nächsten Morgen zu mir in die Küche tapste, einen Keks aus meiner Hand fraß und sich an meinen Beinen rieb. Ich hatte auf dem Sofa geschlafen, in seiner Nähe. Als die Kinder aufstanden, früher als sonst, lag der Hund, während ich am Computer schrieb, auf meinem Schoß und schlief, wie damals die Zwillinge, als wir sie aus dem Krankenhaus mit nach Hause nehmen durften, weil endlich jedes Baby zwei Kilo schwer war.

»Ich will ihn nehmen«, sagte Mila.

»Ich will ihn auch!«, sagte Max. Ich hob den Hund vorsichtig von meinem Schoß und legte ihn in Max' Arme. Bonding. Ist wichtig. Das habe ich damals im Krankenhaus gelernt, als uns unsere winzigen Frühgeborenen mit ihren Nasenschläuchen unter einer Decke auf unsere nackten Oberkörper gelegt wurden. Es funktionierte; auch bei Max und dem Hund.

DIE MUTTERHÜLLE

Weil ich Zwillinge erwartete, wurde ich mehr als andere Schwangere verhätschelt und betreut. Ich wurde von meiner Ärztin an die Mehrlingsambulanz eines großen Krankenhauses empfohlen, wo ich regelmäßig geultraschallt, gescreent und abgetastet wurde, was ich eigentlich nicht so gernhatte, aber es musste nun mal sein. Ich bekam eine Nummer, unter der ich rund um die Uhr anrufen konnte, wenn irgendwas sein sollte. Die Neonatologie wurde mir gezeigt. Mein Fruchtwasser wurde untersucht. Das ganze Tralala einer Schwangerschaft, aber doppelt so oft. In der 26. Woche hatte ich leichte Wehen, fuhr ins Krankenhaus, und man kümmerte sich um mich, als trüge ich den Heiland in mir. Ich wurde behandelt wie eine Prinzessin, ich war etwas Besonderes.

Dann kamen die Zwillinge zur Welt, per Kaiserschnitt, mehrere Wochen zu früh nach einem Blasensprung. Aber sie waren fertig ausgebrütet und gesund. Zu gesund für die Neonatologie, die ausgelastet war mit viel schwächeren Frühgeburten, also nahm man sie mir weg und brachte sie noch am Tag ihrer Geburt in die Kinderstation, die in einem anderen Gebäude auf dem weitläufigen Gelände des Krankenhausareals untergebracht war. Ich wollte das nicht, ich weinte, ich wollte bei meinen Kindern sein, aber um mich ging es nicht mehr. Eben noch hatte sich alles um mich und mein Wohlbefinden gedreht, aber jetzt waren meine Säuglinge getrennt von mir, außerhalb meines Körpers, und der Umgang mit mir änderte sich radikal.

Nach dem Wahnsinn der Geburt, inmitten der Schmerzen der tiefen Wunde in meinem Bauch, dem Babyblues, der völlig neuen Situation in meinem Leben wurde mir plötzlich klar, was sich verändert hatte: Ich war nicht mehr wichtig. Ich war nur noch ein leerer Sack, wie die Astronauten in *Alien*, die dem Monster als Entwicklungsbasis gedient, die es unbemerkt genährt und gekräftigt hatten. Und als das Monster stark genug und fertig war, brach es aus ihren Leibern heraus und killte damit die nun nutzlosen Wirte.

Ich lag ohne meine Neugeborenen auf der Geburtenstation, aufgeschnitten und wieder zugenäht, leer und allein, neben Müttern, die ihre Babys neben sich in kleinen Bettchen liegen hatten. Ich heulte den halben Tag. Zwei- oder dreimal täglich wurde ich in einem Rollstuhl durch lange Gänge und viele Aufzüge in das Gebäude geschoben, in dem meine Kinder in zwei verschiedenen Brutkästen lagen, und zwischen denen saß ich mit meinem frisch zugenähten Bauch in meinem Nachthemd auf einem Stuhl, bis ich keine Kraft mehr hatte und mich wieder zurück zu meinem Bett schieben ließ, wo ich neben fremden schreienden Säuglingen und stillenden Müttern weiterweinte. Hin und wieder konnte ich in der Säuglingsstation meine Kinder in den Arm nehmen, auf meine bloße Brust legen, in einem bequemeren Sessel, für eine Stunde oder so. Nach drei Tagen entließ ich mich selbst, trotz meiner Operationswunde, danach fuhr ich täglich mit dem Taxi ins Krankenhaus, um in der Nähe der Zwillinge zu sein. Abends stand ich weinend auf meinem Balkon, von dem aus man das mächtige Spitalsgebäude sehen konnte, in dessen Innerem irgendwo meine Babys schliefen, ohne mich. Nach weiteren drei Tagen wurden die Zwillinge in ein anderes Krankenhaus verlegt, und erst dort bekam auch ich ein Bett in ihrer Nähe.

Sonst war es jedem mehr oder weniger egal, wie es mir jetzt

ging, denn ich hatte meine Aufgabe erfüllt, ich war nur noch die Hülle, aus der sich die Babys herausgehäutet hatten, nutzlos wie eine Eierschale. Ich hatte in diesem Kontext keine Funktion mehr. Was dann noch von mir erwartet wurde, als die Frühgeborenen nicht mehr mit Magensonden am Leben gehalten wurden: dass ich meine Babys nährte auf die Weise, wie es die Natur vorgesehen hatte, indem ich ihnen mit der Milch meiner Brüste zu weiterer Kräftigung verhalf. Als das nicht funktionierte, aus verschiedenen Gründen – weil ich noch keine Milch produzierte, weil sie zu schwach waren, um ordentlich zu saugen, weil es mir wichtig war, dass auch der Vater die Kinder füttern konnte –, beschloss ich, die Zwillinge mit Hilfe der modernen Ernährungsindustrie und ihren Produkten zu ernähren. Das kam nicht gut an. Es wurde nicht gutgeheißen, dass ich nicht bereit war, meinen biologischen Aufgaben als Mutter nachzukommen, mich mehr anzustrengen, meinem Körper Milch abzuwürgen und ihn überhaupt ganz meinem Nachwuchs zur Verfügung zu stellen, dafür war er doch da, jetzt, wo ich Mutter war.

Ich hatte das nicht erwartet. Keine der frischen Mütter in meinem Bekanntenkreis hatte so etwas erwartet. Später, als unsere ungestillten Kinder auf wundersame Weise überlebt hatten, ohne Allergien zu bekommen oder drogensüchtig zu werden, erzählte mir eine Bekannte, wie sie sich so sehr unter Druck habe setzen lassen, dass ihre Tochter beinahe verhungert wäre. Sie hatte es unbedingt richtig machen wollen. Sie wollte unbedingt das schaffen, was als Frau, als Mutter von ihr erwartet wurde. Sie war über vierzig, als sie ihre Tochter auf die Welt brachte, sie hatte zwanzig Jahre als praktische Ärztin gearbeitet, aber dass sie dabei versagte, ihr Kind zu stillen, es nach den Regeln der Natur zu ernähren, damit kam sie nicht klar.

Ich glaubte, das hätte sich in den zwanzig Jahren seither geändert, aber nichts hat sich geändert. Vor kurzem erzählte mir eine frische Mutter, Chefin einer erfolgreichen, von ihr gegründeten Bio-Lebensmittel-Kette, dass sie genau dasselbe erlebt hatte, eben erst, als sie im Krankenhaus erklärte, sie werde ihren Säugling – nicht ihr erstes Kind – nicht stillen, man solle ihr dieses Medikament geben, das die Milchproduktion stoppt: Wie sie von völlig Fremden bedrängt wurde, wie man ihr Angst machte, wie viel Hass sie spürte, wie ihre Motivation, ein Kind zu bekommen, in Frage gestellt wurde, wie man ihr unterstellte, sie wolle ihrem Baby schaden. Als sei sie eine gefühllose Egoistin, die ihr Kind misshandele.

Es spielte keine Rolle, was für eine Frau diese Mutter war, was sie konnte und brauchte, was sie erlebt hatte, was sie wusste. Es war egal, was sie geleistet hatte und weiter leisten wollte. Ihr Körper gehörte ihr nach der Geburt ihres Kindes nicht mehr, genauso wie mein Körper mir vor zwanzig Jahren nicht mehr gehört hatte. Sie hatte ihn aufzugeben, ganz ihrem Kind zur Verfügung zu stellen, wie ich damals. Ich hatte geglaubt, das habe sich seither geändert, aber nichts hat sich geändert.

Woran ich mich noch erinnere: an das Gefühl völliger Hilflosigkeit gegenüber dem Krankenhausapparat und allen, die darin etwas zu sagen hatten. Ich war so geschwächt und verletzt von der Geburt, das hatte ich so nicht vorausgesehen. Ich hatte gedacht, ich hätte alles im Griff. Ich war gebrieft und gut vorbereitet. Ich hatte gelesen und recherchiert und mit vielen Müttern über ihr Gebären gesprochen. Ich war erwachsen und zäh: Zwanzig Jahre lang hatte ich mich durchgesetzt gegen viele Arten von Männern und Besserwissern, doch jetzt versagten all meine Fähigkeiten, wurden außer Kraft gesetzt, von Leuten, die es besser wussten, die sich auskannten, ganz im Gegensatz zu mir. Denn es ging, was ich offensichtlich nicht begriffen hatte, um das Wohl meiner Kinder, um ihre Gesundheit und um ihre

Entwicklung. Von alldem hatte ich, so viel machte man mir klar, keine Ahnung, und deshalb riskierte ich dieses Kindeswohl aus reinem, ekelhaftem Egoismus, gegen den Rat der Spezialistinnen, in fahrlässiger Ignoranz ihres Fachwissens. Was wusste ich schon, was konnte ich wissen, ich war nur ein Weibchen, das zum ersten Mal gebar.

Und ja, ich habe Freundinnen, denen das Stillen leichtfiel und die es als beglückend empfanden, weil sie dadurch eine innige Verbindung zu ihrem Neugeborenen erlebten. Ich habe auch Freundinnen, die es unbedingt schaffen wollten, die ihr Kind stillten trotz verheerender Brustentzündungen, die sie, weil sie ja stillten, nicht mit Medikamenten therapieren durften, sie säugten ihre Babys heulend vor Schmerzen, und immer fand sich jemand, der sagte: Das hältst du schon aus, es ist zum Wohl deines Kindes, das schaffst du schon, schmier einfach Quark drauf.

BYE, BYE, BABY

Mila ist ausgezogen. Ich war dann doch vor Ort, saß im Wohnzimmer, unterhielt mich mit ihren Freundinnen und Freunden, die einer nach dem anderen eintrafen, um ihr zu helfen, ihre paar Möbel und Kartons in ihre neue WG zu bringen.

Irgendwann kam der Vater der Zwillinge und stand verlegen in dem Wohnzimmer herum, das so lange auch seins gewesen war. Ich bemerkte, wie wenig es Max behagte, uns zwei gemeinsam in einem Raum zu sehen. Er hielt ein paar Minuten durch, während sein Vater und ich uns unterhielten, schließlich verschwand er unter dem Vorwand, irgendwas zu helfen, in Milas Zimmer, bis alles zusammengepackt war. Alles, was ich zu tun hatte, war, den Hund zu beruhigen, der merkte, dass hier irgendwas Größeres passierte, und ihn daran zu hindern, zur offenen Wohnungstür hinaus- und hinter Mila und Max herzulaufen. Was mir einmal misslang, ich hörte die Kinder auf der Straße nach dem Hund und nach mir brüllen. Danach legte ich den Hund an die lange Leine, was ihm nicht passte, er bellte und jaulte, ich hätte ihn rechtzeitig mit CBD ausknocken sollen. Aber mein Auto war wegen einer Panne in der Werkstatt, sonst wäre ich mit dem Hund aufs Land gefahren, und er hätte von dem ganzen Umzug gar nichts mitbekommen. Und ich auch nicht.

Es dauerte nur eine gute Stunde, dann war Milas kleines Zimmer leer geräumt, sie trug den letzten Karton und einen Hocker durch die Wohnungstür, stellte alles nochmal ab, kniete sich hin, umarmte den Hund und flüsterte ihm irgendetwas ins Ohr.

»Bye, Baby, seh dich morgen«, sagte ich, während ich schon den linken Türflügel schloss und sicherte, »und viel Spaß an deinem ersten Abend als freier Mensch.«

»Danke, werden wir fix haben«, sagte Mila, während sie mich umarmte. »Wegen morgen Abend whatsappen wir?«

»Genau.« Ich hatte den Zwillingen Tickets für das Bilderbuch-Konzert geschenkt, und ich würde mit Johnny auch dort sein. »Träum was Schönes in deiner ersten Nacht in deinem neuen Zimmer.«

»Schaun wir mal«, sagte Mila, »love you«, und ich schickte ihr einen Kuss, während ich die Tür hinter ihr zuzog.

Ich weiß, dass ich versuchte, mir bewusst zu machen, dass dieses Türschließen wichtig war, episch, auf eine gewisse Weise endgültig. Ich wollte es fühlen, abspeichern, schmecken. Aber ehrlich gesagt kann ich mich an den Moment nicht mehr genau erinnern. Ich habe wohl den Schlüssel im Schloss gedreht, und das wars.

Ich ging in Milas Zimmer, um das mit den sentimentalen Gefühlen gleich hinter mich zu bringen, aber da war nicht viel. Das Zimmer war jetzt leer, bis auf einen ausgeräumten Schrank, mit Löchern und Flecken an der Wand, wo früher Bilder und Fotos gehangen hatten. Ja, komisch. Ja, traurig irgendwie, aber auch okay. Ich hatte ihr schließlich wochenlang beim Zusammenpacken zugesehen. Wir hatten in all meine Küchenschränke und in jede Schublade geschaut, und sie nahm sich, was sie brauchte. Ich hatte ihr im Billigladen ein paar große Taschen besorgt, und ein paar Kartons. Ich hatte die aussortierte Kleidung und die Kinderbücher zur Caritas gebracht. Wir waren zu Ikea gefahren und hatten ein Bett für sie ausgesucht, ein kleines Regal, einen neuen Schreibtischstuhl, ein paar Boxen fürs Badezimmer, zwei Lampen. Vielleicht wäre es anders gewesen, wenn ich nicht innerlich auch schon halb aus dieser Wohnung raus gewesen wäre. Der Hund war verwirrt, rannte in das Zimmer und wieder zurück, schnüffelte sich durch die Ecken, lief zur Wohnungstür und jaulte. Ich streichelte ihn, versuchte, ihn zu trösten, alles wird wieder gut.

Für mich fühlte es sich ein bisschen so an, als wäre Mila nur in ein anderes, etwas weiter entferntes Zimmer gezogen, bald würde ich in ihrer Nähe wohnen und sie, dem Hund sei Dank, ohnehin sehr oft sehen. Es würde sich nicht so viel ändern. Was Gefühle verursachte, war der riesige Schrank, der dageblieben war und den ich loswerden musste. Ich machte ein paar Fotos davon und ging dann an meinen Schreibtisch, um sie auf meinen Computer und auf ein Versteigerungsportal hochzuladen. Achtzig Euro, oder konnte ich 95 versuchen? Ich sah auf der Website des Möbelhauses nach, was der Schrank ursprünglich gekostet hatte, 220, okay. Ich entschied mich für 87 Euro und stellte das Angebot online. Als ich nochmal in Milas Zimmer ging, um die Fenster zu schließen, lag der Hund ausgestreckt auf dem Parkett, genau an der Stelle, an der er früher auf Milas Matratze geschlafen hatte.

MAX

Nicht nur der Hund leidet, auch Max, obwohl er es nicht zugibt. Das leere Zimmer neben seinem macht ihm zu schaffen. Nicht dass er noch viel mit seiner Zwillingsschwester gemeinsam hätte. Eine Zeitlang stritten sie viel, wie Geschwister halt streiten, bis sie kaum mehr redeten, weil sie, wenn sie von der Schule heimkamen, jeweils in ihrer eigenen Online-Welt abtauchten. Früher war täglich Rufus Becks Stimme durch die Wohnung gehallt, von dem sie sich alle Harry-Potter-Bücher auf CD hatten vorlesen lassen. Dann fingen ihre Interessen an, sich zu unterscheiden, und sie verschwanden unter Kopfhörern, oft nicht ansprechbar, auch für mich. Sie haben unterschiedliche Vorlieben, verschiedene Freundeskreise. Dennoch scheint Max sich übrig gelassen zu fühlen, jetzt, wo Mila woanders wohnt. Und unwohl, so ganz allein mit mir. Ich dachte, zu zweit hier wohnen würde uns zusammenschweißen. Aber merkwürdigerweise entfremdet es uns ein bisschen. Milas Platz am Tisch ist nicht nur frei, er ist zu einem kleinen Graben geworden, der sich nur schwer mit Konversation füllen lässt.

Ich merke wieder, wie gut es war, zu dritt zu sein. Ich hatte festgestellt, dass das eine gute Konstellation war: zwei Jugendliche, eine Erwachsene, man konnte Gespräche und Konflikte über eine Ecke spielen, und ich war für die Kinder keine festgefügte Mauer, wie es ein eingespieltes Elternpaar mitunter ist, eine Wand, gegen die man als Heranwachsender läuft und die einen aggressiv werden lässt in ihrer Unumstößlichkeit. Ich hatte niemanden, mit dem ich mich in schwierigen Angelegenheiten verbünden konnte, weswegen es für sie leicht war, mich von ihren jeweiligen Plänen zu überzeugen. Manchmal verfluchte ich das, aber die meiste Zeit fand ich, dass dieses Dreieck einen guten Ausgleich zwischen uns dreien ermöglichte.

Jetzt fehlt ein Fluchtpunkt, eine Mitspielerin, zu der Max den Ball passen kann, anstatt ihn direkt aufs Tor zu schießen. Außerdem habe ich den Eindruck, dass Max findet, ich nähme Milas Auszug zu leicht. Sollte ich auch leiden, wenigstens ein bisschen, ihm zuliebe? Ich verspüre vor allem Erleichterung, dass ich mich um einen Menschen weniger kümmern muss, weil ich Vertrauen haben kann, dass es Mila ab jetzt ohne mich schafft, und das verschweige ich ihm.

Und kümmere mich unverändert um ihn, wecke ihn in der Früh mit Milchkaffee, wie immer um halb sechs, denn täglich um sechs beginnt sein Einsatz bei einem Rettungsdienst. Ich mache den Kaffee mit aufgeschäumter Milch, wie er es mag, während ich höre, wie er endlich das wilde Glockengeläut seines Handyweckers ausschaltet, ich stelle den Becher neben sein Bett. Meistens schläft der Hund in seinem Bett und begreift die Aktion als Tagwache und als Aufforderung, Max' Gesicht abzulecken, zumindest den Teil davon, der nicht im Kissen vergraben ist.

»Grrrrrrweg!«

»Guten Morgen!«

Grunz.

»Bist du wach?«

Grunz.

»Sicher?«

»Ja.«

»Dein Kaffee steht schon da, nur dass du es weißt. Trink ihn lieber, bevor dir der Hund den Schaum runterleckt.«

»Ja, Mama!«

Unser Morgengespräch, jeden Tag. Dann gehe ich wieder ins Bett, kann aber nicht mehr einschlafen, bis ich höre, wie Max ins Badezimmer schlurft. Manchmal döse ich danach weiter, aber meistens bin ich schon hellwach und grüble an irgendwas herum, während ich zum Fenster hinausschaue, das von meiner Position aus nur Himmel zeigt, ein paar Wolken und manchmal ein Flugzeug, das mittendurch fliegt. Ich weiß nicht, ob ich in meinem neuen Zuhause Flugzeuge werde sehen können. Ich habe in der neuen Wohnung gelbes Klebeband auf den zerkratzten Boden geklebt: an die Stellen, wo das Sofa stehen wird, ein Tisch, von dem ich noch nicht sicher bin, wie groß er sein wird, der Schrank, den ich bis zur Decke geplant habe. Der Bautrupp, der alles Alte rausreißen und dann alles neu machen wird, ist schon organisiert. Ich will, dass es schön wird, perfekt passt, weil es für immer ist. Ich markierte die Linie, an der das neue Bett enden wird. Ich legte mich auf den Boden, an die Stelle, wo ich schlafen würde, ich schaute zum Fenster hinaus und sah ein Stück Himmel.

Ich erinnere mich, wie wichtig mir das immer war: Flugzeuge sehen zu können, vom Bett aus, im Morgenhimmel oder in der Abenddämmerung. Ich erinnere mich, wie ich in einer der Wohnungen am Morgen nach dem Einzug auf der Matratze aufwachte, und das Erste, was ich erblickte, war ein Flugzeug, das langsam durch den Fensterausschnitt zog. Danach zogen wir nur in Wohnungen in oberen Stockwerken, mit freiem Blick aus dem Fenster. Bis jetzt. Jetzt geht es wieder abwärts. Jeden Morgen, wenn ich aufwache und aus meinem Dachfenster in den frühen Himmel schaue, wird mir die Endlichkeit dieses Blicks bewusst. Ein paar Monate noch, saug alles auf. Es ist ein Gefühl des Abschieds, das konkretisiert wird von den halbvollen Schachteln und Säcken, die schon in einer Ecke eines Zimmers stehen, das sich bereit macht, verlassen zu werden.

HELICOPTER

Theres und ich finden viel schneller als geplant eine Wohnung für Max und Jakob. Also, Theres findet sie. Eine Freundin einer Freundin und so weiter, sie will ausziehen, in ein paar Monaten, und sucht Nachmieter. Größe passt, der Vertrag ist unbefristet, der Preis klingt vernünftig, erster Stock, Gegend super, nicht weit vom Markt, wo Theres schon wohnt und ich bald wohnen werde.

Theres stellt ein paar Fotos in unseren Chat. Die Wohnung ist noch bewohnt und unordentlich mit Sachen vollgestellt, aber sie sieht hell aus und luftig. Auf den ersten Blick ist nichts daran auszusetzen.

Wir beschließen, sie uns gleich am nächsten Tag anzuschauen. Ich treffe Theres vor einem Haus, das nicht so aussieht, als würde es demnächst abgerissen werden, die Gasse ist ruhig, mündet aber in einer belebten Einkaufsstraße, durch die auch Straßenbahnen fahren. Theres klingelt, wir gehen eine runde Stiege hinauf in den ersten Stock und dort durch einen hellen Flur, an dessen Ende eine Frau schon in der offenen Tür auf uns wartet.

»Sorry, ist nicht aufgeräumt!«

»Völlig wurscht, bei mir auch nicht«, sagt Theres, sie lügt, es ist immer aufgeräumt bei ihr. Wir besprachen das unlängst in einer Gruppe von Freundinnen. Ich beklagte, dass ich ein anderer Mensch werden müsste in meiner künftigen Mini-Wohnung, ein ordentlicher. Die eine Freundin sagte, ihre Wochenend-Berghütte sei wirklich winzig und trotzdem total unordentlich. Die Freundin mit dem Loft stimmte zu. Nur Theres sagte, verlegen fast, sie sei so ordentlich, bei ihr sei es immer sauber. Ich weiß das, aber die Freundin mit der Hütte fragte: »Immer? Du meinst, es kann jederzeit jemand vor deiner Tür stehen, und es ist zuverlässig sauber?« »Jederzeit«, sagte Theres, und dass ihr das eigentlich peinlich sei, so eine Spießerin zu sein, und ich sagte, ich wäre das so gern, eine Spießerin, das sei fortan mein Lebensziel.

Die Frau führt uns durch einen Flur voller Kinderschuhe an einer sich ausbeulenden Garderobe vorbei in den Wohnraum. Sie erzählt, dass sie an den Stadtrand ziehen, sie haben sich ein kleines Haus gekauft, sie will endlich einen Garten, etwas Grünes vor dem Fenster. Verstehen wir. Sie führt uns durch die Zimmer: Elternschlafzimmer, Badezimmer, ein Mädchenzimmer mit viel Pink, das Zimmer einer Neun- oder Zehnjährigen, die Frau lacht entschuldigend, ich sage, dass ich auch eine Tochter habe und die Phase kenne. Die Frau sagt, das Haus wird gerade renoviert, es wird noch zwei, drei, höchstens vier Monate dauern, bis sie tatsächlich umziehen, Theres und ich recken unsere Daumen, super, passt uns perfekt. Die Frau sagt, wir sind die Ersten, die sich die Wohnung anschauen, und wenn wir zusagen, ist sie froh, wenn sie nicht noch andere Leute durchführen muss. Theres schaut mich an, sie ist, wenn sie was Gutes sieht, wie ich: schnell entschlossen. Ich nicke. Die Söhne müssens halt noch sehen. Ja klar, sagt die Frau, wann ihr wollt.

Vier Monate also.

Wir schauen uns die Wohnung ein paar Tage später nochmal mit Max und Jakob an, sie gehen schüchtern durch die Zimmer, aber es gefällt ihnen.

»Da, schau, ein Vorraum, groß genug für dreißig Paar herumliegende Sneakers.«

»Mama.«

»Guck mal, das Bad, es gibt sogar eine Wanne!«

»Und einen Waschmaschinenanschluss, gut.«

»Ah, die Küche, was haben wir hier, Herd, Dunstabzug, Ofen, Kühlschrank, Gefrierteil, alles da, sogar eine Spülmaschine!«

»Bleibt das alles da?«

»Ja«, sagt die Frau, »wir machen alles neu in dem Haus, und die meisten Sachen waren schon in der Wohnung, bevor wir einzogen. Also, der Kühlschrank ist alt und schon ein bisschen grindig, ich sags gleich.«

»Egal, Hauptsache, er funktioniert.«

»Lasst ihr die Spülmaschine auch da?«

»Ja, wir kriegen eine verbaute in der neuen Küche.«

»Super.«

Theres und ich schauen unseren Buben dabei zu, wie sie sich ihre unmittelbare Zukunft anschauen, wie ihnen die Vorstellung zu behagen anfängt. Die Wohnung könnte ein Zuhause werden. Während Theres sich mit der Frau unterhält, über Miete, Kaution und die Hausverwaltung, stelle ich mir mit Max und Jakob die Einrichtung vor: An der freien Wand der Wohnküche hätte ein großes Sofa Platz, hier könnte unser alter Tisch hin, mit vier oder sechs Stühlen, wie ihr wollt. Da in dem Küchenregal ließe sich eine Mikrowelle unterbringen, guckstu, hier gibts sogar zwei Steckdosen, ein Toaster hätte daneben Platz. Oder ein Wasserkocher. Überhaupt gibt es genug Steckdosen überall, das ist praktisch. Und sind die Böden nicht schön? Und die großen Fenster? Wer würde welches Zimmer nehmen?

Wir sehen uns noch das Kellerabteil an und den Fahrradraum, dann gehen wir um die Ecke was essen. Es ist eine lebendige Gegend, viele Geschäfte, Lokale und, was die Jungs mit

Wohlwollen zur Kenntnis nehmen, an jeder Ecke eine Dönerbude wie die, in der wir uns jetzt an einem kleinen Tisch zusammendrängen, mit Döner Kebabs, Dürüm mit Huhn, Falafel-Sandwich und Cola-Dosen. Ein riesiger Flatscreen an der Wand zeigt türkische Pop-Videos ohne Ton, viel nackte Haut, perfekte Körper.

»Was meint ihr?«

»Also, mir gefällts total«, sagt Max. Sein Kebab leckt, ich schiebe ihm meine Serviette unter, er rollt mit den Augen.

»Kann ich mir voll gut vorstellen«, sagt Jakob.

»Ich finde auch den Preis okay«, sage ich, »ich denke, das könnt ihr euch gut leisten mit dem Geld von euren Vätern und ein bisschen Arbeiten dazu.«

»Die Lage ist super«, sagt Max.

»Wir können uns aber gerne noch mehr Wohnungen anschauen«, sage ich.

»Wegen mir nicht«, sagt Jakob und schaut rüber zu Max.

»Wegen mir auch nicht«, sagt Max, »ich glaube, ich würde gern hier wohnen.«

»Ist so schön nahe«, sage ich, »wäre praktisch mit dem Hund, oder?«

»Ja, genau«, sagt Max. »Glaubst du, Hunde sind erlaubt?«

»Ich glaube, Haustiere sind immer erlaubt«, sagt Theres.

»Der Hund wohnt ja ohnehin bei mir, bei euch wäre er ja nur zu Besuch«, sage ich. »Könnt ihr euch das vorstellen, so in vier Monaten umzuziehen?«

Die Jungs nicken. »Ja, voll.«

»Aber du machst dann noch zwei Monate Zivildienst«, sage ich zu Max, »wer weckt dich dann?«

»Mama, ich kann selber aufstehen. Ich bin erwachsen, falls du das vergessen hast.«

»Nicht um halb sechs Uhr früh.«

»Musst mich halt jeden Morgen anrufen«, sagt Max.

»Abgemacht«, sage ich.

Max lässt seinen Zeigefinger über seinem Kopf kreisen und verdreht die Augen.

»Was heißt das?«, sagt Theres.

»Dass ich eine Helicopter-Mum bin«, sage ich.

»Haha«, sagt Theres, »gemein.«

»Ich glaube, ich will die Wohnung«, sagt Jakob.

»Ich glaube, ich auch«, sagt Max.

»Du kriegst das Babyzimmer«, sagt Jakob.

»Das knobeln wir noch aus«, sagt Max.

»Endlich frei«, sagt Jakob und klatscht mit Max ab.

»Haha, ja, gleichfalls«, sagt Theres und klatscht mit mir ab. Und wir alle stoßen mit unseren Cola-Dosen an, auf die erste Wohnung unserer Söhne, auf unsere baldige Freiheit, haha, gut gemacht.

Vier Monate also. Jetzt ist es fix. Jetzt geht es los.

Während ich das schreibe, fällt mir auf, dass ich über Milas Auszug viel weniger Worte verloren habe als über Max' neue Wohnung. Vielleicht, weil es ihr eigener Wunsch war, auszuziehen, weil sie ihr Zimmer ohne mein Zutun fand, sich alles selber organisierte. Vielleicht, weil Max in dieser Hinsicht einfach noch ein bisschen unbeholfener ist.

»Hat das deine Mutter auch für dich gemacht, als du ausgezogen bist?«, sage ich, nachdem Theres und ich am Telefon die nächsten Aufgaben untereinander aufgeteilt haben: Kontakt mit der Hausverwaltung aufnehmen, Bürgschaftsvereinbarung unterschreiben, Mietvertrag kontrollieren, Kaution bezahlen, fehlende Möbel besorgen.

»Hahaha«, sagt Theres, »deine?«

»Meine Eltern haben mir mein Zeug zum Bahnhof gefahren, haben mir nachgewinkt, und das wars. Okay, sie haben ein bisschen geschluchzt, das schon. Aber mitgenommen habe ich nur das, was ich selber im Zug transportieren konnte. Und mit der Wohnungssuche hatten sie gar nichts zu tun.«

»Ich bekam ein paar Möbel und ein bisschen altes Geschirr, das noch von meiner Oma stammte, das weiß ich noch, aber sonst ...?«

»Aber ein bisschen Hilfe wird die Jungs auch nicht komplett verweichlichen. Oder? Oder sind wir Glucken?«

»Na ja. Schon ein bisschen vielleicht.«

»Jetzt so vergleichsweise.«

»Wird schon passen. Es wird brutal genug für sie werden, wenn sie merken, dass ihre Dreckwäsche nicht von selber sauber im Schrank landet. Weiß Max schon, wie man eine Waschmaschine bedient?«

»Theoretisch: ja. Apropos, sie können dann meine alte bekommen, ich brauch ohnehin eine neue.«

EIN MANN

Meine Mutter ist teils froh über meine Entscheidung, in die kleine Wohnung zu ziehen, teils nicht: Ich glaube, heimlich hoffte sie immer noch, dass ich die alte Wohnung würde halten können, mit Hilfe eines neuen, ökonomisch vertrauenswürdigen Mannes. Für sie ist das nicht optimal: eine Frau in meinem Alter, die alleine lebt. Für meinen Vater auch nicht. Jedes Mal, wenn sie mich im Haus besuchen, seufzt mein Vater irgendwann, wie sehr er mir einen netten Mann wünschen würde, und ich weiß, dass er es gut meint und liebevoll, aber immer möchte ich auf den Tisch hauen und rufen, schau, was ich alles mache, all die Sachen, die ich mit meinen Händen geplant, gebaut und repariert habe, die Kinder durch die Schule gebracht, Bücher geschrieben, mein eigenes Geld verdient und auch ein Essen auf den Tisch gestellt habe, das ich selbst gekocht habe.

Ich sehe, wie er den Gartentisch betrachtet, dem ich eine neue Tischplatte aus lasierten Douglasien-Brettern verpasst habe, und sich denkt: Ja, gut, aber ein Mann hätte das sorgfältiger gemacht. Er isst mein Gulasch (ich habe mich vorher bei meiner Mutter erkundigt, ob er das eh mag, sie sagte: Viel Soße!) mit viel Soße, und er denkt sich: Okay, aber bei der Mutter schmeckt das besser.

Ich bilde mir das alles nur ein, ich weiß. Nur spüre ich halt, wie wenig es zählt, dass ich all die Dinge, die sich mein Vater und meine Mutter untereinander aufteilen, alleine schaffe. Besser wäre es halt, wenn es mir gelingen würde, einen neuen Mann zu finden, der eine natürliche Balance wiederherstellen könnte in meinem Leben, mir ein bisschen Luft verschaffen: Frau kocht, gärtnert, kümmert sich um den Haushalt und die Kinder, Mann arbeitet, bringt das Geld heim, repariert und fährt zum Baumarkt.

Sie würden das nicht so formulieren. Und ich weiß auch, dass ihnen bewusst ist, dass es dieses System, das sie für ausbalanciert halten, in meinem Leben nie gegeben hat, dass ich, auch als wir noch zu viert waren, immer viel gearbeitet habe und auch kochte und mich ums Haus kümmerte. Aber das liegt eben an meiner idiotischen Emanzipiertheit, an meiner Eigensinnigkeit. Ich bin nicht die einzige Feministin, die genau so in diese Totalüberforderung geraten ist. Wir können alles, wir wollen alles dürfen, dann machen wir halt auch alles, und am Ende sind wir kaputt und haben schlechte Laune. Ich hätte es auch anders haben können. Oder anders machen. So wie meine Schwestern.

Man richtet es sich ein in einer Ehe, so, dass es passt, und wenns nicht passt, passt man sich an. Man bleibt, solange es irgendwie erträglich ist, und dass es nicht unerträglich wird, dafür ist man selbst verantwortlich. Man muss halt dran arbeiten. Ganz ehrlich, ich bewundere, wie die das machen, also die beiden meiner Schwestern, die in ihren Ehen unglücklich sind.

Ich konnte vorher nicht wissen, dass es so kommen würde, aber ich konnte einfach das tägliche Unglück nicht mehr ertragen. Meine Schwestern sind da anders, aber es ist auch jedes Unglück anders, wie geht dieses Tolstoi-Zitat, ich habs eben wieder gehört, in einer Fernsehserie, das mit den Familien, die sich im Glück gleichen, deren Unglück aber stets individuell ist. Wir wurden erst wieder eine glückliche Familie, nachdem ich die unglückliche aufgelöst hatte, weil man manchmal nur als Rest-Familie weiter Familie sein kann. Es dauerte lange, sehr lange, bis es mir besser ging, aber irgendwann war es so weit, unbemerkt eigentlich. Plötzlich war alles wieder okay, leichter, besser als je zuvor, und der Schmerz war weg.

Es hat sich als sehr hilfreich und entspannend erwiesen, in den Gesprächen mit meiner Mutter hin und wieder Johnny zu erwähnen. Ich war mit Johnny beim Chinesen, Johnny kommt Ostern aufs Land, Johnny holt mich vom Bahnhof ab. Ich habe ihr ein paar spärliche Johnny-Eckdaten geliefert, Alter, Beruf, Herkunft, dass er eine Tochter hat, um die er sich kümmert, und dass er ein netter Mensch ist, und sie wagt es nicht, genauer nachzufragen. Sie wird Lexi oder Franziska fragen, weil sie weiß, dass ich mit den beiden regelmäßig telefoniere. Vielleicht will sie es aber auch nicht wirklich wissen, denn sie könnte enttäuscht werden, also reicht es ihr, dass ich hin und wieder seinen Namen fallen lasse. Ich vermute, Johnny macht es bei seiner Mutter auch so, unlängst fiel mir auf, dass eine Frau mit seinem Nachnamen mir auf Instagram folgt, und als ich Johnny darauf ansprach, verdrehte er die Augen. Als ich letztes Mal bei meiner Mutter am Küchentisch saß, fragte sie vorsichtig, ob sie diesen Johnny denn eigentlich einmal kennenlernen werde, und glücklicherweise platzte genau in dem Moment Bine in die Küche, ganz nass und verärgert von dem Regen, in den sie auf dem Weg geraten war, und so musste ich mir keine Antwort überlegen, und meine Mutter fragte nicht noch einmal nach. Es ist, glaube ich, auch ganz gut, dass ich immer wieder mit Johnny und dem Hund durch das Dorf marschiere, in dem mein Haus steht, die Leute im Dorf sollen Johnny ruhig sehen. Das ist natürlich im Grunde deprimierend, weil sie vor einer Frau, bei der sich hin und wieder ein Kerl aufhält, mehr Respekt haben als vor einer, die allein lebt.

Abgesehen davon sind meine Eltern froh, dass ich mich endlich aus meiner jahrzehntelangen Mietmisere befreie und in meinen eigenen Besitz ziehe. Dort, wo sie leben und immer gelebt haben, mieten nur arme Leute oder arme Leute, die zu faul sind, ihren Arsch in die Höhe zu kriegen und sich selbst ein Haus zu bauen. Meine Eltern waren auch nicht reich, aber ein gutes Haus haben sie gebaut, mit ihren eigenen Händen und nachdem sie ihr Auto verkauft hatten. Okay, es war vielleicht eine andere Zeit als jetzt, und ja, sie hatten ein kleines Grundstück geerbt. Sie machten fast alles selbst, und sie hatten ein paar harte, anstrengende Jahre mit den vielen kleinen Kindern, sie mussten sich sehr einschränken. Aber sie haben ein Haus.

Sie leben immer noch auf kleinem Fuß, weil sie den Kredit zwar vor ein paar Jahren abbezahlt haben, aber nach so vielen Jahren Sparsamkeit wird man nicht plötzlich verschwenderisch. Sie haben vernünftig investiert, in neue Fenster und neue Fußböden, haben ihren Töchtern immer etwas gegeben, wenn sie was brauchten. Ihr Auto ist klein und alt. Beim Essen sparen sie nach wie vor, meine Mutter backt das Brot immer noch selber, sie essen es zum Frühstück mit Marmelade und zum Abendessen mit Aufstrich und Käse, und zu Mittag kocht meine Mutter etwas Einfaches. So kann man gut leben, in den eigenen vier Wänden.

Und das werde ich jetzt auch, und darüber sind meine Eltern froh, auch wenn sie diese vier Wände kennen und wissen, dass da nicht auch noch ein Kerl hineinpasst, ja, meine Güte, man kann als Eltern nicht alles haben.

INGO

Ich messe mit Google Maps Wege ab. Das beruhigt mich. Zu wissen, wie viele Meter und Minuten es von hier nach da sind. Das sind Sicherheiten, auf die man sich verlassen kann. Von meiner neuen Wohnung zu Theres: 250 Meter, zwei Minuten. Zu Max: 750 Meter, neun Minuten. Achthundert Meter, zehn Minuten, wenn man den schöneren Weg über den Markt nimmt oder wenn man den ruhigen Weg geht, parallel zum Markt, damit sich der Hund nicht alle paar Meter ekstatisch in den Fleischgerüchen der Marktstände verliert. Zu Mila sind es 1050 Meter in die andere Richtung. Es ist alles ideal, abmessbares Glück.

Die Wohnung, aus der ich ausziehe, hat 130 Quadratmeter, die Werkstatt hat vierzig. Ich kann dorthin nur Dinge mitnehmen, die ich wirklich brauche, ich will die Wohnung nicht mit Unnötigem verstellen. Jetzt, wo ich weiß, wie wenig Platz ich bald haben werde, räume ich die alte Wohnung – schon ist es »die alte Wohnung« – mit neuer Entschlossenheit aus: Alles muss raus, bis auf die Dinge, die einer von uns brauchen kann.

In der neuen Wohnung wird es eine neue Küche geben, ein neu eingebautes Bett, ein neues Sofa. Ich werde nur das Untergestell des Tisches mitnehmen, ein geschwungener verchromter Unterbau aus den Siebzigerjahren, der bisher die dunkel furnierte und völlig zerstörte Platte eines Konferenztisches trug und nun eine neue, passende Platte erhalten wird. Die Stühle kommen mit, einfache, honigfarbene Sperrholzstühle mit Chrombeinen, die früher in einem Wiener Gymnasium standen, das zwanzig Jahre alte Ivar-Regal von Ikea, das ich auf die neue Raumhöhe zurechtkürzen werde. Mila bekommt noch den Plattenspieler, den Verstärker, die Boxen, das hübsche kleine Sixties-Plattenregal und einen Teil der Bücherregale aus dem Wohnzimmer. Max bekommt den Küchentisch und die dazugehörigen Sessel, einen Fernseher, ein Stahlregal und einen weiteren Teil des Bücherregals.

Ich habe Gaffer-Tape in allen Farben gekauft. Ich habe schon Schuhe mit Gaffer geflickt, Bomberjacken, Staubsaugergriffe. Jetzt benutze ich es zur Markierung: Alles, was rot markiert wird, kommt auf die Mülldeponie, Blau wird verkauft oder verschenkt, Gelb kommt zu Mila, Orange ist Max, Rosa soll in meine neue Wohnung. Auf das Bett kommt ein blauer Klebstreifen, auf die Eckbank in der Küche auch.

Ich studiere im Netz Tiny Houses und Micro Lofts. Wo bringen die Leute, die auf so kleinen Flächen wohnen, ihre Sachen unter? Ich glaube den meisten nicht, dass sie wirklich nur so wenig besitzen. Irgendwo verstecken die ihr ganzes Zeug, das sie sich zurückholen, um damit wieder größere Wohnungen und Häuser einrichten zu können, sobald sich mit ihren schicken Mini-Häusern kein Instagram-Money mehr machen lässt.

Ich schaue mir Schlafnischen an, Stauraumlösungen und Low-Budget-Küchen aus Sperrholz. Ich suche nach dem perfekten Sofa, entdecke ein elegantes, eierschalenfarbenes, das mir gut gefällt, dann erinnere ich mich daran, dass ich einen Hund habe. Das nächste, das mir gefällt, ist pflegeleicht und klein. Aber wo schmusen dann die Zwillinge mit dem Hund? In mein Bett darf der Hund nicht, daran wird sich auch in der neuen Wohnung nichts ändern, er ist schmutzig, er riecht nach Hund, und er braucht zu viel Platz. Wenn ich will, dass Max und Mila mich gerne besuchen, brauche ich ein Sofa, das groß genug für uns alle ist.

Die korrekte Länge des Tisches beschäftigt mich sehr. Im Regal steht ein Aktenordner mit der Aufschrift »Werkstatt«. Ich hatte ihn nach dem Kauf der Wohnung angelegt und sammelte darin Rechnungen von Dingen, die längst aus dem Raum verschwunden oder kaputt sind. Jetzt kommen neue Dinge hinein, der Ordner wird wieder gebraucht. Irgendwo dazwischen fand ich einen Grundriss der Wohnung, die Kopie einer Kopie von vielen Kopien einer sehr alten Zeichnung auf Millimeterpapier, beschriftet mit einer altmodischen Handschrift. Ich habe den Grundriss fotografiert und zeichne am Computer alles ein, was ich in die Wohnung stellen möchte, Küchenzeile, Tisch, Bett, Schrank, Regal, Sofa. Den Tisch ändere ich jeden Tag, mal mache ich ihn kürzer, dann wieder länger. Er muss groß genug sein, drei Stühle müssen auf jeder Seite Platz haben, mit bequemem Abstand dazwischen, ich möchte an dem Tisch arbeiten und auch mal acht Gäste bewirten können.

Nicht dass ich so oft acht Gäste hätte, drei eher, die kommen zum Kartenspielen, dafür muss sich der Tisch eignen. Das wird er nur bedingt, ein ordentlicher Kartentisch ist quadratisch, mit einer Seitenlänge von zirka einem Meter. Mein Tisch wird dafür viel zu lang sein, aber das geht schon. Auch über die Breite des Tisches denke ich viel nach. »Verkehrsfläche 39,12 qm« steht in der altmodischen Schrift auf dem Plan der Wohnung, es kommt auf jeden Zentimeter an.

Ich klebe meinen alten Tisch mit dem gelben Klebeband und mit alten Manuskriptseiten ab. Dieser Tisch ist 120 Zentimeter breit, die Wohnung ist groß genug dafür. Dann decke ich den abgeklebten Tisch für zwei Personen, die sich gegenübersitzen, Teller, Besteck, Gläser, Stoffservietten. Ich erwarte keinen Gast, ich möchte nur sehen, ob bei neunzig Zentimeter Breite zwischen den Gedecken genug Platz für den Braten bleibt, oder was immer auf den Tisch kommt. Ich komme zu dem Schluss, dass es ausreicht, neunzig Zentimeter sind ideal. Ich serviere alles wieder ab und räume die Teller zurück in den Schrank.

Max sagte kürzlich, ich sei neurotisch.

»Das sagst ausgerechnet du«, sagte ich.

»Falls ich es bin, dann wegen dir«, sagte Max.

Mein erster selbstgekaufter Tisch hieß Ingo. Ein klassischer, mittelgroßer Küchentisch aus unbehandelter Kiefer. Er sog Kaffee auf und Rotwein und die Nudelsuppe, die mein Mitbewohner Fritz fast jeden Tag kochte. Der Tisch speicherte das Kugelschreibergekritzel meiner WG-Kollegen und all unserer Freundinnen, die ihre unleserlichen Signaturen hinterließen. Jeannie was here! Hello from Walter, und dazu das Selbstporträt des Künstlers, mit Locken und Nickelbrille. Auf dem Tisch wurden Einkaufslisten notiert und Telefonnummern verewigt, man hinterließ einander Nachrichten und betrunkene Liebesbotschaften, die sich am nächsten Morgen nicht mehr zuordnen oder erklären ließen. Kurt Herz Katrin. Ute du geile Sau. (Wer war Ute?) Es war ein guter Tisch, ich hatte ihn sehr gern, wie alles Unfertige, immer noch. Ich weiß nicht, was mit dem Tisch passiert ist. Ich ließ ihn in der WG, als ich auszog, es war schließlich der gemeinsame Küchentisch, und ich zog zu einem Mann, der schon einen Tisch hatte.

Ich kaufte Ingo wieder, zwei Mal, als ich zehn Jahre später eine Zeitlang in Zürich lebte, zuerst in einer netten Wohnung in einer Seitengasse der Langstraße. Ich hatte wohl immer schon gern viel Tisch, lang, werkbankartig. Ich lasierte Ingo weiß, kaufte billige weiße Plastikstühle dazu, zwei kleine weiße Sofas, zwei weiße Tischchen. Ich weiß von allen noch die Namen. Hermann, Klippan, Lack. An solche Sachen erinnere ich mich sofort, aber über die Namen der zwei Männer in der WG, in die ich danach zog, musste ich erst mal nachdenken. Obwohl sie sehr nett waren, ich zog überhaupt nur deshalb dorthin. Die Tische kamen mit, und auch sie blieben dann dort, als ich nach ein paar Monaten viel früher als geplant wieder zurück nach Wien zog, weil ich Max und Mila kriegte. Ich wäre eigentlich gerne länger in Zürich geblieben, es war schön da.

Ich schaue auf der Ikea-Website nach und sehe: Ingo gibt es noch, unverändert, 120 × 75 Zentimeter, 69,90 Euro. Ich finde nach wie vor, dass es ein guter Tisch ist. Kurz überlege ich, ob das wieder mein Tisch sein könnte, oder besser meine zwei Tische, und ob sie in die neue Wohnung passen würden, aber man muss sich auch mal weiterentwickeln, man muss auch mal loslassen können, oder.

DIE BRIEFE

Ich sortiere den Medikamentenschrank aus, werfe Tabletten aus dem Jahr 2013 weg und eingetrockneten Hustensaft aus der Zeit, als die Zwillinge in der Grundschule waren.

»Darf ich mir die ansehen?«, fragt Mila, die gekommen ist, um mir zu helfen.

»Ja, wenn du willst, klar.«

Sie öffnet eins von den Kuverts aus der Blümchenschachtel, in der ich sie verstaut und von der ich erst eine dicke Staubschicht saugen musste. Der Staubsauger steht die ganze Zeit griffbereit, ich räume ihn gar nicht mehr weg, all die Dinge, die seit Jahren keiner mehr bewegt hatte, all der Staub, der sie umgibt.

Mein Vater schreibt seine Briefe mit Füllfeder in seiner schönen, gleichmäßigen Schrift, aber der Brief, den Mila jetzt studierte, ist mit Maschine geschrieben: wie alle Briefe meiner Mutter, nur die Anrede am Beginn und der Gruß zum Schluss in ihrer ordentlichen Schülerinnenhandschrift. Bevor sie heiratete, hatte meine Mutter eine Ausbildung zur kaufmännischen Assistentin abgeschlossen, sie konnte gut tippen und tat es gern. Ihre Handschrift benutzte sie als junge Frau nicht oft und wenn, dann nur noch für Einkaufszettel und Rezepte in ihrem selbstgeschriebenen Kochbuch, das sie alle paar Jahre mit neuem Schrankpapier einband.

»Die sind ja nett«, sagt Mila. Sie sitzt im Schneidersitz auf dem Parkett, zwischen Bett und Staubsauger. Sie schiebt sich eine Haarsträhne aus dem Gesicht und klemmt sie sich hinters Ohr, verblassende rosa Spitzen unter einem breiten blonden Haaransatz. Sie hat die Haare meiner Mutter und meiner Schwestern geerbt, nicht meine, zum Glück. Ein Lächeln erhellt ihr Gesicht.

»Das ist wirklich total nett«, sagt sie.

»Was schreibt sie denn?«, frage ich.

Mila fängt an vorzulesen. Es ist tatsächlich sehr nett. Es macht mich ganz unruhig und nervös, so nett ist es. Liebevoll. Aufmerksam und zugeneigt. Irgendwie hatte ich das nicht präsent: dass meine Eltern mich vermissten, nachdem ich ausgezogen war. Woran ich mich erinnerte, war ihre Enttäuschung darüber, dass ich unbedingt so weit wegwollte.

»Ah, ich glaube, ich will es doch nicht hören«, sage ich. »Ich muss mir das mal in Ruhe durchlesen.«

»Okay«, sagt Mila und liest still weiter, einen Brief nach dem anderen, und sie lächelt manchmal, und manchmal schaut sie ganz ernst, aber sie sagt kein Wort mehr.

Ich sortiere weiter mein Zeug, mit schlechtem Gewissen, weil meine Erinnerung an diese Zeit bis zu diesem Augenblick eine so andere war. Wir waren uns lange Zeit fremd gewesen, nachdem ich weggegangen war, aber vielleicht war dieses Fremdeln von mir ausgegangen und nicht von ihnen.

Ich erzähle einer Freundin davon, und sie sagt: Deine Erinnerung ist nicht falsch. Sie sagt es mit einer Ernsthaftigkeit und Vehemenz, die meinen Widerspruch erstickt, aber ich bin nicht überzeugt. Ich erlebe das Vergessen die meiste Zeit als heilsam, aber in diesem Fall erscheint es mir falsch und ungerecht. Ich werde die Briefe lesen. Bald. Jetzt noch nicht, aber bald.

LOSLASSEN LERNEN

Im Loslassen werde ich täglich besser, geht auch nicht anders. Aber es ist schwer zu entscheiden, was ich behalten will, welche Dinge für mich wichtig sind und warum.

Als unordentlicher Mensch interessiere ich mich für Ordnung. Ich habe alles von Marie Kondo gelesen und ihre Serie gesehen, und vor ein paar Jahren, nach der Trennung, habe ich zumindest mein Zimmer nach ihrer Methode ausgemistet. Ich brachte einen Kofferraum voller Kleidung zu einer Spendensammlung. Das meiste vermisste ich nie, nur das dunkelblaue Wollsakko mit den Puffärmeln, von dem ich dachte, es sei mir zu groß. Jetzt glaube ich nicht mehr, dass es mir zu groß war, jetzt glaube ich, dass es perfekt war, und es tut mir leid, dass ich es nicht mehr habe. Es tut mir auch leid um die kobaltblaue Seidenbluse. Ich kann mich nicht erinnern, dass ich sie weggegeben habe, und kann mir nicht vorstellen, dass ich es mit Absicht tat, aber da sie nicht mehr da ist, befürchte ich, sie ist auf den Haufen der Spendenkleidung geraten. Vielleicht habe ich sie auch bei einer Reise verloren, das wäre nicht das erste Mal, jedenfalls ist es sehr schade um die Bluse, sie stand mir gut. Sie gehört eigentlich auf die Liste der verlorenen Dinge. Ich würde die Bluse gerne vergessen, aber sie fällt mir immer wieder ein.

Ein paar Sachen habe ich Theres gegeben; das kleine Schwarze von Donna Karan, die Stiefel mit hohen Absätzen, ich kann mit so was nicht mehr gehen.

Ich habe mir einmal den Knöchel gebrochen, daran waren Boots mit zu hohen Hacken schuld, das glatte Pedal des alten

Fahrrads meiner Mutter und eine von leichtem Schneefall glitschige Straße. Ich lag auf dem nassen Gehsteig, es war Nacht, zum Glück kam gerade ein junger Mann vorbei, von seiner Bandprobe. Er wollte mir erst aufhelfen, aber dann sah er meinen Fuß, rief einen Krankenwagen, legte meine Tasche unter meinen Kopf, sperrte mein Rad an ein Verkehrsschild und wartete mit mir, bis die Sanitäter mich in den Wagen schoben. Wir redeten über seine Band. Es schneite immer noch. Er sagte, wie seine Band hieß, und ich wollte mir das unbedingt merken, aber ich hatte es schon am nächsten Tag vergessen, vielleicht wegen der Narkose, die ich bekommen hatte, als man meinen Knöchel mit acht oder zehn Schrauben reparierte. Zehn Jahre ist das her. Es passierte nach dem Abendessen mit einem Freund, auf der Straße vor der Werkstatt, die ich damals noch nicht lange hatte und zum Schreiben nutzte. Ich war kurz nochmal dort vorbeigeradelt, um meinen Laptop zu holen, und als ich wieder aufs Fahrrad aufstieg, rutschte ich ab und knickste um. Seither trage ich nur noch bequeme Schuhe und weiß nicht mehr, wie ich je anders gehen konnte. Die High Heels verstauben in meinem Schrank.

Allerdings finde ich immer noch, dass ich besser aussah mit den hohen Hacken, alles sah besser aus, jedes Kleid, jede Hose, jeder Mantel. Denn die Models, die mir während des Aufwachsens als Schönheitsvorbilder dienten, hatten lange Beine, und alle meine Schwestern natürlich auch. Um schön zu sein, musste man lange Beine haben, und nur mit langen Beinen konnte man Sneakers tragen oder, in den Achtzigern, Ballerinas. So wurde es mir ins Gehirn gewaschen, und da klebt es fest.

Mila lacht mich und meine Freundinnen aus, weil wir immer irgendwie am Fasten sind, uns zu dick fühlen, zu feist, zu schwabbelig, sie findet das bescheuert. Aber ich habe festgestellt, dass es für mich zu spät ist, für uns, es hat sich in meine und in die DNA meiner Freundinnen eingeschrieben, alles Feministinnen, aber manche Dinge bekommen wir trotzdem zu unseren Lebzeiten nicht mehr geradegebogen. *Das* ist etwas, das ich gerne loslassen würde, so wie alle meine High Heels, nur die von Helmut Lang, die behalt ich noch.

RUDOLF BURGER

In meinem Postfach fand ich eine Mail von einem Buchverlag. Sie fragten nach meiner Adresse. Sie wollten mir ein Buch mit einer Auswahl von Interviews zuschicken, die der Philosoph Rudolf Burger im Lauf seines Lebens gegeben hat. Der Mann auf dem Parkplatz, der aus seinem Kofferraum aß, fiel mir wieder ein. Ich wunderte mich, wie der Verlag auf mich kam und was sie von mir wollen könnten. Ich las weiter. Da stand, das Buch enthalte ein Interview, das ich mit Burger gemacht habe.

Offenbar habe ich Burger doch gekannt, habe ihn zumindest einmal getroffen und mit ihm geredet. Ich versuchte, mich an das Interview zu erinnern, aber es gelang mir nicht. Ich wusste nicht mehr, wann es stattgefunden hatte, an welchem Ort und ob ich es allein gemacht hatte. Vielleicht hatte ich nur mit Burger telefoniert, ich wusste überhaupt nichts mehr.

Als ich das Buch ein paar Tage später in der Post fand, las ich, dass ich das Interview zusammen mit einem Kollegen geführt hatte. Wir hatten über den Mai 68 gesprochen, über den Prager Frühling, über Bruno Kreisky. Ich konnte mich weiterhin an nichts erinnern. Ich nahm mir vor, den Kollegen mal zu fragen, wir sind immer noch befreundet. Das Buch hatte einen schönen Umschlag, der sich gut anfühlte, aber es schlug sich nicht gut auf, es klappte sofort zu, wenn man es offen auf den Tisch legte. Auf dem Titelfoto sah Burger genauso aus, wie ich ihn aus den Medien in Erinnerung hatte: Er trägt einen Trenchcoat, eine Persol-Sonnenbrille und Lederhandschuhe, mit denen er eine großformatige Zeitung in der Hand hält.

Erst jetzt, ein paar Monate später, als ich vor dem Umzug jedes Ding in unserer alten Wohnung in die Hand nehme, finde ich in meinem Bücherregal Burgers *Kleine Geschichte der Vergangenheit*. Es ragen vergilbte gelbe Post-its daraus hervor. Ich habe Fragen darauf notiert, mit einer Füllfeder, in der Handschrift, die ich hatte, als ich Mitte zwanzig war. »Geschichte wird nicht wahrhaftiger durch intensivierte historische Erinnerungsarbeit? Geschichte eine Frage der Perspektive?« Ich habe Burger nicht nur getroffen, ich habe auch Bücher von ihm gelesen, eins übers Erinnern zum Beispiel, und auch das hab ich vergessen.

FLEISCHMARKT

Theres schickt mir ein Video. An einer Wand läuft eine Filmprojektion: eine lachende junge Frau in einem Hochzeitskleid, mit einem kleinen Schleier auf dem Kopf.

»Das ist meine Mutter«, schreibt Theres darunter, »da war sie achtzehn und schwanger.«

»Oh, wow«, schreibe ich zurück und: »Sehr süß war sie.« Theres' Mutter ist tot, schon ein paar Jahre, ich erinnere mich, dass ihre Kinder und meine Zwillinge noch klein waren, als sie, nur ein paar Jahre älter als Theres und ich jetzt, an Darmkrebs starb.

»Sie sieht glücklich aus«, schreibe ich, »war sie glücklich? Hast du mal mit ihr darüber geredet?«

»Ja«, schreibt Theres. »Sie hat mir erzählt, sie war damals einfach nur froh, aus ihrem Elternhaus rauszukommen.« Mit neunzehn bekam sie Theres, mit zwanzig folgten die Zwillinge. »Und sie ließ sich ja eh mit einundzwanzig wieder scheiden«, schreibt Theres, »sie hat mir erzählt, da habe sie angefangen, es als Gefängnis zu empfinden. Sie sagte immer: Dafür war sie früh wieder frei.«

Auch ich wurde mit achtzehn zum ersten Mal schwanger. Ich wohnte erst seit ein paar Wochen in Wien. Ich kann mich an die dumpfe Sorge in meinem Inneren erinnern, die Panik nach der Gewissheit, schwanger zu sein, die Schuldgefühle, die Unsicherheit, wie es weitergehen würde, den hormonellen Ausnahmezustand und an den Wunsch, das alles hinter mir zu haben.

Ein Kind zu bekommen, kam nicht in Frage, schon gar nicht von dem praktisch Fremden, mit dem es passiert war. Ich wusste nicht, was auf mich zukommen würde, wie das alles ablaufen würde, aber danach würde es vorbei sein.

Zum Glück war Hansi da. Sie war erst kurz zuvor zu Veronika und mir in unsere grauenhafte Wohnung gekommen und einfach geblieben, und jetzt war sie die Erste, der ich es erzählte.

Später dachte ich oft, was für ein Glück ich hatte, dass mir die Schwangerschaft erst in Wien passierte und nicht schon vorher mit Philipp. Weil es dort, wo ich aufwuchs, keine Möglichkeit gegeben hätte, mein Problem zu lösen. Eine ungewollte Schwangerschaft zu beenden: Keine Arztpraxis machte so was in dieser katholischen Gegend, keine Klinik. Ist noch immer so, nach all den Jahren.

In Wien gab es solche Kliniken, und Hansi wusste, was zu tun war. Mir war nicht ganz klar, warum sie es wusste, ob sie das selbst schon erlebt hatte oder eine Freundin von ihr. Aber sie kannte den Ort, an den man gehen konnte und wo mein Problem gelöst werden würde.

Es war Hansi, die für mich in der Klinik anrief und den Termin für mich ausmachte. Und es war selbstverständlich, dass sie mich begleiten würde. Ich hatte nur die unangenehme Aufgabe, mir von dem Mann, mit dem es passiert war, von dem Kerl, den Hansi hasste, das Geld zu besorgen, das der Eingriff kosten würde. Er gab es mir, unter der Bedingung, dass er nie wieder etwas von mir hören würde, worauf ich sehr gerne einging. Das war viel Geld damals, und erst nachdem es mir der Mann so bereitwillig gegeben hatte, wurde mir klar, dass er verheiratet war.

Ich erinnere mich an die Ängste in den Tagen vor dem Eingriff. Ich erinnere mich daran, wie schlecht ich schlief, in der Nacht vor dem Termin, in dem großen Bett in unserer hässlichen Wohnung, dass Hansi meine Hand hielt und dass ich es ausnahmsweise zuließ. Ich weiß noch, dass wir sehr früh aufstanden am nächsten Morgen und dass wir mit der U-Bahn zu der Klinik im ersten Bezirk fuhren, in eine Gasse, die »Fleischmarkt« hieß. Dass wir in ein ganz normales Haus gingen, das von außen gar nicht wie eine Klinik aussah. Und dass dort vom Anfang bis zum Schluss alle irrsinnig lieb zu mir waren: als ich mich anmeldete am Empfang, als mir eine Ärztin in einem freundlichen Büro erklärte, was jetzt passieren würde, als ich in einem kleinen, weißen Raum auf dem Operationstisch lag, in einem Krankenhausnachthemd, und die freundliche Ärztin mich in Narkose versetzte.

Woran ich mich ganz genau erinnere: an den Moment, als ich liebevoll von einer Krankenschwester geweckt wurde und noch halb benommen realisierte, dass jetzt alles wieder gut werden würde. An die Erleichterung, ja: das Glück, das ich damals empfand und das für mich auch heute noch abrufbar ist. Die Erleichterung, dass ich nicht mehr schwanger war und nicht Mutter werden musste, jetzt nicht, und vielleicht nie und vielleicht irgendwann einmal doch. Jetzt würde ich erst mal mein Leben weiterführen können, als sei nichts passiert, ich konnte wieder Pläne machen und mir Ziele für mein Leben stecken, die nicht um ein Kind herum arrangiert werden mussten.

Ich glaube, man sagte mir, ich solle noch ein wenig liegen bleiben. Ich glaube, ich spürte die dicke Binde zwischen meinen Beinen, in einer Netzunterhose. Ich glaube, man brachte mir meine Kleidung, ich durfte mich wieder anziehen, ich glaube, ich tat es vorsichtig. Ich glaube mich zu erinnern, dass ich etwas zu essen bekam, eine Semmel oder ein Croissant, ich weiß es nicht mehr genau. Ich weiß noch, wie ich dann gehen durfte und wie ich die Tür zu dem Warteraum aufstieß, und dort saß Hansi und lächelte mich an und machte sorgenvolle Augen. Wie geht es dir? Setz dich nochmal kurz her. Die Frau am Empfang wird uns ein Taxi rufen, nein, wir fahren jetzt nicht mit der U-Bahn, du musst dich schonen.

Ich erinnere mich, dass uns strahlende Sonne empfing, als wir aus dem Flur auf die Straße hinaustraten, wo das Taxi schon auf uns wartete. Ich erinnere mich, dass ich sehr vorsichtig einstieg und dass ich, während Hansi dem Fahrer unsere Adresse nannte, eine Gruppe von Menschen bemerkte, die vor dem Haus herumstand mit Plakaten an Besenstielen, auf denen Embryos zu sehen waren, die aussahen wie die kleinen Plastikpüppchen, die uns als Kinder vor der Kirche in die Hand gedrückt worden waren.

Ich habe diesen Tag in guter, warmer Erinnerung. Es gibt viele Tage aus jener Phase meines Lebens, an die ich nicht mehr gerne denke, aber dieser gehört nicht dazu. Der Tag meiner Abtreibung war ein sonniger Tag, ein Tag liebevollen Kümmerns, ein Tag der Befreiung von großer Sorge. Er war nicht traumatisch, bis zum Eingriff schon, aber danach nicht mehr. Ich verbrachte den Rest davon dösend und blutend in dem großen Bett, aber es war ein guter Tag. Ich fühlte mich geborgen, beschützt, angenommen.

Durch die Lamellen einer heruntergelassenen Jalousie fiel Sonne auf den Dielenboden. Es ging mir gut, ich hätte aufstehen und spazieren gehen können, aber Hansi bestand darauf, dass ich liegen blieb. Zwischendurch schaute sie zu mir herein, brachte mir Wasser und Kekse und frische Binden, sie legte sich zu mir, streichelte mein Gesicht, und ihr blondes, sommersprossiges Gesicht an diesem Nachmittag, das ist das Hansi-Gesicht, das ich für immer abgespeichert habe.

Und eine Zeitlang dachte ich: Wenn ich bei ihr bleibe, wird mir so etwas, wie es mir passiert war, nicht mehr passieren, aber ich blieb dann doch nicht bei ihr.

ACHT GRAD

Max sagt noch immer: Ich und ... wie ein Kind. Eine Zeitlang, als sie jünger waren, versuchte ich den Zwillingen beizubringen, sich selbst nicht an den Anfang des Satzes zu stellen, sondern hinter die anderen Namen. Aber sie zu unterbrechen, während sie mir begeistert eine Geschichte erzählten, ihren Satzbau zu korrigieren und sie mitten aus dem Abenteuer zu reißen, an dem sie mich gerade teilhaben ließen, kam mir kleinlich vor. Ich wollte die Enttäuschung in ihren Gesichtern nicht sehen, die Enttäuschung über eine Mutter, der ein korrekter, höflicher Satz wichtiger ist als eine supertolle Geschichte. Ich wollte diese Mutter nicht sein, und wahrscheinlich deshalb sagt Max immer noch: Ich und ...

»Ich und Jakob haben beschlossen, heuer gar nicht zu heizen«, sagt Max. Weil es so teuer ist und alles.

Ich mache mein Ich-weiß-nicht-Gesicht. Ich weiß nicht, ob ich das für so eine gute Idee halte. Ich weiß nicht, ob ihr das ordentlich durchdacht habt. Ich weiß nicht, ob ihr das aushaltet.

»Ach, das werdet ihr dann schon sehen«, sage ich. »Jetzt ist es ja noch nicht so kalt.«

Ich weiß nicht, wann ich mir diese höfliche Indifferenz angewöhnt habe. Bloß nicht allwissend wirken den jungen Erwachsenen gegenüber, bloß nicht überheblich. Bloß nicht alles besser wissen, nur weil ich älter bin. Wobei ich diese Rücksichtnahme auf die Gefühle meiner Kinder gleichzeitig ein wenig lachhaft finde. Denn natürlich weiß ich es besser, weil ich diese und tausend andere für meine Kinder neue Erfahrungen schon gemacht habe, immer wieder gemacht habe, ich bin ja auch fast vierzig Jahre länger am Leben als sie. Trotzdem haben sie ein Recht darauf, ihre Erfahrungen selber zu machen, ohne den ständigen weisen Rat ihrer Mutter und vor allem: ohne von ihrer Mutter davon abgehalten zu werden. Sie müssen es selber spüren. Vielleicht müssen sie auch spüren, wie kalt sich acht Grad in einem WG-Zimmer wirklich anfühlen. Ich weiß es zufällig.

Kann sein, dass ich mit dem Vater der Kinder deshalb zusammengekommen bin: weil es so kalt war in meinem WG-Zimmer. Das war ein paar Monate, nachdem Lars die Bierflasche nach mir geworfen hatte. Er war schon seit ein paar Wochen wieder zurück in Schweden, deshalb hatte ich in der WG ein kleineres Zimmer bezogen. Ich weiß nicht mehr, ob es in diesem Zimmer keinen Ofen gab oder ob der Ofen aus war, weil wir kein Holz mehr hatten. Wir heizten mit Holz, das wir im Vorzimmer hackten, das weiß ich noch, weil ich mich erinnern kann an die Beschwerden der Arztpraxis unter uns. Sie behaupteten, es zerrisse ihnen wegen unserer Holzhackerei die Glühbirnen. Ich glaube, das stimmte auch, sicher war es einer der Gründe, warum der Mietvertrag dann nicht mehr verlängert wurde. Aber ich war schon ausgezogen, als die restlichen WG-Bewohner delogiert wurden und gemeinsam in eine andere Wohnung in der Leopoldstadt zogen, diese Geschichte fing in dieser Nacht an.

Das Zimmer, in das ich nach der Trennung von Lars zog, hatte ein Hochbett, das ich aber zu dieser Zeit nicht benutzte. Eine Zeitlang hatte ich eine Matratze auf dem Hochbett liegen, ich erinnere mich zumindest an eine Nacht da oben, mit einem Mann, an den ich mich nicht mehr erinnere. (Vor ein paar Tagen, lange nachdem ich dieses Kapitel geschrieben hatte, ging auf der Straße ein Paar an mir vorbei, der Mann schaute mich einen Moment zu lange an, und ich dachte: Du warst das, du warst der Kerl auf dem Hochbett. Aber der Name ist verloren, und alles, was ich sonst einmal von ihm wusste.) Später lag die Matratze unten auf dem Fußboden, wahrscheinlich war es mir zu anstrengend geworden, abends die Leiter raufzuklettern und nachts, wenn ich auf die Toilette musste, runter und wieder rauf. Unten stand auch der dicke, alte Fernseher, den Lars dagelassen hatte und der nur zwei Programme zeigte, die um Mitternacht Sendeschluss hatten und bis in der Früh nur ein Testbild sendeten.

An diesem Novembertag Anfang der Neunzigerjahre war es so kalt, dass ich mit dem Mann, der in der Nacht zuvor aus unserem Stammlokal mit zu mir gekommen war, einfach unter einer dicken Decke im Bett liegen blieb, zwei oder drei Tage lang. Wir standen nur auf, um uns Marmeladenbrote zu schmieren. Es muss ein Samstag dabei gewesen sein, denn samstagnachmittags gab es auf einem der zwei Sender immer einen Heimatfilm, in Schwarzweiß, und den schauten wir.

Ich weiß nicht, warum ich noch so genau weiß, wie kalt es war, ich kann mich nicht an ein Thermometer erinnern, überhaupt an irgendwas in dem Zimmer außer dem Hochbett, der Matratze und dem Fernseher, aber ich weiß noch: Es hatte an dem Tag acht Grad in dem Zimmer. Ich weiß es wahrscheinlich deshalb, weil ich es danach immer wieder erzählte: dass wir in erster Linie deshalb zusammenkamen, weil es zu kalt war, um das Bett zu verlassen, und als dann doch endlich einer von uns aufstand, sich anzog und das Zimmer verließ, hatten wir uns schon aneinander gewöhnt. Jetzt, wenn ich noch einmal über diese Geschichte nachdenke, die ich früher so oft erzählt habe, kommt es mir merkwürdig vor, dass man drei Tage in so einem kalten Zimmer bleibt. Vielleicht haben wir irgendwann doch den Ofen eingeheizt, aber das habe ich vergessen.

Aber wie kalt es in einem Zimmer sein kann, das weiß ich immer noch. Als ich letztes Mal von der Stadt aufs Land hinausfuhr, hatte es im Haus nur ein Grad. Es hatte die Tage und Nächte davor gefroren. Ich bezahle einen netten Mann aus dem Ort dafür, dass er mit seinem Fahrrad zum Haus fährt und die Öfen heizt, wenn es länger unter null Grad hat.

Die ersten Winter, nachdem wir das Haus gekauft hatten und nicht wussten, dass man in einem derart kalten Landstrich im Winter entweder regelmäßig heizen oder die Wasserleitungen ordentlich entleeren muss, hatten wir ein paar üble Wasserschäden. Die Tage, an denen wir nach einem langen Winter in der Stadt zurück ins Haus fuhren: Das waren keine guten Tage. Es war schwierig, das Wasser in Betrieb zu nehmen, man musste sehr akribischen Anweisungen der Vorbesitzer folgen, um mit kompliziert anzuschließenden Schläuchen und mittels Ventilen, die im richtigen Augenblick geöffnet werden mussten, das Wasser aus dem Brunnen im Garten wieder in die Leitungen und zum Fließen zu bekommen. Fast jeden Frühling war im Frost irgendein Rohr geplatzt, in dem das ungenügend entleerte Wasser gefroren war, und wenn das Wasser endlich floss, spritzte es in verschiedenen Räumen aus den Rohren und über die Holzböden. Dann musste einer von uns den Installateur anrufen.

Ich erinnere mich an einen Abend, den ich im Badezimmer verbrachte, bis zu den Knöcheln in eiskaltem Wasser, das ich mit Eimern in die Wanne schöpfte. Es war eine Qual, jeden Frühling, Tage voll mit Flüchen, Frust und Gebrüll, Tage, die einer Ehe nicht guttun, und schon bevor wir ins Haus fuhren, waren wir gestresst in Erwartung der Anstrengung, die wir aufbringen mussten, um es wieder für einen Sommer bewohnbar zu machen.

Irgendwann renovierten wir das Badezimmer und ließen

jeden Herbst das Wasser von dem Installateur, der die Wasserleitungen und das Pumpsystem erneuert hatte, professionell entleeren und im Frühling wieder in Betrieb nehmen. Es kostete Geld, aber schonte unsere Nerven.

Danach gab es nur einen Frühling, in dem ich mich wieder fürchtete, zum Haus zu fahren, den Frühling nach der Trennung. Vom Standpunkt einer gut geheizten, warm beleuchteten Wohnung in funktionierender urbaner Infrastruktur aus betrachtet, war es wenig verlockend, in so ein kaltes, einsames Haus in einem matschigen, braunen Garten voller welkem Laub und kahler Bäume zurückzukehren, in dem noch lange nichts grünen und blühen würde.

In diesem kalten, feuchten März schob ich es auf bis zu den Osterferien. Auch in der Stadt blühte noch nichts. Es ging mir nicht gut, ich war sehr traurig wegen der Trennung. Schuldgefühle hatte ich auch, weil ich den Kindern das alles angetan hatte, selbst wenn ich keine andere Wahl hatte. Ich erinnere mich, wie sehr es mich anstrengte, mich zu motivieren, in mein Haus zu fahren, um mir und anderen zu beweisen, dass es weiterhin zu mir gehörte, dass ich das alles alleine schaffen konnte, auch mit zwei Zwölfjährigen, die dazu überhaupt keine Lust hatten.

Die Kraft reichte dann erst mal nicht. Ich rief Theres an und erzählte ihr, wie sehr es mir graue, aufs Land fahren zu müssen, in das verwinterte, eisige Haus. Theres sagte, ja, dann fährst du halt nicht. Dann bleibst du halt da. Dann fährst du halt erst, wenn du so weit bist, und wenn das bis in den Sommer hinein dauert, ist doch wurscht, du musst dir ja nichts beweisen, oder. Kommt doch morgen stattdessen zu mir, ich koche uns allen was. Nach dem Abend bei Theres schaffte ich es, das Auto zu packen und die Zwillinge zu überreden, und wir fuhren aufs Land, in das Dorf, und die Sonne schien auf das Haus.

Kaum waren wir da, war es überhaupt nicht schlimm. Als das Haus warm und sauber war und Suppe auf dem Holzofen kochte, war es sogar richtig schön. Ich fürchtete mich nicht in den Nächten, und es kräftigte mich, dass ich das geschafft hatte, allein, und es war klar, ich würde es auch weiterhin allein schaffen.

PAARE

Meine Therapeutin hatte mir irgendwann gesagt, ich sei mit zu vielen Paaren befreundet, das tue mir nicht gut. Ich wusste das schon, aber die Paare um mich herum stammen noch aus der Zeit, als ich auch Teil eines Paars war, und sie sind nett zu mir, sie helfen mir bei vielem, und man gibt Leute, die gut zu einem sind, nicht einfach auf, nur weil sie immer zu zweit auftreten und permanent ihre Liebe zelebrieren, wobei das, bei den Paaren, die ich kenne, irgendwie okay ist. Ich glaube ihnen das. Es sind Menschen, die sich über die Jahre zusammengerauft haben und jetzt zusammengehören. Aber mir tut es halt nicht gut, immer nur in ihrer Gesellschaft zu sein, ist so.

Zum Glück gibt es Theres, zum Glück gibt es Johnny, und zum Glück tauchte irgendwann Andrea wieder auf. Ich kannte sie schon, aus meiner ersten Zeit in Wien, als wir in derselben Szene unterwegs waren. Vor ein paar Jahren trafen wir uns auf einer Hochzeit wieder. Wir waren da die Einzigen, die kein Paar waren, beide alleinerziehend und nicht auf der Suche nach einem Mann. Trotzdem ist es schwierig, sich bei einer Hochzeit nicht unvollständig zu fühlen, wenn man allein erscheint, ich war froh, dass Andrea auch da war. Danach verabredeten wir uns und lästerten über all die Männer, die wir nicht mal an den Arsch gebunden haben wollten.

VERSCHICKEN, VERLIEREN, VERSCHENKEN, VERGESSEN

Meine neue Wohnung ist fast fertig, der Boden wurde abgeschliffen und frisch geölt, es gibt schon eine Küche aus Sperrholz, bei der noch die Arbeitsplatte fehlt, die Spüle und die Kochplatte. Es sieht gut aus. Ich stand mit meiner Freundin Michou, die Filmsets einrichtet, in dem noch leeren Raum, sie fuchtelte und zeigte dahin und dorthin, die Wand würde sie so streichen, und die Wand so, aber ich mag meine Wände weiß, nur die Wand auf der Küchenseite bekommt eine Farbe, ein warmes Betongrau. Etwas langweilig, findet Michou, aber gut, wenns dir gefällt. Ich habe mir im Internet alle betongrauen Sofas angesehen und mich dann für eins entschieden, das steht, weil es plötzlich im Sale war, schon im Keller, in zwei riesigen Kartons, die grad noch knapp in das kleine Abteil hineinpassten.

Die alte Wohnung ist jetzt ein Lager, vollgestellt mit Umzugskisten und abgebauten Möbeln. Es ist kein Wohnen mehr, nur noch ein Hausen im Chaos. Die Küche ist halb eingepackt, gerade die nötigsten Dinge sind übrig. Auf jeder Kiste, jedem Ding kleben meine bunten Markierungen. Ich habe mir aus dem Netz ein seriöses Umzugsunternehmen herausgesucht und einen Termin vereinbart.

Max wird eine Woche vorher ausziehen, die Wohnung, die Theres und ich gefunden haben, ist schon leer geräumt, der Mietvertrag unterschrieben, wir haben die Kaution untereinander aufgeteilt und bezahlt, wir fuhren mit den Jungs zum Baumarkt, und jetzt malen sie die Wohnung aus, nach der Arbeit und an den Wochenenden. Ich habe schon längst kein Geld mehr, alles ist teurer, als ich dachte, der Umbau, der Umzug, allein, was das Umzugsunternehmen kostet.

Ich packe den Kofferraum meines Autos voll, wieder und wieder. Ich fahre Kisten voller Bücher, die keiner von uns mehr lesen wird, zum Sachspendenlager der Caritas; Kochbücher, Kinderspielzeug, Kuscheltiere, Legoteile, DVDs. Hausrat, den keiner von uns brauchen kann, Kleidung, aus der die Kinder längst herausgewachsen sind, Kleinmöbel. Ich räume die Mülltonnen in unserem Hof voll und fahre größeres Zeug auf den Müllplatz: kaputte Plastikkisten, kaputte Elektrogeräte, kaputtes Spielzeug, alte Matratzen. Ich bringe ein paar Kisten voller Erinnerungen aufs Land und stopfe ein Regal aus dem Kinderzimmer ins Auto, der Hund hatte daneben gerade noch Platz. Überall ist Staub. Ich bin immer schmutzig. Vom vielen Schleppen tut mir mein Rücken weh. Ich laufe ständig zwischen der Baustelle und dem Chaos hin und her. Ich lebe von Käsebroten, Lieferdiensten und den Sachen im Gefrierschrank, der leer gegessen werden muss.

Während ich ausräume und einpacke, mache ich Notizen und Fotos, auch von einigen der CDs, die ich weggebe. Ich behalte nur wenige, ein Dutzend vielleicht: Das Manchester-Album von Bob Dylan, das, auf dem einer »Judas« brüllt, als er die Wandergitarre gegen die E-Gitarre eintauscht. Eine Liz-Phair-CD, die ich so oft hörte, dass ich jede Textzeile mitsingen kann, auch noch nach fünfundzwanzig Jahren, ein paar der Aufnahmen aus der Chess-Blues-Edition, Etta James, Emmylou Harris, Stina Nordenstam, Ann Peebles, Olu Dara, Ben Harper, Babybird, der Soundtrack von *The Thing Called Love*, ein paar CDs von befreundeten Bands. Alles andere gebe ich weg, verschenke oder verkaufe es bei einem Online-Händler, der mir fünfzehn Cent für eine CD gibt, die mal 180 Schilling gekostet hat. Ich packe sie in die gesammelten Kartons von den Kaffee-Pads, die ich immer im großen Stil bestelle, in jeden Karton passen etwa fünfzig CDs, ich klebe sie mit Paketband zu und bringe sie zur Post, einen Karton nach dem anderen. Bevor man sie einpackt, muss man jede CD in die Hand nehmen, jede Einzelne davon, und den Code scannen, der irgendwo draufgedruckt ist, und bei manchen bebt einem dann kurz das Herz. Jagt einen Schmerz durch den Organismus oder die Erinnerung an eine Freude, was auch wieder Schmerz auslöst, weil die Freude schon so lange her ist. Wie jung ich war, als ich diese CD kaufte, wie unglücklich verliebt, als ich diese hörte und wie glücklich bei der hier.

Bei jeder CD, die mir einmal etwas bedeutet hat, weiß ich: Wenn ich sie jetzt einpacke und weggebe, gebe ich mit ihr auch die Erinnerung an ein Gefühl weg, und die Erinnerung selbst. Sie wird ausgeblasen, wie die Flamme einer Kerze. Wenn ich diese CD nie wieder höre, verschwinden auch die Ereignisse, die damit zusammenhängen. Die Erinnerung an sie wird ausgelöscht, vielleicht für immer, außer, wenn zufällig im Radio einer der Songs gespielt wird oder wenn ich auf Spotify darüber stolpere. Aber auf Spotify hört man keine ganzen CDs mehr, man hört einzelne Songs, die man selbst oder ein Algorithmus zusammengestellt hat. Oder Johnny, der mir eine Playlist geschickt hat. Oder Mila, mit der ich eine Leidenschaft für Frauenbands teile.

Eine Freundin erzählte mir eine Geschichte über ihre Mutter. Die Mutter war Kunsthistorikerin, sie steckte jeden Euro, den sie verdiente, in ihre Sammlung von Bildern und Antiquitäten. Die Mutter liebte die Kunst mehr als die Menschen und verbrachte ihre Tage glücklich allein zwischen ihren alten Büchern und Gemälden und Antiquitäten, die mehrere Zimmer der riesigen Altbauwohnung füllten, aus der ihre Kinder schon lang ausgezogen waren. Sie ging nicht viel aus dem Haus, sie war eine strenge, etwas rechthaberische Eigenbrötlerin mit einem sehr kleinen Bekanntenkreis, der ihre Leidenschaft für Kunst und schöne alte Dinge teilte.

Die Mutter erkrankte an Alzheimer, da war sie noch relativ jung. Anfangs kümmerten sich ihre Kinder um sie, dann hatte sie viele Jahre lang Rund-um-die-Uhr-Pflegerinnen, die in einem Kabinett neben der Kunstsammlung wohnten, in der die Mutter ihre Tage verbrachte, mit den Bildern und den Büchern, die sie zusehends nicht mehr verstand, aber sie wollte sich mit nichts anderem beschäftigen. Ihr Zustand verschlechterte sich, schließlich entschlossen sich ihre Kinder, sie in einem geeigneten Heim unterzubringen, schweren Herzens: Wie würde die Mutter ein Leben ohne ihre vielen Schätze, ohne ihren vertrauten Rückzugsort ertragen?

Sie stellten ihre kleine Lieblingskommode und ihren Lesesessel in ihr neues Heimzimmer, hängten ein paar der Bilder auf, stellten ihre liebsten Bücher in ein schmales Regal und brachten die Mutter dann voller Sorge in ihr neues Zuhause. Die Mutter ging in das Zimmer, setzte sich in ihren Sessel, und das wars. Sie nahm keins der Bücher je aus dem Regal, sondern las nur noch mit großem Vergnügen die Gratis-Boulevardzeitung und die Supermarktprospekte. Ihr fehlte keins der Dinge, ohne die sie früher nicht hatte existieren können. Sie lebte fortan zufrieden in dem Heim, hängte sich Fotos von völlig fremden Menschen übers Bett und freute sich täglich auf die Gymnastikgruppe. Sie hatte alles vergessen, was ihr früher wichtig gewesen war, und auch, dass sie eine eigenbrötlerische Besserwisserin gewesen war. Ich erlebte sie zum ersten Mal in ihrem Leben glücklich, sagte meine Freundin. Ich fand es schön zu sehen, was für ein Gewinn es sein kann, alles zu vergessen, sagte meine Freundin, und irgendwie beruhigend auch.

Die Wohnung verschwindet ebenfalls, sie ist längst nicht mehr unsere Wohnung. Sie ist eine Zwischenwelt. Der Hund merkt es auch. Ständig stehen Dinge an Orten, an denen sie früher nicht standen. Die Wege ändern sich, immer gibt es neue Hindernisse. Überall stapeln sich Kisten und Taschen. Ununterbrochen klingelt es, und es kommen Fremde in die Wohnung, um Möbel und andere Gegenstände abzutransportieren, die ich auf einem Gebrauchtwaren-Portal im Internet verkaufe oder verschenke. Der Hund ist unruhig und bellt viel, er tut mir leid, er begreift nicht, was hier geschieht und warum. Er freut sich, wenn eins der Kinder da ist, und sonst sucht er sich einen Platz, an dem er dann apathisch herumliegt. Er wirkt depressiv. Ich lasse den Hund oft bei Mila in der WG, wo er in Milas Bett schlafen darf, zwischendurch fahre ich mit ihm aufs Land, damit er an einem vertrauten Ort sein kann und ein bisschen Auslauf bekommt. Eine Zeitlang fuhr ich mit ihm zu einer großen Hundewiese am Stadtrand, aber jetzt nicht mehr, seit er an einem Sonntagnachmittag plötzlich einen kleineren Hund jagte und nach ihm schnappte. So was hatte der Hund zuvor noch nie gemacht.

Ich sperre den bellenden Hund in die Küche, während zwei großgewachsene junge Männer in meinem Schlafzimmer das Bett abbauen, das ich auf dem Gebrauchtwaren-Portal verschenkt habe. Sie schrauben es begeistert mit ihren Akkuschraubern auseinander, das Bett gefällt ihnen, es wird wunderbar in ihre neue Wohnung passen. Ich sage, sorry, das Bett ist schon ein bisschen abgefuckt, und bemerke die Zweideutigkeit erst, als die Männer dreckig lachen. Aber es ist trotzdem ein wirklich schönes Bett, das Holz ist gut gealtert. Mir gefällt es, dass das Bett, das mir schon lange zu groß war, einen neuen Ort bekommt. Ich frage die Männer, ob ich ein Foto von ihnen machen darf, während sie das Bett auseinanderbauen, und sie posieren lachend mit ihren Akkuschraubern in dem Bettrahmen.

Damit ich nicht auf dem Boden schlafen muss, habe ich die Matratze für die neue Wohnung noch hierherbestellt. Ich baue die neuen Lattenroste zusammen, was harte Arbeit ist, packe die Matratze aus und lege alles auf die alten, durchgelegenen Matratzen, die das Umzugsunternehmen später auf die Deponie bringen wird. Das reicht als Bett bis zum Umzug.

Auch für die Eckbank, die mein Vater in die Küche gebaut hat, finde ich über das Gebrauchtwaren-Portal neue Besitzer. Es melden sich sofort mehrere Leute, als Erste kommt eine junge Frau, schaut die Bank an, findet sie toll und misst sie ab. Ich sehe sofort, dass die Bank zu ihr gehört. Sie sagt, sie hat zwei kleine Kinder, und sie und ihr Mann haben ein kleines Haus auf dem Land gekauft, die Bank würde perfekt dort hineinpassen. Ich sage: Wunderbar. Sie kommt ein paar Tage später mit ihrem Mann wieder, einem freundlichen Riesen, sie schrauben die Bank auseinander. Ein paar Teile passen in den Lift, aber der längere Teil, auf dem die Zwillinge saßen, muss durchs Treppenhaus, wir tragen ihn zu viert fünf Stockwerke runter, Max und ich auf der einen Seite, die neuen Besitzer auf der anderen.

Die Küche sieht jetzt fremd aus, Max findet das auch. Ich stelle ein paar Sessel dorthin, wo früher die Bank stand, auf der Max und Mila groß wurden. Es gibt Fotos von jedem Geburtstagsfrühstück seit ihrem zweiten Lebensjahr, immer knien oder sitzen sie auf dieser Bank und blasen in Pyjamas die Geburtstagskerzen auf ihrem Kuchen aus. Die letzten Fotos stammen von ihrem 18. Geburtstag, aber sie wurden nicht in der Früh gemacht, sondern am Abend. Ich kam heim von einem Abendessen mit Freundinnen, weil ich bei der Geburtstagsparty nicht nerven wollte, der ersten nach dem Lockdown, und in der Küche drängten sich Jugendliche auf der Bank, während Luna unter der Hängeleuchte gerade einen kleinen Hund mit spitzen Ohren auf Milas Arm tätowierte.

Nicht, bevor ihr achtzehn seid, denn dann seid ihr auch selber für den Scheiß verantwortlich, mit dem ihr eure Haut für immer versaut, ich will damit nichts zu tun haben und für nichts verantwortlich sein, das war meine Predigt gewesen zum Thema Tätowieren. Was die Zwillinge sehr spießig fanden, aus dem Mund einer Frau, die selber ein buntes Krixikraxi am Oberarm trägt.

»Ich darf«, rief Mila, als sie mich entdeckte, »ich bin jetzt achtzehn!« Während Max mir grinsend seinen frischhaltefolienverpackten Unterarm unter die Nase hielt, dessen Innenseite jetzt eine kleine Grafik zierte, die mich an ein altes Videospiel erinnerte.

»Was ist das?«

»Ein Extraleben.«

»Schön«, sagte ich. »Süßer Hund, Mila!« Dann machte ich Fotos, von den Tattoos, von den Geburtstagszwillingen, von den jungen Menschen auf der Eckbank.

Ich hatte die Frau gebeten, mir ein Foto zu schicken, sobald die Bank in ihrem neuen Zuhause angekommen ist. Auch für meinen Vater, der wissen soll, dass es mir nicht egal ist, wo seine Arbeit hinkommt. Sie macht das dann wirklich, schon zwei Wochen später. Die Bank ist jetzt hellgrau lackiert, die alten, ausgebleichten Auflagen sind frisch mit einem gestreiften Stoff überzogen, zwei kleine, dunkel gelockte Mädchen sitzen darauf und grinsen so, wie die Zwillinge auf Fotos immer gegrinst haben, wenn ich sie dazu aufforderte. Bitte lachen für Oma und Opa! Die Bank passt perfekt zu den kleinen Mädchen und zu den unterschiedlichen Stühlen an dem Holztisch in dem schönen hellen Esszimmer, in dem sie jetzt steht.

Ich schicke die Fotos meinem Vater, und ich freue mich, dass sich mein Vater auch freut.

YOU CAN GO NOW

Und dann ist es erledigt. Zuerst zog Max aus dem Möbellager aus, das einmal unsere Wohnung gewesen war. Wieder kam der Vater, wieder kamen die Freunde, wieder rannte der Hund hektisch zwischen allen herum, wieder war es in einer Stunde erledigt, wieder küsste ich ein Kind zum Abschied; baba, love you, ich komm morgen bei dir in der neuen Wohnung vorbei, okay? Seine größeren Sachen würden dann mit dem Umzugsunternehmen geliefert werden. Es gab einen Wohnungsverabschiedungsumtrunk, an einem schönen Sommerabend, ich lud die Freundinnen und Freunde ein, die da gewesen waren und geholfen hatten, all die Jahre und jetzt wieder, wir drängten uns mit den Zwillingen und dem Hund auf dem schmalen Balkon zwischen den Türmen aus Umzugskartons, mit Sprudel in den letzten, extra noch nicht eingepackten Gläsern und asiatischem Essen vom Lieferdienst; einmal noch feiern über den Kastanienbäumen, in den weiten Abendhimmel hinein. Dann kam der Tag und mit ihm das Umzugsunternehmen, und dann war alles weg.

Bevor ich in die neue Wohnung ging, in der sich nun die Kartontürme stapelten und Theres schon auf mich wartete, um mir zu helfen und mit mir auf mein neues Leben anzustoßen, ging ich noch einmal durch die alten Räume. Ich machte Fotos. Die verlassene Küche. Die verwaisten Zimmer, in denen die Zwillinge von Babys zu Kleinkindern zu Kindern zu Jugendlichen zu Erwachsenen geworden waren. Der lange, nun leere Flur. Das Wohnzimmer, jetzt riesig und hallend wie ein Ballsaal. Der Raum, der einmal mein Schlafzimmer gewesen war, die Sonne warf Streifen auf das schöne Parkett, und nie zuvor schien der Himmel vor den hohen Fenstern so blau gewesen zu sein.

Ich versuche, mich daran zu erinnern, wie ich die Wohnungstüre hinter mir geschlossen habe, aber es gelingt mir nicht.

NINA HAGEN

Dass ich gerade heute eine Nachricht von Hansi bekommen habe, würde in keinem Drehbuch durchgehen. Unglaubwürdig wie damals, lange her, als ich für eine einzige Nacht in Hamburg war. Ich saß noch in Wien am Flughafen, das Boarding begann gerade, da textete plötzlich dieser eine Kerl von früher, einer, mit dem es kurz mal intensiv gewesen war. Er hatte bei mir auf Facebook gelesen, dass ich wegen einer Veranstaltung in Hamburg war, und was für ein Zufall, er war gerade auch in Hamburg, irgendwas Geschäftliches. Ich hatte seit Jahren keinerlei Kontakt zu ihm gehabt. Ich überlegte lange, dann antwortete ich ihm mit einem vagen Hallo, ja, so eine Überraschung. Er fragte, in welchem Hotel ich wohnte, mit leicht durchschaubaren Motiven, aber eigentlich hatte ich ihm aus demselben Motiv heraus geantwortet. Ich stieg in den Flieger und schaltete mein Handy aus, und als ich es in Hamburg am Rollfeld wieder einschaltete, hatte er den Namen des Hotels getextet, und es war das Hotel, in dem ich wohnte. So was kann man in kein Drehbuch und keinen Roman schreiben, das glaubt einem keiner. Aber so war es, und was blieb uns übrig, unsere Zimmer lagen sogar auf demselben Stockwerk, es war ein Zeichen. Danach waren wir zum Glück nie wieder im selben Hotel, nicht mal mehr wissentlich in derselben Stadt. Wir schickten uns noch ein paar höfliche Nachrichten am nächsten Tag, und das wars. Ich habe ihn nie wiedergesehen. Die Geschichte wirkt noch immer wie ausgedacht.

Die Instagram-Nachricht von Hansi liegt offenbar schon seit ein paar Tagen in den Benachrichtigungen. Ich schaue selten hinein, immer springt mich eine rote Zahl neben dem Pfeil an, 3, 4 oder manchmal 10, aber ich will es nicht wissen, ich will es nicht öffnen, es könnten ja schlechte Nachrichten sein. Es sind nie schlechte Nachrichten, sondern fast immer sehr nette. Als ich die Nachricht öffne, schnalle ich zuerst nicht, von wem sie kommt, erst als mein Blick von der ersten Zeile abrutscht auf das Foto: Das ist ja Hansi.

Ich lese die Nachricht, sie ist sehr freundlich. Lange nicht gesehen. (Ja.) Erinnerst du dich überhaupt noch an mich. (Und wie.) Sie schreibt, sie habe viel an mich gedacht in letzter Zeit, und da habe sie mal auf Instagram geschaut, ob sie mich da zufällig findet. Und, voilà. Es sei nämlich so: Ihre Mutter sei vor ein paar Monaten gestorben, ganz plötzlich, an einem Gehirnschlag, kurz nach ihrem 82. Geburtstag. Der Vater sei schon vor acht Jahren gestorben, nach vielen Jahren im Pflegeheim, aber die Mutter habe bis zu ihrem Tod in ihrem Haus gewohnt, zuletzt mit einer Betreuerin. Und sie und ihre Geschwister hätten jetzt angefangen, das Haus auszuräumen, es werde demnächst verkauft und dann wahrscheinlich abgerissen und durch eine Wohnanlage ersetzt, schade drum, aber weder sie noch eins ihrer Geschwister hätten es sich leisten können, das Haus zu übernehmen und die anderen auszubezahlen. Ob ich mich noch an das Haus erinnern könne? Jedenfalls sei sie letztes Wochenende dort gewesen. Sie habe beim Ausräumen im Keller eine Kiste gefunden, mit Sachen von früher, die ihre Mutter für sie aufgehoben habe. Und in dieser Kiste habe sie etwas gefunden, das ich ihr damals geschenkt hatte.

Während ich die Nachricht lese und herunterscrolle, schiebt sich von unten ein Foto hoch, das Hansi an die Nachricht angehängt hat, und bevor es auch nur zur Hälfte sichtbar ist, weiß ich, was es zeigt: eine kleine Puppe. Eine Puppe, die ich für Hansi gestrickt hatte, in dem Sommer, bevor ich nach Wien zog.

Ich hatte ganz verdrängt, dass ich früher schon gestrickt habe. Ich habe mir immer eingebildet, das hätte ich erst mit den Kindern angefangen, mit den kleinen und dann größeren Sachen, die ich für sie strickte, als man dafür noch nicht viel Wolle und Zeit brauchte, Pullunder, Stulpen, Mützen, schmale Schals. Davor hatte ich Stricken nur als Qual in Erinnerung, etwas, das man als Mädchen in der Schule lernen musste wie Kochen, während die Buben mit Holz und Werkzeug arbeiten durften. Ich hatte beim Heranwachsen einen Widerwillen gegen jede Form von Handarbeit entwickelt, weil ich mich mit der Lehrerin überhaupt nicht vertrug und weil man mich zu diesen Frauensachen zwang, die mich für ein Leben prädestinieren sollten wie jenes, das meine Mutter führte. Meine Mutter konnte das alles gut, Kochen und Backen sowieso, aber sie konnte auch nähen, flicken, häkeln, stricken. Ich weiß nicht, ob sie es gern tat, sie machte es, weil sie kein Geld hatte, für fünf kleine Mädchen neue Kleidung zu kaufen. Wir trugen, was älteren Cousinen und Cousins nicht mehr passte, wenn nötig, änderte meine Mutter es mit der Nähmaschine ab. Wenn wir was Neues brauchten, etwas Hübsches für irgendeinen Anlass, dann nähte sie es selber. Auf den alten Fotos sieht man, was für tolle Sachen sie uns schneiderte: bunte Sommerkleidchen, deren obere Hälfte gehäkelt war, einen Faltenrock, den ich mir für meine Firmung gewünscht hatte, dazu eine geblümte Rüschenbluse, Röcke mit Tartan-Muster und passenden Westchen, gestreifte Hosen. Jetzt finde ich das alles fantastisch, was sie für uns gemacht hat. Ich bin mir nicht sicher, ob sie damals selber stolz darauf war oder ob sie vor allem hoffte, dass wir die Sachen ohne Meckern anzogen und dass man ihnen nicht ansah, dass sie selbst genäht waren. Denn das hieß: arme Leute.

Dabei waren wir gar nicht arm. Wenn ich von meiner Herkunft erzähle, sage ich meistens: bescheidene Verhältnisse.

Man sparte, wo man konnte, bei der Kleidung, beim Auto, im Haushalt. Fleisch gab es am Sonntag, unter der Woche wurde ein Essen durch Speckwürfel, eine kleine Menge Hackfleisch oder ein zerhacktes Würstel zu einem Fleischgericht. Aufs Brot kam Marmelade, Käse, Leberwurst, samstags gabs Aufschnitt und manchmal heißen Leberkäse. Neue Kleidung gab es selten, so was wie die Stiefel, die man im Schaufenster des Schuhladens anschmachtete, während man davor auf den Schulbus wartete. Wenn ich mich zurück vor dieses Schaufenster imaginiere und vor ein bestimmtes Paar Schuhe, das zweifellos mein Leben verändern würde, wenn ich es besäße, fühlt sich das immer noch frisch an. Auf dieses Glücksversprechen falle ich immer noch manchmal rein, auch wenn ich schon hundertmal erlebt habe, dass es falsch ist. Nur ein- oder zweimal stimmte es, und daran hält mein Kinder-Ich wohl bis heute fest.

Nähen und Kochen war jedenfalls für Hausfrauen, und ich würde keine Hausfrau werden, also brauchte ich es auch nicht zu lernen und wollte es nicht lernen müssen.

In der Mittelschule ertrotzte ich, dass ich am Werkunterricht der Buben teilnehmen durfte, als einziges Mädchen der Schule. Was ich dort lernte, war toll, aber die Jungs waren mies zu mir, machten dreckige Witze und gaben mir zu verstehen, dass ich kein richtiges Mädchen sei, sondern ein Mannweib, zu hässlich, um einen abzukriegen. Der Lehrer half mir nicht, es war ihm unangenehm, dass sein Bubentrupp von einem Mädchen gestört wurde, und nach einem halben Jahr wollte ich nicht mehr hingehen, obwohl mir die Arbeit lag. Ich hatte aus weichem, hellem Holz ein paar Häuser und eine Kirche gesägt, die Kanten weich geschliffen, die Flächen glatt geschmirgelt. Ein kleines Dorf, das ich nicht bemalen wollte, wie es der Lehrer vorgesehen hatte, ich wollte es schemenhaft halten, nur farblos lackiert. Schon damals liebte ich Holz. Es kann nie genug Holz um mich sein, und es darf wild gemasert sein, uneben, mit Astlöchern und Verfärbungen, es ist alles gut, solange es echtes, lebendiges Holz ist. Und jetzt liebe ich auch gute Wolle, flauschiges Alpaka-Garn, weiches Kaschmir, ganz feines Mohair, auf einen Seidenfaden gesponnen.

Es dauerte ein bisschen, bis ich erkannte, wen die Puppe darstellen sollte, mit den dicken schwarzen Haaren, links und rechts über den angedeuteten Ohren mit bunten Bändern hochgebunden, und einem schwarzen Pony, der fast über die Augen fällt, die ich mit schwarzem und blauem Garn aufgestickt hatte. Das Gesicht darunter ganz weiß, den Rest der Puppe hatte ich in Schwarz gestrickt und mit ein paar Ketten und Sicherheitsnadeln verziert. Nina Hagen. Hansi hatte mir Nina Hagen zum ersten Mal vorgespielt, auf ihrem Plattenspieler, in den Monaten, in denen ich eigentlich mit ihrem Bruder zusammen war, und dann wollte ich die Platte immer wieder hören, jedes Mal, wenn ich in Hansis Zimmer herumlungerte.

Die Puppe auf dem Bild, das fällt mir auf, liegt nicht in einem Karton, sondern sie sitzt auf einem Bücherregal, vor einem Buch von Javier Marías, daneben steht eins von Elena Ferrante. Ich bin mir nicht sicher, ob das ein Zufall ist oder ob sie das Buch absichtlich neben die Puppe in das Regal geschoben hatte. Meine geniale Freundin. Jedenfalls hatte Hansi Nina Hagen wohl aus dem Keller ihrer Mutter mit an den Ort genommen, an dem sie jetzt wohnte, und sie dort in ihr Bücherregal gesetzt, wenn auch vielleicht nur für das Foto. Was hatte meine Mutter damals am Telefon gesagt, als sie mir die Todesanzeige von Hansis Mutter vorlas? Graz? Und wie merkwürdig, dass Hansi wegen der Puppe an mich denken musste, während ich gerade erst wieder den lange versperrten Raum mit den Hansi-Erinnerungen betreten hatte.

Hansi schrieb, wie sie sich gefreut habe, diese Puppe zu finden, die ich ihr damals gestrickt hatte. Sie schloss ihre Nachricht mit dem Wunsch, dass wir uns einmal wiedersähen, in genau der richtigen Dringlichkeit formuliert: zwanglos, unverbindlich, aber mit einer Vorfreude.

Ja, ich will Hansi auch wiedersehen. Aber als ich anfange, eine Antwort zu formulieren, steigt plötzlich die Sorge in mir auf, es würde doch eine Verpflichtung daran hängen, wenn man eine Freundschaft aufwärmte, die über die Jahre vermutlich jegliche gemeinsame Grundlage verloren hat. Ich löschte meine Nachricht wieder. Ich würde ihr antworten, morgen. Sie würde sehen, dass ich die Nachricht gelesen habe, und auf eine Antwort warten. Auf jeden Fall morgen, ja, morgen antworte ich bestimmt.

DIE CHRISSE

Mila liegt mit Hund und Smartphone auf dem Sofa, das ich mit Andrea aus den riesigen Kartons ausgepackt und zusammengeschraubt habe. Andrea war mit einer Flasche Champagner gekommen, zwei Tage nachdem ich eingezogen war, ich hatte die meisten Kartons ausgeräumt und einen kleinen Tisch aufgestellt, der früher im Vorzimmer gestanden hatte, als Provisorium, bis meine neue, lange Tischplatte geliefert werden würde. Die Kartons mit dem Sofa standen unausgepackt in einer Ecke, und nach dem zweiten Glas Sprudel sagte Andrea: Die packen wir jetzt aus, das bauen wir jetzt zusammen. Wir packten aus und bauten zusammen, es ging viel schneller und einfacher, als ich gedacht hatte, und es passte perfekt. Das dritte Glas Champagner tranken wir im Liegen, auf meinem neuen Sofa.

Jetzt liegt Mila darauf, wie immer, wenn sie bei mir ist, genauso hatte ich mir das vorgestellt, als ich kleine Rechtecke in meinen Grundriss zeichnete. Sie wird noch ausgehen und will vorher die Abendrunde mit dem Hund machen. Ich sitze an meinem neuen Tisch, der inzwischen aufgebaut ist, und versuche zu arbeiten, an der Wand läuft ohne Ton *Gefährliche Brandung* im Fernsehen, ein Film, den ich sehr lange nicht mehr gesehen habe.

»Ah, schau, der junge Keanu Reeves, da, guckstu, Patrick Swayze«, sage ich.

»Wer ist das«, sagt Mila.

»So ein Neunzigerjahre-Filmstar. Der war in *Dirty Dancing*.«

»Ah ja. Hat der sonst noch in Filmen mitgespielt?«

»Ja, aber ich habe vergessen, in welchen. (*Ghost* fällt mir erst ein, als Mila schon weg ist.) Er ist schon länger tot.«

»Echt?«, sagt Mila.

»Ja, der starb so mit Mitte fünfzig an Bauchspeicheldrüsenkrebs«, sage ich.

»War der sehr berühmt damals?«

»Ja, schon.«

»Wie berühmt? Mit wem von jetzt zu vergleichen?«

Ich muss nachdenken. Ich bin nicht so firm mit den jungen Filmstars. Harry Styles fällt mir ein, aber das passt nicht, der ist viel berühmter und anders, eher …

»Ah, jetzt weiß ichs, so wie einer der Chrisse.«

»Der was?«

»Die Chrisse! Die vier guten Chrisse und der nicht so gute fünfte?«

»Krässes? Ich habe keine Ahnung, was du meinst!«

»Chris Hemsworth? Chris Evans? Chris Pine? Die anderen fallen mir jetzt nicht ein.«

»Die Chrisse«, sagt Mila.

»Ja, die Chrisse, sag ich doch.«

»Du sagtest Grässe«, sagt Mila, und dann fängt sie an, mich nachzuäffen, Grässe! Kräse!, und das nervt mich, also stehe ich auf und gehe zum Kühlschrank, schenke mir ganz langsam ein Glas Wein ein, bis sie sich beruhigt hat, worauf sie sagt, ob ich eigentlich glaube, dass ich ein Alkoholproblem habe, was ich, weil ich das schon kenne, mit einem entspannten NEIN beantworte, anstatt auszuflippen, worauf sie eigentlich aus war. Sie kann eine Bitch sein, hat sie wahrscheinlich von mir. Obwohl, auch Max hat das drauf, beide zusammen haben mich tagelang ausgelacht, weil ich Kurt Cobain falsch aussprach, Cooobain statt Cobaiiin, ich rief in ihr Gelächter hinein, dass ich Cobain mit Nirvana bitte live gesehen habe!, in der Arena!, dass ich seinen Namen aussprechen kann wie ich will!, aber das hinterließ keinen Eindruck.

Der Film handelt ausschließlich von Männern, es kommt nur eine Frau vor, sie ist zugleich sexy Beiwerk und Opfer, so war das damals, und Mila bemerkt es sofort und sagt, so einen Scheiß will sie nicht sehen, ich soll umschalten. Okay.

Manchmal liegt auch Max auf meinem Sofa, aber anders als Mila möchte er dabei nicht mit mir reden. Er regt sich höchstens auf, dass er sich nicht auf das konzentrieren kann, was in seinem Handy gerade läuft, weil mein Radio zu laut ist.

»Das ist mein Radio! Meine Wohnung! Du bist hier Gast!«

»Ja, und ich bin dein Kind, und du liebst mich, und du willst doch, dass ich gerne bei dir bin«, sagt Max grinsend, aber ich habe das Radio ohnehin längst abgedreht.

Das Zimmer, das mir allein gehört, ist nicht mehr meins, wenn Mila oder Max auf dem Sofa liegen, das wegen ihnen so groß ist; mit ihren Handys und dem Hund, und genauso will ich es. Dann wird dem Hund ein Ball durchs Zimmer geworfen, und der Hund springt dem Ball hinterher und legt den Ball aufs Sofa, wo der Ball nicht sein darf, und das Kind auf dem Sofa brüllt »Runter damit!« und zerstört den Gedanken, den ich gerade zu einem Satz machen wollte, und dann schießt der Hund den Ball unters Sofa, wo er nicht rankommt, aber das Kind auf dem Sofa ist nicht bereit, vom Sofa aufzustehen und den eklig schleimigen Ball darunter hervorzufischen, also unterbreche ich meinen nächsten Gedanken und stehe auf und mache es. Ein Zimmer für mich allein, haha. Aber vielleicht setze ich einfach wieder Kopfhörer auf, so wie früher.

EINRAUMSCHEITERN

Ich gehe einkaufen, weil Theres, Andrea, Yvonne und Marcel zum Essen kommen. Ich will Risotto machen, mit Pilzen, die ich im Wald gefunden habe, als ich auf dem Land war. Ich gehe zuerst in einen Supermarkt, danach will ich noch zum Discounter. Ich suche im Supermarkt nach dem Risotto-Reis und finde ihn nicht, grabe die Brille aus meiner Tasche, suche weiter und entdecke den Reis schließlich, eine Großpackung, sie ist im Angebot. Ein Kilo Reis für 1,29 Euro, da kann man nichts sagen. Später rekonstruiere ich das Bild, das ich abgegeben haben muss: das einer kurzsichtigen, etwas zu jungen Rentnerin, die es in ihrem Beruf irgendwie verkackt hat, jetzt von ihrer Mindestpension leben muss und sich deshalb nur Discountprodukte leisten kann. Und so ähnlich ist es nun eben. Ich muss sparen, weil ich mich mit dem Umbau der Wohnung und dem Umzug übernommen habe. Meine Steuerberaterin sagte es unlängst klipp und klar: Du hast dich übernommen, so was kann man nicht aus den laufenden Einnahmen finanzieren, wo sind deine Polster für Steuer und Sozialversicherung? Ich habe mir Geld ausgeborgt, es geht sich trotzdem nicht aus. Jetzt spare ich halt ein paar Jahre lang, ich kann das. Ich spare bei allem. Im Haus habe ich ein Stück Gaffer-Tape auf die alte Spültaste der Toilette geklebt, mit einem Fünf-Cent-Stück darunter, es soll meinen Finger sogar im Halbschlaf daran erinnern, den Spülvorgang abzubrechen, um Wasser zu sparen.

Ich packe auch Suppenbrühe in den Wagen, nachdem ich lange die Preise der Würfel und Gläser verglichen habe, die billigsten Paprikachips und eine Dose Hundefutter. Dann trage ich alles wieder zurück in die Regale, aus denen ich es geholt habe, und kaufe nur den Risotto-Reis. Alles andere wird im Discountmarkt billiger und auch okay sein: der Wein, die Eigenmarken-Bodylotion, Snacks, Hundefutter, Brühwürfel, Klopapier. Ich weiß, wie man gut und billig einkauft. Ich kann mich ganz klein machen. Ich geniere mich dafür nicht. Und es kommt mir gerade wie ein extrem brauchbares Talent vor oder wie ein Vorteil gegenüber allen anderen, die sich genauso wie ich vor diesem Winter fürchten und all den Kosten und den Einschränkungen, mit denen er uns droht.

Ich erinnere mich an ein Gespräch mit zwei Kolleginnen, zu einer Zeit, als ich im Mediengeschäft ordentlich verdiente und uns die Magazine für ein Interview mit einem Schriftsteller in der Business-Class nach New York fliegen ließen, für fünf Tage in einem netten Hotel.

Wir waren beim Abendessen, die Kolleginnen und ich, in einem Restaurant in der Innenstadt, wir saßen auf dem Kopfsteinpflaster im Abendlicht, und eine von ihnen erzählte von einer Ex-Kollegin, die ganz allmählich derart verarmte, dass sie schließlich in ihrer Einzimmerwohnung in ihren alten Jimmy Choos ihr eigenes Brot buk. An dieses Gespräch denke ich manchmal, wenn ich in meiner Einzimmerwohnung Brot backe, in einer langen, aus Wollresten gestrickten Jacke und Lammfellpantoffeln von eBay. Es ist eine fantastische Einzimmerwohnung, ich liebe sie, ich habe hier alles, was ich brauche, ich sehe mich als Trendsetterin, und meine Pantoffeln sind warm und bequem, und Brotbacken ist extrem befriedigend, aber man könnte es, vom Standpunkt der 150-Quadratmeter-Wohnungen, die die Ex-Kolleginnen noch immer bewohnen, auch anders erzählen, als eine Geschichte des Scheiterns.

ELINOR CARUCCI

Ich gehe nicht gern aus dem Haus. Daheim bin ich zufrieden. Mir fällt nicht schnell die Decke auf den Kopf. Ich halte es gut aus, tagelang niemanden zu treffen und nur mit dem Hund zu reden. Es genügt mir, zu wissen, dass da draußen Menschen sind, mit denen ich jederzeit Kontakt aufnehmen könnte. Wenn möglich, verlasse ich meinen Wohnbereich nur, um einzukaufen oder mit dem Hund zu gehen. Ich erkläre es den Leuten immer wieder: Ich gehe nicht so gern aus dem Haus. Aber aus irgendeinem Grund nehmen sie das nicht ernst, vielleicht, weil sie es sich nicht vorstellen können. Sie laden mich auf Partys ein und sind enttäuscht, wenn ich nicht komme. Die meisten scheinen dankbar zu sein, wenn sie Gelegenheiten haben, unter Fremde zu gehen, neue Leute kennenzulernen, sich an anderen zu spüren, sich in anderen zu spiegeln. Ich nicht.

Im Radio höre ich einen Auszug aus Chloé Delaumes Roman *Das synthetische Herz*. Es ist Mittag, ein warmer Herbsttag, ich bin in meinem Haus, die Tür zum Garten steht offen. Der Umzug ist längst abgewickelt, alles ist an seinem neuen Platz, ich muss mich um nichts mehr kümmern. Alles ist Routine. Ich bin aufs Land gefahren, wo ich nichts zu tun habe, außer ins Grüne zu schauen, zu schreiben, mich zu freuen, dass Andrea ein paar Tage auf Besuch kommt, dann Johnny, dann die Zwillinge mit Freunden.

Ich höre die Geschichte im Radio, während ich Gemüse in Stücke schneide und einen Fisch mit Zitrone und Petersilie fülle. Die Geschichte deprimiert mich. Sie ist so traurig. Sie beschreibt eine hoffnungsvolle, mutige und dann völlig desillusionierte Frau. Sie spricht nicht von Solitude, sie ist voller Einsamkeit. Enttäuschte Hoffnungen, unerfüllte Erwartungen.

Ich werde den Fisch alleine essen, in meinem Haus, an einem Tisch mit einem gestickten Tischtuch und mit Blick in meine grüne Wildnis, schweigend, vielleicht wird das Radio dazu laufen mit einer neuen Geschichte. Ich könnte es mir nicht besser vorstellen. Es wäre nicht schöner, wenn noch ein anderer am Tisch säße. Mein Essen würde nicht besser schmecken, wenn ich mich dabei unterhalten würde, wenn einer auf mich einreden, mir Fragen stellen, mir Anekdoten erzählen würde.

Es sitzen oft Leute an diesem Tisch und essen mit mir, Johnny, Andrea oder Theres, Nora und Paul, Marcel, Yvonne und natürlich Mila und Max mit ihren Freundinnen und Freunden. Es ist immer schön, aber es muss nicht jeden Tag so sein.

Ich lese gerne, während ich esse, auch Sachen im Internet. Viele sagen, man soll sich ganz auf das Essen konzentrieren, während man isst, auf jeden einzelnen Bissen, aber ich bin draufgekommen, dass es mir nicht besser schmeckt, wenn ich das tue. Ich finds übertrieben. Es ist eine Mahlzeit, keine Ausstellung im Louvre oder ein Konzert mit den Wiener Philharmonikern im Goldenen Saal des Musikvereins.

Auch mein Vater würde gerne lesen, während er isst, aber weil es bei uns daheim, außer beim Frühstück die Zeitung, nicht üblich ist, ein Buch oder das iPad neben dem Teller liegen zu haben, liest er die Texte auf den Etiketten der Dinge auf dem Tisch. Immer wieder, er muss das längst auswendig können: die Zutatenliste der Maggi-Flasche, die Inhaltsangabe des Streichkäses und der Leberwurst, alles, was auf dem Etikett der Weinflasche steht. Ich glaube, das habe ich von ihm: dass ich gerne in Echtzeit alle Informationen über das bekomme, was ich gerade esse, und weil ich alleine bin, braucht es mir niemand zu erlauben, und keiner kann es mir verbieten.

Auf Instagram folge ich der New Yorker Fotografin Elinor Carucci, deren Arbeit ich bewundere. Ihre Bilder rütteln an mir, in ihrer rohen Ehrlichkeit. Sie ist ungefähr in meinem Alter und offenbar auch in einer ähnlichen Situation, denn ihre Kinder sind ausgezogen, aber anders als ich leidet sie schrecklich darunter. Sie postet viele Fotos von sich und ihrem Mann mit dem Hashtag #emptynesters, und man sieht ihre Einsamkeit und ihre Traurigkeit. Man würde meinen, man wäre einsamer, wenn man nach dem Auszug der Kinder alleine übrig bleibt, und ich habe eine Zeitlang panisch gedacht: Ich muss einen neuen Mann finden, bis die Zwillinge ausziehen, damit ich nachher nicht ganz allein bin. Es war eine Art Wettrennen gegen die Zeit. Sechs Jahre noch, fünf, vier, drei. Irgendwann ist mir klar geworden, dass ich gar keinen Mann finden will, dass es nicht genug Gründe dafür gibt, schon gar nicht den, dass er in der Wohnung die Zwillinge ersetzt, was ohnehin unmöglich wäre.

Jetzt sehe ich auf Caruccis Fotos, wie allein sie ist, trotz der Gesellschaft ihres Mannes, mit dem sie schon ewig zusammen ist, und sie tut mir leid, aber ich kann nicht fühlen, was sie fühlt. Die Angst, die ich hatte: Sie war nicht unbegründet, sie hatte nur weniger mit einem Mann zu tun als mit mir selbst. Es ging wieder um diese Erzählung, die ich für wahr gehalten hatte: dass eine Frau ohne Mann nichts ist und dass sie, wenn dann auch ihre Kinder nicht mehr bei ihr wohnen, selbstverständlich in einem Meer aus Einsamkeit ertrinkt. Das stimmt nicht, vielleicht trifft es auf andere zu, auf mich nicht.

Max meinte unlängst, als er mich, oder wohl eher den Hund, auf dem Land besucht hatte und ich ihn nach zwei Tagen wieder zum Bahnhof fuhr, es sei fast ein bisschen beleidigend, wie entspannt ich jedes Mal sei, wenn er und Mila wieder gehen. Ich sagte, haha, ich höre dich, aber wärs dir lieber, wenn ich jedes Mal zum Abschied schluchzend an euren Hälsen hinge und euch mit dem Gefühl zurückließe, eure Mutter löse sich in Tränen und Vereinsamung auf, ohne euch? Na, eh nicht, sagte Max, aber kannst du nicht wenigstens so tun, als würdest du dich nicht freuen, wenn wir wieder verschwinden. Ich werde mir Mühe geben, sagte ich.

DER FINGER

Ich habe mich am Finger verletzt, als ich die alte Wohnung übergab. Ich war sehr nervös, obwohl ich eine Freundin dabeihatte, sie ist Anwältin; Spezialistin für Familienrecht, aber egal. Ich hatte Befürchtungen, ich würde die Kaution nicht zurückbekommen, die wir damals in dem Teppichladen bezahlt hatten und die ich jetzt dringend brauchte. Als die Vermieterin durch die Wohnungstür trat, bemerkte ich an einem Fensterhaken einen rot-weißen Faden und versuchte, ihn noch schnell herunterzureißen. Als hätte die Entfernung dieses Fadens irgendwas an dem krass abgewohnten Zustand der Wohnung verändert. Der Faden war kein Faden, sondern eine Paketschnur und viel fester, als ich erwartet hatte, und als er endlich riss, riss auch etwas in meinem Finger, zwischen dem ersten und dem zweiten Fingerglied. Ein brüllender Schmerz übertönte die Ankunft der Vermieterin. Ich reichte ihr die Hand mit dem tobenden Finger und konnte sie erst gar nicht klar sehen, ich war geblendet von diesem Schmerz. Er ließ nur langsam nach, während wir die Rückgabe und den Zustand der Wohnung besprachen und die fast zwanzig Jahre, die wir darin gelebt hatten. Zum Glück erinnerte sich die Vermieterin daran, dass die Wohnung schon nicht renoviert gewesen war, als wir einzogen. Ich unterschrieb in meinem Schmerznebel ein paar Formulare, unter anderem eins, das mir garantierte, dass ich das Kautionsgeld zurückbekommen würde. Ich hatte der Vermieterin schon den Schlüssel der Wohnung übergeben und das Haus, in dem ich so lange gewohnt hatte, für immer verlassen, als sich der Schmerz in meinem Finger endlich in eine Taubheit verwandelte, die sich erst zwei Monate später zurückzog.

Es geschieht mir nicht zum ersten Mal, dass ein Sekundärschmerz einen brutalen Hauptschmerz vorübergehend übertönt, gerade so lange, bis die Sache, die den Primärschmerz ausgelöst hat, überstanden ist. Meistens ist der Sekundärschmerz an den Haaren herbeigezogen, wie an dem Tag, an dem mich Lars verließ, als er aus unserer gemeinsamen Wohnung und zurück nach Schweden zog. Ich machte ihm eine Szene, weil ich meinen Lieblingspullover nicht fand. Ich unterstellte ihm, er hätte ihn eingepackt. Hatte er nicht, der Pullover tauchte danach in meinem Kleiderschrank auf, wo er gut sichtbar ganz vorne gelegen hatte. Ich hatte ihn unsichtbar gemacht, und danach machte ich mir lange Vorwürfe, wegen des würdelosen Theaters, das ich aufgeführt hatte. Dass es eine Übersprunghandlung war, begreife ich erst jetzt, wo ich diesen Begriff zum ersten Mal verwende, er spazierte beim Nachdenken über die beiden Ereignisse einfach in den Text, als sei er immer schon da gewesen.

Das Problem mit dem Finger: Ich habe aufgehört, ihn zu benutzen. Es ist der rechte Ringfinger, er ist beim Schreiben zuständig für ein paar Buchstaben und Zeichen im rechten unteren Quadranten meiner Tastatur. Ich kann gerade nicht sagen, welche Buchstaben. Der Finger machte es automatisch, jetzt haben die anderen Finger seine Aufgaben übernommen, zuerst widerwillig. Die Finger schickten halbfertige Mails ab, die von Fehlern strotzten. Ich musste plötzlich steuern, was meine Finger zu tun hatten, ihnen Aufgaben zuweisen. Aber ich wusste gar nicht mehr, welches ihre ursprünglichen Aufgaben und welche die des ausgefallenen Fingers gewesen waren. Mein Bewusstsein war eine miese Vorgesetzte, die die automatisierten Abläufe auf der Tastatur nicht kannte und sich nun trotzdem wichtigmachte. Irgendwann funktionierte es auch ohne den tauben Finger, ich mischte mich nicht mehr ein, und die Fehler wurden weniger.

Jetzt hat der Finger wieder Gefühl, weitgehend, ich würde ihn gerne benutzen wie früher, aber die anderen Finger wollen ihre neu übernommenen Aufgaben nicht mehr abgeben. Während ich ihn wieder einsetze, merke ich: Das O scheint zu seinem Aufgabenbereich zu gehören, das L und der Punkt. Ich glaube, sonst ist er für nichts zuständig.

Es ist schon so lange her, dass ich dem Finger das beigebracht habe. Ich war neunzehn Jahre alt, ich konnte nichts und hatte nichts. Ich musste irgendwas lernen, mit dem sich Geld verdienen ließ. Der Vater einer Freundin, der mich mochte, war CEO einer Baumaschinenfirma und versprach mir einen gut bezahlten Ferienjob, für den ich ordentlich tippen können musste. Ich konnte nicht tippen, gab es aber nicht zu. Ich besorgte mir ein Handbuch und lernte das Zehnfingersystem, auf meiner alten mechanischen Schreibmaschine, auf der ich bis dahin mit zwei Fingern pathetische Lyrik getippt hatte. Sie hatte einen sehr harten Anschlag, man brauchte viel Kraft. Ich übte jeden Tag, ein paar Monate lang, bis Lars sich seinen ersten PC kaufte, und dann übte ich auf der Tastatur des PCs weiter. Meine Finger bekamen ihre Buchstaben zugeteilt, und ich übte, bis sie ihre Buchstaben halbwegs im Schlaf fanden. Die Ziffern ließ ich aus, weil ich dachte, was brauch ich Ziffern, ich werde ja nicht Buchhalterin.

Ich hätte sie dann schon brauchen können, ein paar Jahre später, als ich hin und wieder bei einer Wochenzeitung schrieb, aber dabei so wenig verdiente, dass ich mich zusätzlich bei einer neu gegründeten Tageszeitung bewarb, die gerade die ersten Nullnummern produzierte. Ich konnte immer noch nicht viel, aber ich konnte tippen. Sie nahmen mich, setzten mich an einen Computer in der Wirtschaftsredaktion, und dort saß ich dann die folgenden Monate und gab Börsenkurse ein. Dafür brauchte man die Zahlen, die meine Finger nicht lernten, trotz der endlosen Zahlenkolonnen, die ich damals eintippte. Es war gute Arbeit mit guten Leuten, und auch wenn es nicht die Arbeit war, die ich für immer machen wollte, habe ich sie gern gemacht. Bis ich bei der anderen Zeitung mehr machen und mehr schreiben durfte, so viel, dass ich schließlich davon leben konnte.

MÖGLICHKEITEN

Obwohl ich jetzt schon seit Monaten in meiner neuen Wohnung wohne, so lange, dass sie längst nicht mehr neu ist, habe ich den Suchauftrag im Netz behalten, weil sich auch Johnny nach einer Wohnung umsieht und weil mich Immobilien interessieren, seit ich das Haus und die Mini-Wohnung gekauft habe. Vor allem aber ist es ein prickelndes Spiel mit einer menschlichen Ur-Angst: dass man vielleicht die falsche Entscheidung getroffen hat, dass man sich überstürzt entschlossen hat, zu früh.

Was wäre möglich gewesen, wenn ich noch gewartet, wenn ich noch länger gesucht hätte? Lebe ich im falschen Leben?

Wohnungen, Häuser, Arbeitsplätze, Städte, Männer, es ist überall dasselbe. Man könnte sich zu früh und falsch entschieden haben und damit das Bessere, das Passendere, das echte Glück verpasst haben.

Andrea kam aufs Land, wir kochten, wir redeten über unsere Kinder, über unsere Ex-Männer und darüber, wie endlos froh wir sind, dass wir nicht mehr fünfunddreißig sind und entscheiden müssen, ob wir Kinder wollen, und wenn ja, mit wem. Was für ein entsetzlicher Stress, und der Ausgang völlig ungewiss. Ich weiß noch, wie das war, den richtigen Moment zu finden, und es ist keine Schutzbehauptung, wenn ich sage, dass ich froh bin, es hinter mir zu haben.

Ich hatte nach dem zweiten Schwangerschaftsabbruch für eine ordentliche Verhütung gesorgt. Beim ersten Mal hatte ich ausschließlich Erleichterung verspürt, doch beim zweiten Mal war ich schon älter, und die Vorstellung, ein Kind zu bekommen, war nicht mehr so erschreckend und absurd. Ich fand es belastend, eine Entscheidung treffen zu müssen, in so eine Situation wollte ich auf keinen Fall noch einmal kommen.

Jedenfalls konnte ich es nicht einfach darauf ankommen lassen, wie es viele Frauen machen. Ich musste mich aktiv dafür entscheiden, zuerst allein, das ist schon schwer genug. Ich stand mitten im Leben, hatte endlich beruflich was erreicht, mir ein Standing verschafft, karrieremäßig. Und hatte Angst: Wenn ich jetzt ein Kind kriege, dann könnte erst einmal alles vorbei sein. Weswegen ich mir einredete, ich würde das schon irgendwie gebacken kriegen, weil ich so super organisiert bin.

Es war keine einfache Entscheidung für mich. Doch dann gibts da ja noch einen Zweiten, der muss an demselben Punkt sein oder vorsichtig dorthin geschoben werden. Und wenn nicht, was dann? Jedenfalls musste ich mich irgendwann, in einem gut gewählten Moment, hinstellen und sagen: Du, ich bin jetzt fünfunddreißig, und ich hätte gerne ein Kind, bevor es zu spät ist. So habe ich es gemacht, ich habe mir zum 35. Geburtstag ein Kind gewünscht, und ich bekam zwei, noch bevor ich sechsunddreißig wurde. Damit war erst mal alles erledigt, auch die Karriere, obwohl ich so super organisiert bin.

Unlängst wurde eine kleine Wohnung in dem Haus frei, in dem Theres lebt, auf ihrem Stockwerk. Ihr älterer Sohn, Carlo, hatte dort gewohnt, sie wollte ihn in der Nähe haben, doch er zog zu seinem Freund, einem älteren Typen, den Theres mag, trotzdem war sie traurig darüber. Ich hatte immer gesagt: Diese Wohnung hätte ich gern, genau die wärs, Aussicht, Balkon, Größe, Preis, alles stimmte. Nur kam sie nicht in Frage, es war Carlos Wohnung, und inzwischen bin ich halt woanders gelandet. Irgendwann muss man sagen: Hier bin ich jetzt. Das ist jetzt meins, ich bin angekommen, so ist es gut.

Jeden Tag wache ich auf und schaue zum Fenster hinaus, vor dem manchmal ein Flugzeug vorbeifliegt, oben über dem Dach des gegenüberliegenden Hauses, und freue mich. Und jeden Tag gehe ich zur Tür hinaus und freue mich nochmal, weil mich nur ein paar Schritte aus der stillen, vertrauten Solitude meines Daseins auf den Markt bringen, mitten in das lebendige Durcheinander hinein, wo mich die Kellnerin vom türkischen Lokal im Vorbeigehen auf einen Chai hereinwinkt und der Wirt des Italieners am Platz auf einen Espresso, und der Falafelmann füttert mich mit Falafel, und Theres wohnt gleich hier, und meine Kinder sind nah. Hätte es eine bessere Entscheidung gegeben? Ich glaube nicht.

SCHNEE

Es ist fast dunkel, ich höre den Nachbarn auf seiner Baustelle brüllen. Erst jetzt fällt mir der Lärm auf. Wenn nicht irgendwo die Maschinen dröhnen, die Kettensägen, die Baumaschinen, die Rasenmäher, die Motorsensen, dann rast ein Traktor vorbei oder ein LKW. Es schreit das Kind der Nachbarn. Es fädeln sich jaulende Motorräder hintereinander auf, die sonntägliche Angeberparade. Es knattert eine Oldtimerrallye durch. Es keift die Nachbarin ihren Mann an. Es lärmen die Tiere: Die Kühe schreien, die Grillen schneiden durch die abendliche Stille, die Vögel randalieren. Mein Hund bellt. Der Hund der Nachbarn bellt. Es ist nie still auf dem Land, es ist nie so still wie in meiner Wohnung in der Stadt.

Ich fürchtete mich ein wenig vor dieser Stille. Ich bin die Stille in der Stadt nicht gewöhnt, sie macht mir Angst. Die Wohnungen, in denen ich bisher gelebt hatte, waren nie still gewesen, nicht mehr nach der kleinen Innenhofwohnung, in der ich in meiner ersten Wien-Zeit ein paar Wochen gewohnt und deren bedrohliche Lautlosigkeit mich zu Lars getrieben hatte und in sein Zimmer, durch das ab der Morgendämmerung der Verkehr rauschte. Das Haus zitterte bei jeder vorbeifahrenden Straßenbahn, und von der Ampel am Ende des Häuserblocks starteten die Autos mit Geheul. Es gab einen Kindergarten auf der anderen Straßenseite, daneben ein Spielzeuggeschäft, daneben eine Trafik, daneben ein Plattenladen, aus dem von früh bis spät Rockmusik schallte. In unserem Block gab es ein Restaurant und zwei Bars, die bis weit nach Mitternacht geöffnet hatten und bis in die Morgenstunden Betrunkene ausspuckten. Es brüllte und es klirrte und es rauschte. Diese Geräusche, dieser Lärm, das ist der Soundtrack meines ruhigen Schlafes. Ist es hingegen still vor meinem Fenster, weckt mich jedes ungewohnte Geräusch, jedes Knarren, jedes Knistern und Knacken. Doch es ängstigt mich nicht mehr, seit ich den Hund habe, immerhin.

Ich lasse die Rollos herunter, weil man im Winter durch die kahlen Bäume und Büsche von der Straße aus ins Haus schauen kann, wo eine Frau hinter dem Fenster allein an einem langen Tisch sitzt und an ihrem Laptop arbeitet oder von ihrem Teller löffelt oder beides gleichzeitig. Ich habe mir ein paar Fertiggnocchi in kochendem Wasser aufgewärmt und sie in einer Soße aus Zwiebeln, Obers und Gorgonzola ertränkt. Ich esse sie, während ich mir im Internet Fotos von extrem gesund aussehenden Gemüsegerichten ansehe, auf einem der zahllosen Instagram-Food-Accounts, denen ich folge. Ich habe auch extra mein digitales New-York-Times-Abo upgegraded, wegen der Rezepte. Essen tu ich dann anderes. Die Gnocchi schmecken irrsinnig gut, ich werde das morgen wieder essen, und übermorgen vielleicht auch.

Heute habe ich lauter Fotos von Schnee gemacht, zwanzig oder dreißig. Ich stand mitten im Wald, der Hund schnüffelte vor mir rum, ich konnte die Schönheit des Winterwalds nicht fassen. Der Forstweg, jetzt weich und weiß und gezeichnet von den Pfotenabdrücken des Hundes und den Spuren der Sohlen meiner Schuhe – nicht mehr das Semperitmuster der alten Schuhe, die undicht geworden sind, sondern kleine Ellipsen in einem Strahlenkranz aus missgebildeten Pfeilen. Die Schwingen der Nadelbäume, schwer heruntergedrückt vom Schnee. Durch das Geäst des kahlen Laubwaldes, jede noch so kleine Ader überzogen von einer zarten, weißen Schicht, leuchtete ein farbloser Himmel. Nur eine richtige Farbe ist zu sehen, das Ocker der Herbstblätter, nicht abgeworfen von den jungen Buchen am Rand des Weges.

Die Fotos geben nichts wieder von der Pracht, in der ich stehe, eingeschüchtert, sprachlos angesichts der Wucht dieser wahnsinnigen Schönheit. Die Bilder meines Smartphones, sie sind zu blau, sie fangen nicht das tiefe, vielstimmige weiße Leuchten ein, diese strahlende, glitzernde Helligkeit, die der Wald sonst nicht kennt, nur an diesen wenigen weißen Tagen im Jahr. Das helle Grün des Frühlings und das fette des Sommers, die Blüte der Rosen: Das lässt sich einfangen von der Kamera meines Handys, diese Farben sind Angeber, auch auf den Bildern, sie werfen das Licht zurück. Der Schnee saugt es ein.

Ich mag den Schnee jetzt. Er zwingt mich zu nichts mehr, ich kann ihn durch die Fenster meines Hauses sehen, wie er in meinem Garten herumliegt und auf der Hängematte, die ich im Herbst wieder mal abzuhängen vergessen habe. Sie wird spröde werden über den Winter und die hölzerne Aufhängung morsch. Bevor Johnny sich im Frühling mit seinem Buch reinlegt, muss ich ihn warnen. Früher mochte ich den Schnee nicht. Es hing, weil ich aus einer alpinen Gegend stamme, immer eine Demütigung daran oder eine Verpflichtung oder von beidem etwas.

Es war der Schnee, der mir einen Arm brach, auf einem kleinen, aber steilen Hügel, auf dem das Haus von einer der Schwestern meiner Mutter stand, ich war zwölf oder so. Es war der Schnee, der soziale Unterschiede sichtbar machte, im Sommer merkte man es nicht so, im örtlichen Freibad hatten alle nicht viel an, und wir hatten die schicksten gestreiften Sportbadeanzüge, genäht von unserer Mutter mit ihrer neuen Overlock, erst kürzlich wieder habe ich sie staunend auf einem Foto entdeckt, wo wir alle am Beckenrand stehen. Das Lob, das sie damals zu selten bekam, bekommt sie jetzt endlich, wenn wir die alten Alben ansehen. Aber am Skilift standen wir zwischen Kindern mit der jeweils neuesten, modernsten Ausrüstung in all den Sachen, die längst nicht mehr auf dem aktuellen Stand der Technik und der Mode waren, Skier aus Holz mit Klappbindungen, geschnürte Skistiefel, zu große Overalls in peinlichen Farben, die von Verwandten und Bekannten ausgemustert worden waren. Mein Overall war gelb und rosa, jetzt würde ich dafür viel geben.

Ich ließ das Skifahren sein und tat es erst wieder, als ich Kinder hatte. Sehr widerwillig, weil, wozu hatte ich die Kinder in der Stadt gekriegt, wo es keinerlei Grund gibt, sich Skier an die Füße zu schnallen und verschneite Hügel hinunterzurutschen. Man wird trotzdem von der Schule quasi dazu gezwungen. Skiwoche! Und dann machten alle Familien Skiurlaub: Wir fahren in diese nette Pension, fast direkt an der Piste, wollt ihr nicht mitkommen? Nein! Eigentlich nicht! Aber die Zwillinge wollten. Es gab ein paar schöne Skiurlaube und einen grässlichen, aber keines der Kinder brach sich je was, und ich mir auch nicht mehr, immerhin, Gott sei Dank, auf jeder Heimfahrt schlug ich drei Kreuze, und irgendwann war dann auch das erledigt.

Yvonne und Marcel whatsappten gestern ein Foto, sie stehen mit Sonnenbrillen auf dem Balkon der Pension, in der wir früher oft gemeinsam mit den Kindern waren, Piste, Sonne, glitzernder Schnee. Ich schrieb zurück, *herrlich!, lasst es euch gut gehen!, gsd bin ich nicht da.*

Jetzt verlangt der Schnee nichts mehr von mir, jetzt macht er mir nur den Garten schön und bringt den Wald für ein paar Tage im Jahr zum Leuchten, und so ist es gut.

DIE GARTENBANK

Ich sehe auf Instagram eine hübsche Gartenbank und denke mir: *Das* wäre die ideale Bank für den Balkon. Dann fällt mir ein, dass ich keinen Balkon mehr habe und dass die Bank längst verheizt ist, die dort früher stand und die ich vom Moment an hasste, als sie gebracht wurde. Ich hatte bei dem Tischler, der das schöne Bett gebaut hatte, eine vier Meter lange Bank für den nur einen Meter breiten Balkon in Auftrag gegeben, eine Bank, auf der man sitzen, aber auch zu zweit liegen können sollte. Ich stellte mir etwas vor, das zu den eleganten, irgendwie pariserischen Balkongittern passte, zarte, weiß lackierte Latten, und ich bin noch immer recht gewiss, dass ich das auch so formulierte. Der Tischler, ein eigensinniger Pole, nickte und brachte ein paar Wochen später eine schwere Bank aus massiven, dunkelbraun geölten Teakholzbrettern, die eher wie eine zu niedrige Werkbank aussah, ohne Rückenlehne, dafür mit viel zu hohen Seitenteilen. Normalerweise gibt man so was zurück, aber ich hatte, wenn ich mich recht erinnere, ein bisschen Angst vor dem Tischler, und er hatte die riesige Bank mit einem Kollegen fünf Stockwerke heraufgetragen, weswegen ich es nicht wagte, zu sagen: Nimm das grauenhafte Scheißteil wieder mit und bau es mir so, wie ich es bestellt habe. Also saß und lag ich fortan auf der verhassten Bank, die den Balkon völlig verschandelte. Ich malte sie grün an, das half ein bisschen, aber der Lack blätterte von der geölten Oberfläche bald wieder ab. Und bei jeder schönen Bank, die ich sah, dachte ich: Ach, was würde diese Bank gut auf unseren Balkon passen, wie schön würde sie aussehen anstelle der Drecksbank, die dort steht. Solche Gedanken angesichts jeder schönen Bank wurden mir zu einer Gewohnheit, die den Balkon inzwischen überlebt hat.

Aber merkwürdigerweise tut es mir nicht leid, dass ich keinen Balkon mehr habe, sondern ich freue mich, dass ich keine Bank mehr brauche. Vielleicht, weil ich, als ich noch in der alten Wohnung wohnte, einmal alle Sitzgelegenheiten zählte, die ich damals besaß, Bänke, Sessel, Hocker, inklusive der ausgemusterten beschädigten Spaghetti-Sessel unter dem Dach des Schuppens auf dem Land. Es waren 73, und das ist vermutlich gestört. Jetzt sind es, Moment, nur noch 52, und das ist eigentlich immer noch gestört.

DIE ALTE WOHNUNG

Es stimmt nicht, dass ich bei der Schlüsselübergabe das letzte Mal in der alten Wohnung war. Ich fuhr noch einmal mit dem Lift in den letzten Stock, nachdem ich unten alle Türklingeln gedrückt und irgendwer mir die Haustür geöffnet hatte. Aber was ich fühlte, als sich die Aufzugtüre öffnete, war keine Sentimentalität, sondern Erleichterung, dass ich im Flur sofort das Paket erspähte, das ich irrtümlich an meine alte Adresse bestellt hatte und das vor einer Wohnung abgestellt worden war, in der niemand mehr wohnte.

Seither bin ich ein paar Mal an dem Haus vorbeigekommen. Ich habe zum Balkon hinaufgeschaut, die Fenster und Türen sind immer geschlossen, es sieht nicht so aus, als würde dort jemand wohnen. Der wilde Wein, der am Balkon in Blumenkisten wächst und der schon da war, als wir einzogen, ist vertrocknet. Die violette Clematis, die mir meine Mutter im ersten Jahr geschenkt hat und die im Frühjahr ein letztes Mal blühte, ist längst tot. Vermutlich lebt nur noch der Kaktus, der sich schon bei unserem Auszug in das Blech des Daches, das an dieser Stelle bis zu unserem Balkon herunterreicht, eingefressen hatte. Er breitete sich jedes Jahr weiter aus und blühte schön, war aber derart stachelig, dass man nicht in seine Nähe kommen durfte. Ich machte ein Gitter davor, so wie ich den ganzen Balkon eingitterte, mit Hasengitter, das mir bis zum Hals reichte und das verhindern sollte, dass die Kinder vom Balkon fielen, als sie noch klein waren und draußen in ihrem kleinen Sandkasten wühlten.

Das Hasengitter war stabil, allerdings so fein, dass man es aus der Entfernung nicht sehen konnte. Eines Tages stand eine ältere Frau aus einem der Häuser gegenüber vor meiner Tür. Sie war ein bisschen aufgeregt. Bis in den letzten Stock war sie hochgestiegen, 106 Stufen waren das, aus lauter Sorge um die kleinen Kinder, die scheinbar unbeaufsichtigt auf dem Balkon spielten. Das Balkongeländer sei doch so niedrig, und überall stünden Blumentöpfe, auf die sie klettern konnten, um dann über das Geländer fünf Stockwerke tief auf die Straße zu fallen, sie habe solche Angst gehabt, dass sie rüberkommen musste, sagte die Frau. Ich dankte ihr für ihre Aufmerksamkeit und ihre Courage, ich führte sie auf den Balkon und zeigte ihr das von ihrer Wohnung aus unsichtbare Gitter und wie ich damit alles komplett kindersicher eingezäunt hatte, an der langen Seite des Balkons und an den beiden kurzen, es war gut befestigt, und es gab nicht die kleinste Lücke. Und ich hab die Kinder auch immer im Auge, sagte ich, keine Sorge.

Die Frau entschuldigte sich. Ich sagte, bitte entschuldigen Sie sich nicht, ich bin froh, dass Sie gekommen sind. Sie ging beruhigt wieder nach Hause. Ich ließ das Gitter dran, und als die Kinder groß waren und in der Wohnung Partys feierten und auf dem Balkon rauchten und tranken, war ich froh darüber. Erst als wir auszogen, entfernte ich es. Max half mir, es wegzureißen und zusammenzurollen, es ging schneller, als ich gedacht hatte, ich hatte befürchtet, es hätte sich eingefressen wie der Kaktus. Ich nahm das Gitter mit aufs Land, wo ich es bald werde brauchen können, wenn der Hund wieder irgendwo ein Loch unter dem Zaun gebuddelt hat.

Wenn ich jetzt an dem verlassenen, wieder in seinen Urzustand versetzten Balkon vorbeifahre, fühle ich nicht viel. Ich habe mich längst verabschiedet, von dem Haus, von der Wohnung, von der Aussicht.

Die Nachbarin von früher hat mir erzählt, die Hausbesitzer wollen die Wohnung erst in einem Jahr renovieren. Sie hat mich in der neuen Wohnung besucht. Wir tranken Kaffee und aßen Kirschen und redeten über die WGs unserer Kinder und wie wir versuchen, uns nicht einzumischen. Irgendwie bin ich froh, dass in der alten Wohnung jede Spur von uns verschwinden wird, jeder Kratzer, jeder Beweis, dass wir dort einmal gelebt haben, mit all der Liebe und den Verlusten. Das gehört uns, sonst niemandem. Das geht keinen was an.

Mila hat noch den Türstock fotografiert, an dem ich ihr und Max' Wachsen dokumentierte, achtzehn Jahre lang, dann hat sie die Jahresmarkierungen mit weißem Lackspray übersprüht. Sie war da, um mir beim Verspachteln der vielen Löcher zu helfen, die wir im Laufe der Jahrzehnte in die Wand gebohrt und geschlagen hatten. Ich habe ihr beim Sprayen zugesehen, sie tat mir leid. Ich sagte, du musst das nicht tun, wirklich nicht, ich kann das machen, aber sie wollte es. Es waren mehrere Spray-Schichten nötig, und am Ende schien das Kugelschreiber- und Filzstiftgekritzel immer noch durch. 7.6.08 Mila, 7.6.08 Max. 10.5.09, Mila, Max. Man konnte immer noch erkennen, wie sie mit vier, fünf und sechs ungefähr gleich groß gewesen waren und wie dann Mila schneller gewachsen war: 2010 lag ihre Markierung fünf Zentimeter über der von Max, 2011 sieben, erst 2016 holte er sie wieder ein, 2017 war er schon zehn Zentimeter größer als Mila, jetzt sind es etwa fünfzehn.

Max war nicht da, als Mila die Markierungen verschwinden ließ. Er ging später noch einmal allein in die schon ausgeräumte Wohnung. Danach kam er zu mir, um seinen Schlüssel bei mir abzuliefern, und legte sich zum Hund aufs Sofa, redete fast nichts und war viel trauriger, als ich es erwartet hatte.

ANTONÍN DVOŘÁK

Im Radio läuft eine Symphonie, bei der ich über weite Strecken jeden Ton mitpfeifen kann. Ich weiß nicht, was das ist. Ich bin keine Expertin in klassischer Musik, ich komme vom Pop und vom Punk. Ich war immer das Mädchen in der Bomberjacke, die mit Gaffer geflickt war. Meine Eltern hörten Radiosender, die Schlager spielten, und hatten Schlagerplatten. K-tel Super20, Frank Farian, Udo Jürgens, Reinhard Mey. Der sanfte Mey passte gut zu dem Haus, in dem wir wohnten, er hätte ein Freund meines Vaters sein können. Klassische Musik gab es bei uns nicht, nur den *Donauwalzer* zu Silvester und die kleinen Barock-Stücke, die meine Schwestern und ich auf der Blockflöte spielten. Ich sehe auf der Website des Senders nach: aha, Antonín Dvořák, 8. Symphonie. Ich weiß, wer Dvořák ist, aber ich kann mich an die Phase meines Lebens, in der ich diese Symphonie öfter gehört haben muss, nicht erinnern. Wahrscheinlich wars eine dieser Phasen, in denen ich zum Bildungsbürgertum gehören wollte oder zumindest in der Lage sein wollte, eine Bildungsbürgerin zu imitieren. Was mir letztlich nicht gelungen ist, mir fehlts dafür an allem, aber Dvořák mitpfeifen, das geht noch.

GESPENSTER

Die Nacht fällt jetzt früh auf meinen Garten. Saß ich nicht erst gestern im Sommerkleidchen vor dem Haus, und es wurde und wurde nicht dunkel? Ich wollte die Sterne sehen, den absurden, vernichtenden Sternenhimmel über dem Land, so klein macht er einen, man ist gar nicht mehr da. Ich wollte die Sternschnuppen sehen, aber dafür muss es ganz dunkel sein, an den frühen Augustabenden muss man dafür lange ausharren. Ich gehe gerne früh zu Bett, aber auch wieder nicht so früh, wie es der Winter verlangen würde. Es ist Jänner, Februar schon fast, der schlimmste Monat des Jahres und gefühlt auch der längste. Erst wenn dieser immerwährende Februar irgendwann doch zu Ende geht, gibt es Hoffnung auf eine Eventualität von Frühling.

Es ist noch nicht mal fünf, und in meinem Garten schalten sich die Solarlichter ein, eins nach dem anderen. Sie werden nur ein paar Minuten lang leuchten, die Sonne lädt sie nicht genug auf zu dieser Jahreszeit.

Ich steckte die Lichter in die Erde, als die Zwillinge acht Jahre alt waren. Ich steckte sie neben die Obstbäume, die vom Gartentor zum Haus eine kurze, dichte Allee bilden, an deren unteren Ästen ich früher, zum Geburtstag der Zwillinge im Frühsommer, Wimpelgirlanden aus Stoffresten befestigte, die dort hängen blieben, bis der Herbstwind sie schließlich herunterriss. Die Kinder liefen ungern durch den finsteren Garten, wenn sie von den Nachbarn nach Hause kamen, sie fürchteten die Tiere, die hindurchschlichen, und die Gespenster, die in den Baumkronen schliefen und aufgeschreckt wurden von Kindergetrappel im Gras. Ich besorgte in einem Möbelhaus die Solarlichter, transparente, weiße Plastikkugeln, die tagsüber die Sonne sammeln, um sie am Abend in warmes Licht zu verwandeln. Sie führten die Kinder zum Haus wie die Lichter auf der Landebahn eines Flughafens. Die Kinder gruselten sich trotzdem, aber sie fanden den Weg durch die Gespenster leichter, wenn sie vom Zaun zum Haustor liefen, so schnell sie konnten.

Jetzt sind sie nicht mehr so oft hier, an Gespenster glauben sie nicht mehr, und wenn sie sich fürchten, dann vor ganz anderen Dingen. Von den meisten weiß ich nichts, sie reden mit mir nicht mehr so viel über ihre Ängste, sie haben jetzt andere Leute dafür. Das ist gut. Und es ist wahrscheinlich auch einfach nicht mehr die Sorte Probleme, denen man mit Orientierungslichtern und Liebe beikommt, einem guten Essen, einer Nacht unter meiner Bettdecke. Trotzdem leuchten die meisten der alten Lichter immer noch, nach all den Jahren, sie weisen immer noch den Weg durch die Allee, Abend für Abend, im Sommer und im Winter, egal, ob ich im Haus bin oder in der Stadt, ob sie noch jemand braucht oder nicht.

SPINNWEBEN

Meine Eltern sind angereist, um mich in meiner neuen Wohnung zu besuchen. Meine Mutter hat meinen Lieblingskuchen gebacken. Ich freue mich, auch weil ihnen gefällt, was ich aus der Werkstatt gemacht habe, sie hatten einmal darin übernachtet, als sie früher mal zu Besuch waren. Ich zeige ihnen alles, obwohl ich ihnen natürlich längst Fotos geschickt habe. Das ist neu, und das ist neu und der Kühlschrank auch, nur den Backofen, der schon hier war, den habe ich behalten. Er hat schon ziemlich viele Bewohner überlebt, aber er geht noch tadellos. Die Temperaturmarkierungen wurden im Laufe der Jahre heruntergeschrubbt und, ja, das sind Spinnweben da zwischen den Scheiben in der Ofentür. Leider krieg ich sie nicht auseinander, um dazwischen zu putzen.

Meine Mutter öffnet den Backofen und sagt, dass man im Internet nachschauen kann, da bekommt man so was erklärt, schau mal auf YouTube, bei meinem Ofen muss man das hier oben einfach nur aufklappen, dann kann man das innere Glas rausziehen. Ihr schicker, weißblonder Dutt ragt steil nach oben, während sie an der Ofentür herumfummelt. Sie ist auch wieder super angezogen, meine Schwestern gehen oft mit ihr einkaufen, sie sieht zwanzig Jahre jünger aus, als sie ist.

Ich sage, dass ich auf YouTube geschaut habe, die sagten, bei diesem Modell ginge es da unten beim Scharnier auf, aber ich …

Meine Mutter sagt, das glaubt sie nicht, bei ihr gehts oben auf. Sie ruckelt an der Kunststoffabdeckung, die oben die Scheiben verbindet.

Ich sage, dass es sich die Frau, die vor dem Einzug alles geputzt hat, auch schon angeschaut hat, in der alten Wohnung hat sie den Ofen zwischen den Scheiben super geputzt, dort ging es oben auf, aber bei dem hier offenbar nicht, anderes Modell, nicht mal sie hat das geschafft, sage ich.

Meine Mutter sagt, das geht sicher oben auf, das Plastik da hat sich wahrscheinlich nur über die Jahre festgebacken, das muss man lösen, Erwin, komm einmal.

Ich sage, dass ich glaube, es sind diese Schrauben da unten, siehst du, ich glaube, die muss man lösen, ich hab allerdings nicht das richtige Werkzeug dafür, ich besorg das dann irgendwann, ist ja nicht so wichtig.

»Erwin, kommst du bitte?«, sagt meine Mutter, mein Vater löst sich vom Bücherregal, schlurft zu meiner Mutter und blickt in den Ofen.

»Da, schau mal«, sagt meine Mutter, »wir müssen nur dieses Teil aufbekommen.«

Mein Vater fängt an, an dem Plastik herumzuruckeln.

»Hast du mal einen Kochlöffel.«

»Ja.«

»Hast du mal ein Messer.«

»Ja.«

»Schau, da löst es sich schon, da ist Dreck darunter, das pickt nur«, sagt meine Mutter.

»Hast du mal einen Schraubenzieher.«

»Ja.«

»Danke.«

Ich entferne mich von der Baustelle, hole mein Handy und mache heimlich Fotos von meinen Eltern, die ich an meine Schwestern schicke. Wir haben da so eine WhatsApp-Gruppe.

Ist schon was zu reparieren?, fragt Franzi, mit Lachtränensmiley.

»Oje«, sagt meine Mutter, »da ist was abgesplittert, ich glaube, ich höre lieber auf.«

Ja, jetzt, schreibe ich.

LOL, schreibt Paula.

Ich bin wieder zwölf, schreibe ich.

Hahaha, schreibt Lexi, *so alt kannst du gar nicht werden, dass sie dich nicht mehr wie ein Kind behandeln.*

Sabine kommentiert mit einem Baby-Emoji.

Das ist das Gute an meinen Schwestern, sie schalten nie ihre Handys ab, sie sind immer ansprechbar. Sie stellen auch nicht die WhatsApp-Benachrichtigungen ab, so wie ich. Wenn man mit ihnen an einem Tisch sitzt, piept und quietscht und pfeift und klirrt es in einem durch.

»Wem schreibst du«, sagt meine Mutter, »schreibst du deinen Schwestern? Macht ihr euch lustig über mich?« Sie hat sich neben mich gestellt, weil es beim Ofen nichts mehr zu holen gibt.

»Na, na, einer Freundin«, sage ich und lege das Handy weg.

Ich gehe rüber zu meinem Vater, der immer noch die Ofentür beäugt.

»Ich glaube, man kriegt das auf, wenn man diese Schrauben hier löst«, sage ich noch einmal, »aber es ist überhaupt nicht nötig, das jetzt zu machen. Ich schau mir das dann irgendwann in Ruhe an.«

Mein Vater inspiziert die Schrauben und ruckelt daran herum.

»Wäre möglich, dass es die sind. Hast du einen Inbus?«

»Ja, in meiner Werkstatt«, sage ich.

»Du hast eine Werkstatt?«, sagt mein Vater.

»NEIN! Eben nicht!«, sage ich.

In meiner Werkzeugkiste finde ich tatsächlich einen Inbus und gebe ihn meinem Vater, und anstatt zu loben, dass ich erstens weiß, was ein Inbus ist, und zweitens innerhalb einer Minute einen herbeizaubern kann, sagt er:

»Passt nicht, bring mir einen Schraubenschlüssel, einen Sechser.«

Ich sage, einen Sechser habe ich nicht, nur einen Achter. Mein Vater sagt, na ja, dann kann er leider wirklich nichts machen. Ich sage, danke Papa, und dass es bald sieben ist, wir müssen los, ich habe einen Tisch reserviert, und mein Vater schließt den Backofen, dann gehen wir Schnitzel essen in einem Gastgarten in der Nähe, es ist ein schöner, fröhlicher Abend. Ich freue mich, dass meine Eltern gekommen sind, und ich freue mich, dass ihnen gefällt, wie ich jetzt lebe.

Es sind bis heute Spinnweben zwischen den Glasscheiben meines Ofens, aber seit meine Mutter und mein Vater abgereist sind, bin ich wieder erwachsen, und mich störts nicht.

ALLES, WAS DU BRAUCHST

Zum Geburtstag schenken mir die Zwillinge ein gerahmtes Foto von ihnen, schwarzweiß, beide mit rosa kolorierten Backen und schelmischem Lächeln, sie sehen beide toll aus, ein bisschen erwachsen, ein bisschen noch Kind. Ich liebe das Bild. Sie haben mir auch Kuchen gebacken, Erdbeeren auf Schlagobers auf Biskuit, gemeinsam, in Max' Küche, mit ein paar Kerzen drauf. Ich habe sie gerührt ausgepustet, jetzt löffeln wir Kuchen an meinem Tisch.

»Kannst du aufhängen«, sagt Mila mit einem Grinsen.

»Mach ich fix«, sage ich, während ich das Foto anstrahle. »Ihr seid so süß!«

»Na ja, so fix ist das nicht«, sagt Max, er verzieht dabei den Mund, ein bisschen spöttisch.

»Wie meinst du denn das jetzt?«

»Öh, gar nix«, sagt Max, der jetzt aussieht, als hätte Mila ihm unter dem Tisch einen Tritt verpasst. Ich schaue rüber zu Mila, und sie hat die betont unschuldige Miene von einer, die gerade unterm Tisch zugetreten hat.

»Was ist?«, sage ich. Jetzt werfen sie sich diese Blicke zu. Ich bin mit solchen Blicken aufgewachsen. Es sind eigentlich keine Blicke, es ist nur ein Zucken um die Augen. Nur Zwillinge können so zucken. Es ist eine wortlose Verschwörung, die alle anderen nicht nur exkludiert, sondern in Panik versetzt: Was führen sie gegen mich im Schilde, worüber machen sie sich lustig. Der im Aufwachsen mit meinen Schwestern angelernte Verteidigungsreflex gegenüber einer feindseligen Phalanx überrollt mich auch bei meinen eigenen Zwillingen sofort, wenn ich das Zucken erkenne, obwohl ich gleichzeitig weiß, wie lächerlich das ist. Hallo, ich bin ihre Mutter! Sie lieben mich! Dass es meine Zwillinge sind, von mir selbst ausgebrütet und großgezogen, schützt mich allerdings nicht vor der Tatsache, dass ich wieder allein vor einer Mauer stehe. Allerdings ist die Mauer nicht so stabil wie jene meiner Schwestern, die in keinerlei Abhängigkeit zu mir stehen. Meine Schwestern lassen sich deshalb auch nicht von meiner Enttäuschungspantomime erweichen, die bei Mila und Max früher oder später immer wirkt. Eine enttäuschte Mutter ist eine, die sich vielleicht nächstes Mal, wenn man etwas von ihr braucht oder etwas aus ihr rausschmeicheln muss, an diese Enttäuschung erinnert. Heute muss ich nicht so weit gehen, ich habe Geburtstag, sie sind weich.

»Also, was ist los?« Mila schaut Max an, Max schaut Mila an, ich weiß schon, wer zuerst sprechen wird.

»Na, schau dich um«, sagt Mila. »In deiner neuen Wohnung ist nichts von uns.«

»Gar nichts«, sekundiert Max.

»Wie meint ihr das?«, sage ich.

»Da ist nichts von uns, weil überhaupt nichts an der Wand hängt, kein Foto, kein Bild, gar nichts. Ganz anders als früher.«

»Doch, schau, an ihrem Bücherregal hängt ein Polaroid von ihr selber«, flüstert Max zu Mila rüber, die feixt und nickt.

»Ja, du hast nur ein Foto von *dir selbst* in deiner Wohnung. Eigentlich schon peinlich«, sagt Mila.

Das ist so mies. Das Polaroid wurde bei einer Lesung gemacht, fiel aus meinem Buch, als ich es ins Regal einräumen wollte, ich stellte das Foto aufs Regal, und da bliebs halt stehen.

»Hallo! Da, am anderen Regal, guckstu, da hängt ein Foto von euch, mit Jakob und Carlo, wie ihr durch den Herbstwald lauft.«

»Ja, okay, aber an deinen Wänden ist nichts. Wo sind die vielen Bilder aus der alten Wohnung überhaupt hingekommen?«

»Die sind draußen am Land, da hänge ich sie vielleicht irgendwann wieder auf.«

»Wieso nicht hier in deiner neuen Wohnung?«

»Ja hallo, weil ich hier keine freien Wände habe, siehst du das nicht? Diese zwei schmalen weißen Streifen, die möchte ich gern weiß lassen. Es ist eh so voll hier.« Eigentlich sehe ich überhaupt nicht ein, warum ich die Einrichtung meiner Wohnung vor meinen Kindern, die hier gar nicht wohnen, verteidigen muss. Die Zwillinge blicken stumm.

»Deine Wohnung ist irgendwie unpersönlich«, sagt Max schließlich, »so ein bisschen wie ein Skandi-Airbnb.«

»Hilf mir!«, sag ich zum Hund, der auf dem Teppich liegt und sich ungerührt sein Geschlechtsteil leckt.

»Alles so beige«, sagt Mila.

»Erstens ist das nicht beige«, sage ich, »das ist greige.« Ich weiß selbst, wie traurig das klingt.

»Genau«, sagt Mila und zuckt wieder mit den Augen.

»Früher war alles bunt bei uns«, sagt Max.

»Ja, früher wohnte ich auch in einer Kinderwohnung«, sage ich. »Jetzt darf ich endlich leben wie eine Erwachsene.«

»Eher wie eine beige Person«, sagt Mila, sie spricht »beige person« englisch aus, und das Ausmaß dieser Beleidigung ist ihr bewusst.

»Sei bloß froh, dass ich euch nicht beige geparented habe«, sage ich.

»Du bist jetzt schon ein bisschen spießig«, sagt Max. Geburtstagsamnestie ist offenbar vorbei.

»Ja, ihr Käseköpfe, und zwar gern. Das habe ich mir verdient.«

Ich habe mir das sogar redlich verdient. Fast vierzig Jahre lang verwahrte ich mich eisern gegen das Verspießern. Jetzt, wo die Zwillinge ausgezogen sind, wo ich mich zum ersten Mal seit Jahren nicht mehr kümmern muss: Jetzt möchte ich gern ein wenig beige werden dürfen, oder greige oder was auch immer. Jetzt freue ich mich über ein bisschen Ruhe und Langeweile, über meine Ordnung und meine Geräusche. Über diese neue Freiheit, die mich jetzt einen Streifen Horizont sehen lässt.

Ich hatte einen merkwürdigen Traum vor ein paar Tagen, einen, den ich mir merkte, was nur sehr selten vorkommt. Anders als bei Johnny, er steht in der Früh auf und erzählt noch vor dem ersten Kaffee begeistert von seinen Träumen, nicht nur von einem, sondern von zwei oder drei, er merkt sich jedes Detail. Und ich vergesse immer alles, und ich dann immer so, jaja, schon geträumt, aber keine Ahnung mehr, was, wo ist mein Kaffee.

Diesmal jedoch war das meiste noch da, und noch ganz klar. Der Traum hatte angefangen mit einer Party bei Bekannten, in ihrer riesigen, sehr teuer umgebauten Wohnung. Ich trug ein weißes Kleid unter meinem Trenchcoat, warum, weiß ich nicht, ich besitze kein weißes Kleid. Aber in dem Traum hatte auch ich eine neue Wohnung, ich wusste, dass sie klein war, im gleichen Gebäude wie die der Bekannten, ich hatte die Wohnung allerdings noch nicht gesehen, und nach der Party wollte ich sie mir endlich anschauen gehen. Aber sie war dann doch nicht in dem Gebäude, nicht mal im gleichen Block, ich ging und ging und gelangte irgendwann an einen sehr belebten und mir gänzlich fremden Platz in einer nicht sehr feinen Gegend, wo ich die Adresse fand und einen Mann, der mir meine Wohnung aufsperrte. Die Wohnung war über eine Außentreppe an einem alten gelben Haus zu erreichen und eine bittere Enttäuschung. Es war nicht mal eine Wohnung, nur ein winziges, schrecklich schäbiges Zimmer, möbliert mit zwei einzelnen Betten und einer Waschgelegenheit. Der Mann sperrte hinter mir zu, und ich wusste nicht, was tun, aber er sagte vor der Tür: Warten Sie, es kommt erst, und dann bewegte sich das Zimmer in die Höhe, wie ein Fahrstuhl, immer höher, und plötzlich sah ich vor meinem Fenster nicht mehr die grauen Häuser von gegenüber, sondern es tat sich eine endlose Auenlandschaft auf, durch die sich ein breiter Fluss schlängelte, und je höher das Zimmer hinauffuhr, desto weiter ging der Blick, hinein in einen weiten, kitschig pink-blauen Horizont, und dann weckte mich der Hund.

Der Traum verfolgte mich, als ich aufstand, um die Espressomaschine einzuschalten und die Zähne zu putzen, die Aussicht im Traum ließ mich nicht los. Aber erst als ich mit dem Hund rausging und ihm dabei zusah, wie er zwischen den noch geschlossenen Marktständen herumschnüffelte, fiel mir die grüne Hügellandschaft aus dem Film ein. Der Film, dessen Titel ich vergessen habe, in dem ein Mann, der Hilfe holen will, einen grünen, bewaldeten Berg nach dem anderen vor sich hat, und nie sieht er einen Horizont. Und da war er jetzt, der Horizont, pink und blau und endlos.

Und irgendwie spüre ich diesen Horizont jetzt auch in mir, zwischen meinen Wänden im ersten Stock, in all dem Holz, das mich umgibt, in den Bäumen vor dem Fenster. Er ist in den Büchern in meinem Regal, in der Arbeit auf meinem langen Tisch und in allem, was zu mir gehört. Er zeigt sich in meinen Freundschaften. In dem Glück, das mir zufiel ohne mein Zutun. Er ist in allem, was ich nicht mehr brauche, in dem, was ich vergessen darf. An den Orten, an die ich noch fahren werde. Er ist in dem, was ich jetzt einfach tun kann, und in allem, um das ich mich nicht mehr zu kümmern brauche. Er überstrahlt die Sorgen und Ängste, die ich nicht mehr habe, und er leuchtet im Lächeln meiner Zwillinge auf einem Foto, das ich heute auf einen Streifen weiße Wand gehängt habe.

DER HUND

Ich schlafe jetzt jeden Tag, bis ich aufwache. Selten länger als früher, aber kein Wecker mehr. Manchmal weckt mich das Knurren des Hundes, der ein ungewöhnliches Geräusch gehört hat, doch die meiste Zeit rutsche ich langsam aus einem Traum heraus, bis ich merke, dass ich wach bin. Ich bleibe mit geschlossenen Augen liegen und versuche, ein paar Versatzstücke des Traums mitzunehmen, vielleicht sogar wieder in ihn hineinzufinden, genau so lange, bis ich Lust habe, die Augen aufzumachen. Der Hund bemerkt irgendwann, dass ich wach bin, und kommt wedelnd zum Bett, um mich zu begrüßen, in letzter Zeit reicht er mir dabei eine Pfote, ich weiß nicht, wer das dem Hund beigebracht hat.

Andrea und ich sitzen vor dem Haus, auf den Sesseln, die ich neben die Küchentür gestellt habe. Andrea versucht den Hund dazu zu kriegen, ihr das rote Frisbee aus Gummi zu bringen. Es gelingt dem Hund immer öfter, das Frisbee aus der Luft zu fangen, und er kommt damit angelaufen, will es dann aber nicht loslassen. Erst, seit ich einen Hund habe, weiß ich, wie stark ein Tier ist, das gerade mal zweiundzwanzig Kilo hat. Okay, vierundzwanzig, Mila erklärt mir ständig, der Hund sei zu fett, ich würde ihn überfüttern, das sei nicht gut für seine Knochen. Ich sage, in dem Bastard steckt eben kein Windhund, sondern irgendein kräftiges Viech, ein Cattledog oder ein Kelpie oder so was, schau, genau die gleichen Ohren, und ich drohe ihr, dass der Hund ab jetzt jedes Mal, wenn sie ihn fatshamed, zwei Tage nichts zu fressen kriegt. Aber sie hat recht, und ich mische dem Hund eh schon geraspeltes Gemüse unter sein rationiertes Futter, das er aussortiert, als wäre er ein menschliches Kleinkind.

Große Taschen machen den Hund nervös, besonders mein alter Weekender und die Korbtasche, die ich nur benutze, um Lebensmittel aus den Kühlschränken zwischen Stadt und Land hin- und herzutransportieren. Die Taschen bedeuten für den Hund: Auto fahren. Wenn ich eine dieser Taschen durch den Raum trage, legt der Hund die Ohren an, setzt zurück und verzieht sich in eine Ecke. Das wird wohl nie besser. Die Hundetrainerin sagte, irgendwann wird der Hund begreifen, dass das Autofahren mit einer Belohnung verbunden ist, weil das Auto stets an einem guten Ort ankommt, entweder auf dem Land, wo der Hund gleich in den Garten stürmen kann, oder in der Stadt, wo meistens schon eins der Kinder auf ihn wartet. Bis jetzt begreift er es allerdings nicht. Kommissar Rex ist er keiner, sagte Johnny mal über den Hund, der Johnny liebt, nicht nur, weil der ihm immer riesige Knochen aus der Fleischhauerei in seiner Gasse mitbringt und getrocknete Rinderpenisse. Auch Mila meinte mal, sie habe eventuell schon Hunde erlebt, die schneller schnallen.

Der Hund wird sich ans Auto gewöhnen müssen, wir werden weiterhin hin- und herfahren, wenn auch vielleicht seltener als bisher. Ich kann jetzt sein, wo ich will, unabhängig davon, ob Wochenende ist oder nicht. Ich muss nicht mehr in die Stadt fahren, um nach dem Rechten zu sehen in einer Wohnung, die in der Zwischenzeit von Teenagern ordentlich bespaßt wurde, um den Kühlschrank zu füllen und das Leergut wegzubringen. Ich habe jetzt eine Wohnung, die nicht schmutzig wird, solange ich nicht da bin, und die mir kein schlechtes Gewissen macht, wenn ich ein paar Wochen nicht darin wohne.

Ich habe dem Hund den Kofferraum überlassen, seit der Umzug erledigt ist und ich ihn nicht mehr für den Transport großer Dinge benötige, ich habe ihn ausgelegt mit seiner weichen, alten Decke. Der Hund steigt immer noch nicht gerne ein, wenn ich losfahre, brüllt er wie zehn Babys. Doch irgendwann legt er sich im Kofferraum hin und chillt offenbar, ich kann es vom Fahrersitz aus nicht sehen, immerhin kotzt er nicht mehr.

Wenn wir dann vom Land in der Wohnung ankommen, fällt der Hund sofort erschöpft auf sein Fell auf dem Sofa und schläft erst mal. Bis Mila an der Tür klingelt oder Max oder beide, weil sie den Hund so vermisst haben; nicht mich, aber das ist schon okay so.

Für meine Töchter

Wärmster Dank geht raus an meine Freundinnen und Freunde, die mich aushalten, tragen und füttern, an meine beiden lässigen Schwestern und meinen kleinen Bruder; und an meine liebevollen Eltern, für all ihre Fürsorge und Unterstützung. Und natürlich an Vanessa Gutenkunst und Lina Muzur und all die anderen Menschen, die mir ermöglichen, dass ich meine Arbeit machen kann: danke.